中公文庫

あの家に暮らす四人の女

三浦しをん

中央公論新社

目次

あの家に暮らす四人の女

牧田《まきた》家で暮らす四人の女は、平日は朝七時に食卓を囲む習慣だ。

朝食づくりは当番制となっており、今週は佐知《さち》が担当する。昨夜は興が乗って、もう少しもう少しと思ううち、とうとう明け方まで刺繍《ししゅう》に没頭してしまったため、佐知は眠くてたまらない。濃い目のコーヒーをすすりながら、フライパンのなかの卵を菜箸でかきまぜる。

ダイニングの掃きだし窓から、庭の菜園に朝日が差しているのが見える。菜園といっても、この時期には何本かの長ネギが地面から飛びだしているばかり。なかには立派なネギ坊主をつけているものもあって、鍋ももう飽きたし、消費しきれずこのまま立ち枯れていく運命にあるようだった。

菜園のところどころに割り箸が立てられ、金魚かカブトムシの墓標じみているが、これは秋に収穫したジャガイモを埋めた目印だ。冬のあいだ、少しずつ掘り返して食べてきたけれど、デンプン質の摂取量はすでに限界を迎えようとしている。このまま土のなかで種イモと化してしまうものも出てきそうな気配である。

いまは総じて茶色っぽく殺風景な菜園だが、佐知の母親の鶴代《つるよ》が丹精こめて世話するおかげで、春から夏にかけては緑の小型ジャングルになる。枝豆やらナスやらトマトやらが、野放図に実をつける。女四人ではそんなに大量の野菜を食べきれないと、佐知はしょっちゅう、菜園の世話を手控えるよう鶴代に申し入れるのだが、鶴代は野菜の霊に取り憑《つ》かれたかのごとく、一心不乱に虫をつぶし、水や肥料を惜しみなく与えるのが常だった。実がなってしばらくは喜んで収穫するわりに、すぐに菜食に飽き、「焼肉を食べたい。暑いときにはスタミナつけなきゃ」などと言いだすのも、これまた鶴代の常である。

春めいてきたら、今年も鶴代は夢中で土いじりをはじめ、夏には無限につづくかとも思われる野菜攻撃にさらされるのだろう。佐知はため息をつき、菜園から手もとのフライパンに視線を戻す。スクランブルエッグは少々火が通りすぎてしまった。プチトマトとかりかりに焼いておいたベーコンが載った四枚の皿に、手早く取りわける。

卵を見ていたせいか、差しこむ朝日のせいか、視界がなんだか黄色味がかっている。セックスをしすぎた翌朝は太陽が黄色く見える、とはよく聞く言説だが、佐知は残念ながらそこまでセックスに打ちこんだ経験はなく、視界が黄色く感じられるのはただ単に、刺繍にかかりきりになりすぎたせいなのだった。いったいどうして、疲労と睡眠不足が世界の黄色化を招くのか、佐知は仕組みをよく知らぬ。とはいえ、チクチクと布に針刺す行い以外で黄色化を味わったことがない事実に、充足感と同時にそこはかとないやるせなさを覚える。それは結局のところ、「このままでいいのか」という自身の境遇への不安とあせりであり、「でもまあ、ほかにしたいこともないし、不満というほどの不満もないのだし」という諦念含みの自己肯定でもあるのだった。

ダイニングテーブルに四枚の皿を並べ、オーブントースターで二回にわけて食パンを焼き、めいめいのカップにコーヒーを注《そそ》ぎ、お好みで牛乳やオレンジジュースを飲めるようコップの準備を終える。それを見計らったかのように、母の鶴代、谷山雪乃《たにやまゆきの》、上野多恵美《うえのたえみ》がダイニングに現れた。

「おはよう」を言い交わしてダイニングテーブルの定位置につき、「いただきます」と佐知以外の三人は佐知に向かって挨拶した。

「はい、どうぞ」

佐知は注文に応じ、鶴代と雪乃のコップに牛乳を、多恵美と自分のコップにオレンジジュースをついでから、ほかの三人にならって朝食に取りかかる。

「ちょっと塩がきついんじゃない」

と、スクランブルエッグを口に運んだ鶴代が言った。

「そう？」

「そんなことないです」

多恵美が笑顔で取りなす。「パンと一緒に食べるし、ちょうどいい感じ」

「また徹夜？」

コーヒーのおかわりを自分でつぎながら、雪乃が佐知にざっと視線を走らせる。雪乃と多恵美は出勤の仕度をすませ、化粧も服も万全の状態だ。どこへも出勤しない鶴代ですら、いつもどおり白髪をきちんとお団子に結い、灰色のカーディガンに黒のロングスカートという恰好だった。

佐知だけがすっぴんで髪もぼさぼさ、三日ほど着つづけた紺のスウェットの上下という出で立ちである。

「まあね」

「大変ですねえ」

多恵美は佐知に同情的だが、物静かなくせに毒舌なところのある雪乃は容赦がない。

「こんなぼろぼろの女が、あんなきれいな刺繍を生みだしてるなんてねえ。実態を知ったら、あなたの生徒さんが泣くんじゃない」

「泣きません」

佐知がなにを言うよりも早く、多恵美が断言した。すぐに、「少なくとも私は」とつけ加えるのを忘れなかったが。

「『先生はこんなに苦労して作品に向きあっているんだなあ』って、このおうちに来て、私むしろ感動しましたもん」

「多恵ちゃん、やさしい。ありがとう」

佐知は多恵美に礼を言いつつ、スウェットの肩さきのにおいをさりげなく確認した。雪乃に指摘されるまでもなく、そろそろ風呂に入らないとまずいという自覚があったからだ。

「そうやって、だれでもかれでも持ちあげるから、変な男につきまとわれるんじゃないの」

雪乃があきれたように言い、

「持ちあげてなんかないです。事実を言っただけ」

と、多恵美はかわいらしくむくれてみせた。

「ほら、そろそろ出ないと、電車にまにあわないですよ」

鶴代にうながされ、雪乃と多恵美は慌てて食パンを口につめこみ、コーヒーを飲み干した。洗面所で歯を磨いたり身づくろいの最終チェックをしたり、ひとしきり騒いでから、二人は「いってきまーす」と玄関を開けた。

「折りたたみ傘は持った？　今日は夕方から降るみたい」

鶴代のする心配といえば、「傘は持った？」と「ご飯は食べたの？」で、世の母親とは大半がそういうものだといえばそれまでだが、佐知としてはいたたまれない。雪乃と多恵美は鶴代の娘ではないのだし、だいいちとっくに成人している。鶴代のお節介をさぞかし

鬱陶《うっとう》しく感じるだろうと心配になるのだが、気を揉む佐知をよそに、雪乃と多恵美は案外うれしそうに、

「はい、持ちました」

「私、いつも鞄に入れっぱなし」

と応じるのだった。

玄関で二人を見送った佐知と鶴代は、薄暗い廊下を通ってダイニングへ戻った。ダイニングの窓の外、菜園の脇を、ちょうど雪乃と多恵美が歩いていくところだった。窓ガラスを隔てて、四人は手を振りあった。

「いいかげん山田《やまだ》さんに、雪乃と多恵ちゃんが住んでることを言わない?」

「言ったっていいんだけど」

鶴代は、台所に下げた食器を洗いだした。「いろいろ面倒だし、裏門のほうが駅に近いんだし、いいじゃない。山田さんもさすがに察してるでしょ」

「そうかなあ」

鶴代は外で働いた経験はもちろん、自分で稼いだこともない「箱入り娘」のまま、七十近くになった女である。率先してなにかを物申すということがあまりなく、いざこざをできるだけ回避し、相手が察するのをじっと待つ傾向にある。つまりは言葉がたりない。口数が少ないという意味ではなく、説明能力に欠けるというか、自分の思いを相手に伝えよ

うという意思自体が欠落気味だ。

鶴代はたまに、見たドラマのあらすじを佐知に語り聞かせるのだが、佐知がどれだけ耳を傾けても、人物関係は判然とせず、エピソードも行ったり来たりして要領を得ない。一時間のドラマのあらすじを語るのに一時間半ぐらいかかり、結局なにひとつとしてストーリーの肝がわからない、ということも多々ある。

「そういうのは、あらすじとは言わないから」

と佐知は怒るのだが、鶴代はどこ吹く風で、

「私はちゃんと説明してるのに、あなたの理解力が悪い」

と開き直る。佐知はもう、鶴代に対し、物事を整理整頓して言語化するよう求めるのをよしにした。かといって、鶴代が話し相手として張りあいがないばかりの存在かというと、決してそんなこともないのが不思議なところで、たまにおもしろい言いまわしを使う。

たとえば先日など、夜半まで部屋で起きていることの多い佐知に、「もうちょっと扉の開閉を静かにするように」と鶴代は注意してきた。そのときの言いぶんが、

「あなたはドアをひっぺがす勢いで開け閉めするけれど、うるさくて眠れやしない。雪乃さんや多恵ちゃんにも迷惑です」

というもので、佐知はおおいに反省するとともに、「なるほど、『ドアをひっぺがす勢い』とは言い得て妙だ」と感心もしたのだった。

それはさておき、鶴代は今回もまた、事情を明確に説明せず、時間が経つにつれ相手も薄々察して受け入れてくれるだろうという、「ひと任せだんまり作戦」を採る心づもりのようで、「そんなんで大丈夫かなあ」と佐知はいささか案じられたが、ここで口出ししてはなおさら面倒な事態になると経験則としてわかっていたので、母親のしたいようにさせておくことにした。

「寝てないんでしょ、佐知。洗い物はお母さんがしておくから、あんたちょっとうえで休みなさい」

「うん、ありがとう」

「今日はお教室は？」

「今週は土曜日だけ。買い物行くでしょ？」

「日が暮れると寒くなるから、三時ごろまでには」

「つきあう。寝てたら起こして」

佐知は玄関ホールへ出て、木製の重厚な手すりがついた階段を上がった。数えきれないほど住人たちに触れられてきた手すりは、長い年月を経て肌理《きめ》がなめらかになり、ニスで磨きでもしたような光沢を帯びている。

風呂場は二階にある。ここの掃除も当番制だ。入浴がすんだものは、脱衣所にかけられた自分の名札を裏返しておく。佐知はここ数日、仕事が立てこみ、風呂に入る余裕がそもそもなかったので、名札を裏返しのままにしておいた。今週の当番は多恵美で、昨夜、最後に入浴したあと、風呂場を隅々まで掃除したようだった。

この家はどこもかしこも古いが、台所と風呂場だけは数年まえにリフォームした。動線が考えつくされたシステムキッチンと、銀色の大きな冷蔵庫。足をのばして浸《つ》かれるバスタブ。天井の高い洋館のなかで、「現代」にふさわしい機能性を誇る数少ない物体である。

佐知はタイル張りの洗い場でひさしぶりに垢《あか》を落とし、シャワーだけ浴びた。洗い場をタワシで軽く掃除してから、風呂場を出る。

くさくなりはじめていたスウェットを洗濯機につっこみ、清潔な部屋着に着替える。ドライヤーで髪の毛を乾かす余力は残っていなかった。二階の角にある自室へ引きあげ、机に散らかしっぱなしの刺繡道具はそのままに、ベッドへ飛びこむ。佐知の部屋は西と南に窓があり、位置を高くしつつある日が後者から差しこんでまぶしかったが、カーテンを閉めもせず眠りに落ちた。

濡れた頭にバスタオルを巻き、ベッドに突っ伏して寝る佐知は、巨大なこけしのようだった。しかし、その姿を目撃した生あるものは、ちょうど窓の外を羽ばたいてよぎったカラスのみだった。

鶴代と佐知は母娘《おやこ》だが、雪乃や多恵美は血縁関係にない。女ばかり四人で奇妙な共同生活を送るようになって、一年が経つ。

佐知と雪乃は、五年ほどまえにひょんなことで知りあい、友人づきあいがはじまった。佐知は刺繡作家として自宅で仕事をし、雪乃は西新宿にある保険会社で働いている。佐知は生まれてこのかた、母親と暮らすこの家から出たことがないが、雪乃の生まれは新潟で、大学進学時から牧田家に転がりこんでくるまでのあいだ、一人暮らしをしていた。

職種も境遇もちがう二人だが、ともに三十七歳の独身、互いにそれほど他人に踏みこまない性格ということもあいまって、なんとなく馬が合う。

佐知と雪乃の出会いは、ひとちがいがきっかけだ。佐知はその日、できあがった刺繡を依頼主に渡す約束をしていた。相手は小さなセレクトショップの経営者で、五センチ四方の布に、かわいらしくデフォルメした教会や馬車や花の刺繡をしてほしい、という依頼だった。刺繡は額に入れられ、壁やチェストに飾って楽しむ小物となる。さりげないインテリアとして、佐知の作品はそこそこ人気がある。

佐知は、刺繡を収めた五つの額を丁寧に梱包し、鞄に入れて、待ちあわせ場所へ向かった。セレクトショップがあるのは渋谷で、だが店内は手狭だということで、ハチ公まえで落ちあい、適当な喫茶店にでも入って品物の確認をする手はずだった。

平日の午後とはいえ、さすがは待ちあわせのメッカ。ハチ公の周囲にはけっこうな数のひとがいた。佐知は東京者の気概も手伝い、ハチ公などというわかりやすい待ちあわせ場所に近寄るのがためらわれ、なによりも依頼主とはメールや電話でのやりとりが主で、一度会ったきりの顔を朧気《おぼろげ》にしか覚えていなかったこともあって、ハチ公を遠巻きにする形で様子をうかがった。

たしか、私と同じぐらいの年で、すっきりした目鼻立ちの、やや古風な美人タイプだったはず。記憶をたどった佐知は、ハチ公の尻尾のあたりに、待ちあわせ相手らしき姿を発見した。

佐知が走り寄るあいだ、相手の視線が何回か向けられた気がしたが、特に反応はなかった。そこでひとちがいだと気づけばよかったものを、佐知は相手のまえに立ち、

「杉田《すぎた》さん」

と呼びかけた。「お待たせしてしまって、すみません」

「あの……」

と、相手はなにか言いたげに口ごもった。そこで佐知もようやくハッとし、相手の顔をまじまじと見たのだが、はたして杉田さんなのか否か確信が持てない。佐知のストッキングが伝線しているかなにかで、杉田さんはそれを指摘せんとして口ごもっているようにも、杉田さんでは全然ないのに、まったく見知らぬひとに声をかけられて困惑しているようにも、どちらとも取れる。

どっちなんだと思いながら、佐知は自分の脚やらスカートのチャックやらをそれとなく

確認し、杉田さん（暫定）の次の言葉を待った。その過程で、杉田さん（暫定）がハチ公の尻尾をつかんでいることに気がついた。

なぜ、尻尾を……？

困惑したところで、

「牧田さん」

と背後から声をかけられた。振り返ると、すっきりした目鼻立ちの女が笑顔で立っている。となると、新たに現れたこのひとが本物の杉田さんか。

佐知は急いで、ハチ公の尻尾をつかんだ杉田さん（暫定）に、

「まちがえました、すみません」

と頭を下げた。

「いいえ、お気づかいなく」

杉田さん（暫定）は鷹揚《おうよう》に応じた。佐知は本物の杉田さんとスターバックスに入り、刺繡の額を渡した。梱包を解いて額を確認した杉田さんは、出来にたいそう満足し、すぐに代金を口座に振りこむこと、ひきつづきさまざまな刺繡作品を依頼するつもりであることを請けあった。

小さなテーブルを挟んで会話しながら、佐知は杉田さんの顔を観察した。こうして見ると、本物の杉田さんも暫定杉田さんもたしかに美人にはちがいないが、本物の杉田さんの

ほうが愛敬がある。と思ううちにも、暫定杉田さんの顔は脳内で霞《かす》みがかっていき、流れる雲のようにつかみどころがないというか、美人だけれどきわめて印象の薄い顔だったと思えてならなかった。

スターバックスにいたのはせいぜい十五分ほどのことで、杉田さんは持参したショップバッグに大切そうに額を入れ、店のほうへと坂道を上っていった。佐知はスクランブル交差点を渡り、渋谷駅へ歩きだす。

東横の地下で食材でも買おうと、佐知はJRの改札には向かわず、ハチ公のまえを通った。なんの気なしにハチ公を見たら、暫定杉田さんがまだいた。あいかわらず尻尾をつかんで立っていた。いや、尻尾をつかんでいたからこそ、早くも顔を忘れかけていた暫定杉田さんを、暫定杉田さんであると認識できた。

やや迷ったすえ、佐知は暫定杉田さんに近づいていった。

「さきほどは失礼しました」

暫定杉田さんは、目のまえに立つのが、さきほどひとちがいで声をかけてきた女だとすぐに気づき、

「いえいえ」

と小声で言った。「よく、いろんなひとにまちがわれるんです」

「不躾《ぶしつけ》なようですけれど」

どうにも好奇心を抑えきれず、佐知は尋ねた。「どうして尻尾をつかんでるんですか」

「仕事でお客さまと会う約束をしているんですが、相手がおばあさんで。『ハチ公まえならわかるけど、あんたの顔をいつも忘れてしまう』とおっしゃるので、『尻尾をつかんでいる女に声をかけてください。それが私です』と申しておきました。でも、日時をお忘れになったのか、いらっしゃらないようですね」

暫定杉田さんはようやく、ハチ公の尻尾から手を離した。

「携帯は？」

「お年寄りなので、お持ちではなくて。どこかで倒れているということではないといいんですが」

佐知はなんとはなしに、暫定杉田さんに好感を覚えた。本物の杉田さんだったら着ないような、地味なスーツを着た暫定杉田さん。最前、どうしてまちがえたのか、不思議でならないほどだ。

「よくひとちがいをされるとおっしゃいましたけど、たとえばだれと？」

「だれってこともありません」

待ちあわせもなくなり、時間に余裕が生じた暫定杉田さんは、佐知との会話に応じた。

「知りあいに一人はいる顔のようで、心当たりのない名前で呼ばれ、しばらく一方的に話しかけられることもしばしばですし、友だちから、『昨日、どこそこにいたよね』と、私自身は全然行った覚えのない場所で見かけたと言われることもしょっちゅうです」

「生き霊を飛ばしやすい体質なんですか？」

「霊感はゼロ。よくある、印象に残りにくい顔ってだけです」

「スパイに向いてますね」

「そうかも」

二人は打ち解けて笑いあった。佐知はひとづきあいが得意なほうではないのだが、「このひととももう少し親しくなれたらいいな」とめずらしく感じるところがあり、暫定杉田さんに名刺を渡した。メールアドレス、携帯電話の番号、刺繍作品をアップしてあるホームページアドレスが記載された名刺だ。

「よかったら、どうぞ」

暫定杉田さんは、佐知から差しだされた名刺を面食らいつつも受け取り、まじまじと眺めた。

「刺繍作家のかたにお会いするのは、はじめてです」

「自宅で教室もやってますので、興味がおありでしたら連絡ください」

これが、佐知と暫定杉田さん、もとい、雪乃の出会いだったわけだが、佐知はもちろん、雪乃からの連絡を期待してはいなかった。むしろ、ちょっと強引すぎた、刺繍教室の勧誘のために、だれかれかまわず名刺を配り歩いていると思われたかもしれないと、後悔しては自室で一人、「ああー」とうめいていたのだけれど、そのうち名刺を渡したこと自体をほとんど忘れてしまった。

一方の雪乃も、感じの悪いひとではなかったが、いったいなんだったんだろう、ずいぶんひとなつこいひともいたものだと思い、佐知の名刺を鞄のポケットに入れたきりにしていた。その名刺が週末、鞄の整理をしたときに出てきたので、「そういえば」となんの気なしに自宅のパソコンでホームページを見てみたら、ずいぶん繊細でかわいらしい刺繡が並んでいる。

それでなんとなく心ひかれ、ためしにメールを送ってみたところ、佐知からも返信があり、メールのやりとりをつづけるうちに、本や映画の趣味が合うことも徐々に判明したので、会って遊ぶようになった。

佐知は当初、雪乃の顔をなかなか覚えられず、待ちあわせの場できょろきょろしてしまっては、そんな姿を雪乃に観察されて笑われる、ということを繰り返した。さすがにいまでは、だれともまちがえようがないぐらい、雪乃の顔は大切な友だちとして佐知の脳裏に刻まれている。一度刻んでしまえば、雪乃は雪乃だけの、陶器めいた静けさのなかに毒も芯の強さもはらんだ顔をしているのだった。

多恵美は雪乃の会社の後輩で、佐知や雪乃より十歳も若い。三年ぐらいまえ、雪乃のいる部署に配属され、小柄で愛らしく仕事もできるので、すぐに同僚のあいだでも顧客のあいだでも人気者になった。

多恵美が手芸好きだと知った雪乃は、佐知を紹介した。佐知は自宅で週に一、二度、刺繡教室を開いており、雪乃につきそわれて見学に来た多恵美は、その場で即、教室の生徒となることを決めた。佐知の刺繡は技術もセンスもたしかで、女心をくすぐる甘やかさを備えたものだったからだ。

教室が終わると、佐知と同居する母親の鶴代が、紅茶をいれてお菓子を振る舞ってくれる。リビングのソファで、女性ばかり六、七人の生徒が、年齢に関係なく談笑して午後のひとときを過ごす。土曜日の教室に通うようになった多恵美は、ここでもすぐに馴染み、奥さま連中に愛された。雪乃も一緒についてくることがあったが、刺繡はしない。たおやかな外見に反し、雪乃は極度に不器用で、刺繡などという細かい作業は大の苦手とするところなのだった。かわりに、会話に参加しつつ雑誌を眺めたり、鶴代を手伝って菓子を焼いたりと、それなりに楽しく牧田家での時間を過ごす。

こうして数年のあいだ、佐知、雪乃、多恵美は交流をつづけ、そこに鶴代も加わって、すっかり気安い仲になってはいたのだが、まさか雪乃と多恵美が家に転がりこんできて、四人で同居することになるとは予想もしていなかった。その事情は、また追々語ることにして、とにかく女四人は家事の当番を決め、一緒に暮らして一年が経つのだった。

顔に当たる陽光にさすがに負け、佐知は昼過ぎに目を覚ました。頭部のバスタオルを取ると、シャンプーの香りが広がり、まだ湿り気を帯びた髪が頰にかかる。二階の洗面所で手早く髪を梳《と》かして束ね、眉を描き、頰紅とグロスだけつけた。

自宅で仕事をしていると、どうも無精になっていけない。自戒してはいるのだが、しばし迷ったすえ、部屋着から外出着に着替えることはせずにおいた。ジャージのズボンと、盛大に毛玉がついたセーターだが、駅前に買い物に行くぐらい、この恰好でいいだろう。という言い訳のもと、佐知のパジャマ兼部屋着兼外出着はみすぼらしいものですまされることが多くなり、いまでは新宿へ行くときすら、「同じ沿線上にある駅だし、この恰好でいいだろう」と、だらしのない判断をしてしまうのだった。そのうち、同じ地球上だからという理由で、ニューヨークだろうとリオデジャネイロだろうと、ほぼすっぴんに着古したジャージで出かけるようになりそうである。

自室に戻り、机のうえの布やら糸やらを気持ちばかり片づけてから、佐知は階下へ向かった。鶴代はダイニングテーブルで、焼き鮭と豆腐のみそ汁と肉じゃがをおかずに昼ご飯を食べていた。

雪乃も多恵美も帰宅時間がまちまちなので、平日の昼と夜は各人で好きなように食べる決まりだ。食費などの生活費は、月のはじめに共同の「資金袋」に納められ、必要なものを買う仕組みになっている。買いだしはたいてい、家にいることの多い鶴代と佐知が担当する。個人の資金で買った食材や菓子類で、どうしてもひとに食べられたくないものには、マジックで名前を書く。

幸い、四人とも食べ物の好き嫌いがさほどなく、料理するのも苦ではなく、無駄遣いをする性質《たち》でもなかったので、「資金袋」の使い道やら、作り置いたおかずの分配やらで揉めごとは生じていない。

平日の夕飯は鶴代が作ることが多く、時間がずれてもあたためて食べられる煮物やカレーであったり、ハンバーグのたねをラップで包んで冷凍しておいたりするので、疲れて帰宅する雪乃と多恵美は喜んでいる。おかえしにというわけでもないが、週末の夕飯はだいたい、雪乃か多恵美が作る。佐知はといえば、主に洗濯を引き受け、当番制になっていない水まわり以外の屋内掃除や、庭の掃除なども積極的にこなしている。

だがこれは、あくまで原則は、ということであって、鶴代は気まぐれだし、外で働いている雪乃と多恵美に気おくれする面もあるしで、結局は佐知が家事全般を請け負うときも多い。

さて、佐知がダイニングテーブルを覗《のぞ》きこんだところ、残りものの焼き鮭も肉じゃがも鶴代がほぼ食べつくしそうな趨勢《すうせい》だった。そこで佐知は台所に立ち、水で薄めためんつゆを片手鍋で煮立たせ、冷凍してあったうどんを投じ、ほうれん草と、これまた冷凍してあった油揚げをちぎって入れ、最後に卵を割り入れた。

うどんがくたくたになるまで煮て、鍋ごとダイニングテーブルへ運ぶ。新聞紙に片手鍋を載せ、くわえていた割り箸を手に「いただきます」と言う。

「鍋敷きぐらい使いなさいよ」

と、昼のドラマを見ていた鶴代が眉をひそめた。

「いいのいいの」

「ちょっと煮込みすぎじゃない」

「いいのいいの、やわらかいうどんが好きなの」

「年寄りみたい」

「お母さんに言われたくない」

昼ドラを視界の隅にとらえつつ、昼食を終え、歯を磨き、食器を洗った母娘は、やっと買い物へ行くかということになった。

玄関ホールに出たところで、今日は冷えるなと感じた佐知は、扉つきの下駄箱兼クローゼットからジャンパーを取りだした。

「お母さん、カーディガンじゃ寒くない？」

靴を履《は》きながら振り返ってみたら、鶴代はぬかりなく厚手のショールを羽織っている。

「あなたとちがって、私は天気予報をちゃんと見てますから」

鶴代は佐知の脇をすり抜け、重い木製の玄関ドアを開けた。

たしかに、趣味が「天気予報鑑賞」なのかと思うほど、鶴代は何時からどのチャンネルで天気予報をやるかを正確に把握しており、しょっちゅう見ては、晴れだ雨だ暑い寒いと一喜一憂しているのだった。佐知としては、なにを着るかも、傘を持つかどうかも、そのときの必要に応じて対処すればいいだけのことに思えるのだが、鶴代は娘のそういう「行きあたりばったり」ぶりを腹に据えかね、「だからあなたは刺繡の仕事においても、納期ぎりぎりになって、『まだできてない！』とうるさく慌てることになる」とか、「小学生のころだって、夏休みの絵日記を溜めこんで溜めこんで、結局親がかりだった。そもそも生まれるときからして、出産予定日を大幅に過ぎ、忘れたころに陣痛になってお母さん大変だった」などと、どんどん過去にさかのぼって糾弾する。

これはまずい雲行きだと、佐知は黙って玄関に鍵をかけ、軒から出て空を見上げたところ、物理的な雲行きもあやしい感じだ。

「そういえば、夕方から降るんだっけ。保《も》つかな」

「さっと行ってさっと帰ってくれば、大丈夫。夕方までには、まだ間があるから」

鶴代は敷地正面の表門ではなく、菜園の脇を過ぎ、家屋をまわりこむ形で裏門へと向かった。菜園の横手にある物干し竿では、寝ていた佐知にかわって、今日は鶴代が干した四人ぶんの下着やらなんやらが揺れていた。

四人の女が暮らす庭つきの古い洋館は、東京の杉並区にある。ちょうど善福寺川《ぜんぷくじがわ》が大きく蛇行するあたりだ。川辺は公園になっているので、家々が密集した住宅地のわりには、緑が多い印象の町である。

もともとは畑や雑木林ばかりだったこの地に、東京の中心部や地方からやってきたひとが郊外の町を作りはじめたのは、たぶん戦前だろう。戦争が終わり、高度経済成長期には東京の人口が爆発的に増えて、郊外はさらに外縁へとどんどん拡大していった。

杉並区あたりは、いまとなっては郊外とも都心とも言えぬ中途半端な立ち位置だ。店舗がひしめく駅前から少し離れれば、家また家の住宅街。さしたる産業も企業もなく、たしかに「郊外のベッドタウン」という表現がふさわしい。しかし電車に乗れば、新宿まで十分ほど。通勤に二時間かかる町もざらにあることを考えれば、距離的には充分「都心」の範囲内だとも言える。

どっちつかずの眠ったような町だ、と佐知はよく思う。牧田家から最寄りのＪＲ阿佐《あさ》ケ谷《や》駅までは、徒歩二十分はかかるのでなおさらだ。閑静と言えば聞こえはいいが、つまりは常にまどろんでいるような、なんの変哲もない、静かなだけの住宅街なのである。

「なにがなんでも都会で暮らしたい」と渇望を抱くことも、「定年後は故郷に帰ってのんびり暮らしたい」と夢想を抱くことも、この町で生まれ育ったら不可能だ。都会はすぐ隣に存在しているし、故郷はここだからだ。精神が眠ったまま生きて死ぬような町。のどかで平和だ。息が苦しいほど。東京で生まれ育ったものは往々にして、この酸素が薄く呼吸がしにくいような感じ、どこにも行き場がない感じ、行きたいとも思わない感じを、幼少のころから味わっているはずだ。

佐知は雪乃と接していて、たまに彼女のぎらつきに驚かされることがある。野心というか向上心というか、そのようなものに。雪乃は東京で一人で暮らしていくために、絶対に仕事は手放したくないとよく言っている。言うだけでなく、実際にばりばり働いている。雪乃の生まれた町には刺激というものがなにもなく、働く場所も役場以外にはほとんどなく、「あんな田舎には絶対に住みたくない」のだそうだ。

「三十七で独身の女って時点で、あそこじゃ終わりだよ。そうなるまえに結婚しないと、大変なことになる。いやでしょ、そんなところ」

たしかに、と佐知は思う。しかし、いったいどんな「大変なこと」になるのか、いまいちピンとこないのも事実なのだった。

「それは、佐知がずっと東京で暮らしてきたからだよ。家もあるし、鶴代さんだって『結婚しろ』とは言わなそうだし」

佐知が好きなように生きられるのは、「東京」という場のおかげだと雪乃は言う。そう言われてみれば、なるほど佐知は恵まれているのかもしれない。だが、鶴代が佐知に「結婚しろ」と言わないのは、もはや娘になんの期待も希望も抱いていないからだし、そもそも鶴代自身が少々変わり者で、娘の結婚問題など心底どうでもいいと思っているらしいからでもある。

また、雪乃は口をきわめて故郷を罵《ののし》るわりに、案外と故郷を愛してもいて、盆と正月には帰省ラッシュに揉まれつつ、律義に両親と兄夫婦の住む家へ帰る。そんなとき、佐知は少々のさびしさとうらやましさを覚えるのだった。小学生のころ、夏休みが終わった教室で、真っ黒に日焼けした同級生と再会したときと同じ気持ちだ。田舎の祖父母の家で過ごした楽しい夏の思い出を語るかれらをまえに、帰省する場所を持たぬ佐知は、なんだか取り残されたような思いがしたものだ。

佐知は雪乃の野心というか向上心というかに接するたび、いや、「接した」と勝手に感知するたび、ややたじろぐ。自分のなかには、そんなガツガツした部分はないと思い知らされ、だから私はうだつが上がらぬのかもしれぬと気恥ずかしくなる。子ども時分より降り積もったさびしさとうらやましさが少量の嫉妬に変じたのか、「ガツガツしないのが江戸っ子の美徳だ」などと、杉並区は江戸とは言えないにもかかわらず、内心で見栄を張ったりもする。

だが先般、世間を騒がせた「半グレ」なる反社会的グループについてのルポを読んだところ、そのグループを構成する主立った人々が杉並区か世田谷区の出身であると知り、佐知はたいそう驚いた。

六本木で暴力事件を起こし、実業家として成功しているひともいるというグループとは、いかなる存在なのか。佐知はワイドショー的好奇心から、書店で見かけたそのルポを手にした。東京で生まれ育ったとはいえ、佐知は六本木にほとんど行ったことがなく、なにやらきらびやかで、夜になるとみんなクスリをキメてそうだなあ、という程度の知識しかないのである。むろん、それは誤った知識なのだが、東京は広く、杉並区の自宅で刺繡ばかりしている佐知にとっては、テレビで映しだされる六本木がほぼすべてなのだった。

ところがルポによると、六本木で暴れまわっているグループの中核メンバーには、杉並区出身者が多いというではないか。なんですって、と佐知は頰をはたかれたような思いがしたことだ。彼らと佐知は年齢も近く、では佐知が思春期やら、あったのかなかったのかわからぬ青春やらを過ごしていたあいだ、彼らは同じ杉並区でガツガツぎらぎらと野心に満ち、六本木進出を狙っていたということなのか。稼いで、いい車乗って、いい女抱きてえなと身の内をたぎらせていたのか。

杉並区で。この眠ったような、静かさだけが取り柄みたいなのんびりした住宅街で。

佐知がぼんやりと、「刺繡だけしているあいだに気づいたら生きて死んでいた」的な日常を送っているのは、東京で、杉並区で、生まれ育ったからではなく、ひたすら自身の責任、性質のせいだったのである。野心や向上心の欠如、もっと言えば気概の欠如は、東京もんの特徴ではなく佐知の特徴だったのである！　なんという残酷な事実だろうか。知りたくなかった。

たぶん、半グレの彼らが生まれ育った杉並区は、ここによく似た平行宇宙の杉並区にちがいない。佐知はなけなしのSF知識を都合よく適用し、不都合な事実から目をそらすことにしたのだった。

阿佐ケ谷駅までの二十分の道のりを歩くあいだも、駅前の商店街で野菜やら豚肉やらを買い求めるあいだも、佐知はまた、「こんなのんびりした町で、どうやって気概を育んだのかな」「いや、都心とも郊外ともつかぬ中途半端さが辛抱ならず、彼らを暴力的野心に駆り立てたのかも」などと、ワイドショー的妄想にふけっては曇り空に魂を浮遊させていた。同行の鶴代はといえば、さざんかの生け垣の根もとにブチ猫が座っているのを発見し、「ずいぶんふてぶてしい面がまえ。佐知にそっくり」と一人うなずいたり、商店街の一角に建設中の店舗があるのを見て、「なんのお店が入るのかしら。お母さんは喫茶店がいいと思う」と勝手に発案したりしていた。

そんなこんなで、佐知が浮遊させていた魂を回収し、我に返ったときには、大型のエコバッグが肩に食いこむほどになっていた。鶴代は長財布のみを手に、身軽に歩いている。

「白菜を丸ごと買う必要ある？　それにネギなら、庭に生えてるじゃん」

「今夜は鍋よ」

会話が成立しない。いつものことだ。買い物を終えた佐知は、足腰が弱ったサンタクロースのようにエコバッグを頻繁に担ぎ直しながら、家までの二十分の道のりをなんとか進んだ。

このあたりは一方通行の狭い道が多い。道の両側には背丈ほどのブロック塀や生け垣が連なり、一戸建て、アパート、駐車場が、スロットマシーンのように繰り返し現れる。なかには門構えの立派な古い屋敷もあって、これらは戦前から当地で農業をしていたひと、あるいは戦後すぐに土地を買って移り住んだひとの子孫が住む家だろう。

佐知が住む家は、土地も家屋も名義は鶴代のもので、ブロック塀で囲んである。百五十坪という敷地面積は、都内では豪邸と言って差し支えあるまい。鶴代の祖父が戦後すぐに建てたという家は、しっかりとしたつくりで、いまやレトロ風洋館といった様相を呈している。だが、とにかく古いので床は軋《きし》むし、隙間風はひどいし、廊下などは薄暗い。庭も手入れが行き届かず、夏ともなれば佐知がむしってもむしっても草ボーボー、大木となった楠《くすのき》は枝を広げ放題だ。

つまり、豪邸の実態は陋屋《ろうおく》で、近所の小学生から「お化け屋敷」と呼ばれている。それを耳にしたとき、なるほど住人も化け物じみているものなと、佐知は衝撃よりも納得のほうが深かった。

鶴代は家つき娘である。牧田家は江戸時代から、杉並のこの地で農業をやっていたらしい。鶴代の祖父の世代に、なぜか一族に優秀な人材が多く生まれ、それ以降、代々外交官を務める遠縁もいるそうだが、佐知は会ったことはない。

本家筋であった鶴代の祖父は、戦前に株だか先物取引だかで一山当てたとかで農業をやめ、働かずに食っていた。ところが鶴代の父がぼんくらで、牧田家の資産は目減りする一方。戦後は所有していた土地を少しずつ切り売りし、その金で残った土地にマンションやらアパートやらを建て、家賃収入で生計を成り立たせていたようだ。

鶴代に代替わりしてからは、マンションやアパートの経営も少しは軌道に乗り、さらにバブル期にそれらをうまく売り抜けて、まとまった金を手にした。現在、牧田家の資産は、百五十坪の土地と古い洋館、鶴代が一生困らぬぐらいの貯金である。鶴代の娘が一生困らぬぐらいの貯金は到底なさそうなので、迫りくる老眼の恐怖と戦いながら、佐知は必死に刺繡をする日々だ。

牧田家が何代つづいたかは知らぬが、佐知が単性生殖の技法を編みださぬかぎり、洋館に住む本家はここで断絶。牧田家の資産もちょうど底を突くころあいということで、物事とはなかなかうまくできていると佐知は感心している。次代の家族がいなければ、土地や金の維持にも気合いが入らず、崩壊へ加速度がつくものらしい。

角を曲がり、行く手に牧田家のブロック塀が見えてきたあたりで、にわかに空が暗くなり、夕方を待たずに雨がぽつりぽつりと降りだした。

「傘は」

「白菜とかキャベツとかの下」

キャベツまで買ったのか。道理で重いはずだ。傘を取りだすよりも走ったほうが早いと、母娘は足を速めた。鶴代は天気予報を鵜呑《うの》みにするあまり、結局は雨に濡れたり寒さに震えたり暑さにあえいだりする仕儀に陥るのが常だ。占いに振りまわされて損をするようなもので、ばからしいと佐知は思っている。

赤錆《あかさび》の浮いた裏門を開け、鶴代がさきに庭へ入った。冷たい雨に打たれた佐知は、「降りそうだと思ったんだよ」と苦々しく感じながらあとにつづく。早く玄関の庇《ひさし》の下に駆けこみたいが、いかんせんエコバッグが重い。もう開き直って立ち止まり、湿った地面にバッグを下ろした。かたわらにはさびれた菜園と、物干し竿がある。

おや、干してあったはずの洗濯物がない。と佐知が思うと同時に、玄関に到達した鶴代の声が聞こえてきた。

「あら、山田さん。洗濯物、取りこんでくれたの。ありがとう」

佐知は急いでエコバッグを持ちあげ、玄関へ向かった。庇の下では、山田から鶴代へと、両腕いっぱいの洗濯物が受け渡されたところだった。

山田一郎《いちろう》は守衛小屋に住んでいる。守衛小屋とは、牧田家の表門を入ってすぐのところにある、バラックに毛が生えたような離れのことだ。鶴代の祖父が洋館を建てたとき、納屋兼書斎としてついでに作ったらしい。数年後、そこに少々手を入れ、山田がいまは亡き両親と住みはじめた。

そもそも山田の父親は、鶴代の祖父に雇われ、農作業やら資産運用やらを手伝っていた
ようだ。作男兼執事みたいな存在だ。山田が子どものころに両親と住んでいた家は、戦争
で焼けてしまったので、山田一家は戦後も何年か、中野区にある親戚の家に身を寄せていた。だが、それも気をつかうし、さりとて行くあてはなし、どうしたものかと困っていた
ところ、鶴代の祖父が男気を見せ、「ならば庭の離れに住めばいい」と申し出たため、山
田一家は牧田家の敷地内に引っ越してきた。

以来、六十年あまり。山田の両親はとうに亡くなり、山田自身も八十になった。彼は一
度も結婚せず、牧田家のあれこれを眺めながら、いまも守衛小屋に住みつづけている。
「守衛小屋」といっても、佐知と鶴代がそう呼びならわしているだけで、実際のところ山
田は守衛ではない。ただ敷地内に住んでいるのみの、世間に対してなんと説明していいの
か迷う間柄、一言で言えば謎の存在だ。「山田一郎」という名前からして偽名くさい、と
佐知は思うのだが、これは本名なのでどうしようもない。

山田は定年まで小さな貿易会社に勤めていて、そのころは朝六時に守衛小屋から出勤し、
夕方六時に守衛小屋に帰ってきた。鶴代の証言によると、彼の生活サイクルは判で押した
ように正確だった。会社の仕事というのはそんなにきっちりとはじまったり終わったりす
るものなのか、はたして本当に貿易会社に勤めていたのか、詳細は不明とのことだ。

鶴代の記憶が正しければ、バブル期でも山田の家賃は毎月二万円。第三週の日曜午後に、

これまたきっちりと持ってきていた。定年後は一万円に減額されたが、いまも山田は第三週の日曜午後に、封筒に入れた札を鶴代に渡す。年齢が年齢だけに、夏草の勢いには追いつけないが、庭仕事もちょくちょくやってくれる。律義者なのである。

居候とも使用人とも家族とも言いがたい、微妙な立ち位置の山田だが、本人は鶴代と佐知のお目付役をもって任じている節がある。表門のそばに陣取り、鶴代が幼いころのことも、佐知が生まれたときのことも、牧田家のひとの出入りも、すべて見てきた山田だ。鶴代を妹のように、佐知を孫のように思っているらしく、「私がお二人をお守りせねば」と、頼んでもいないのに使命感に燃えている。

佐知としては、厄介なことこのうえない。学生時代に朝帰りしたら、山田が守衛小屋のまえで奇怪な体操をしていて、いたたまれなかった。「佐知お嬢さんがお帰りにならない！」と山田は気を揉み、徹夜して門を見張っていたようなのだ。真面目で実直な老人なのはたしかだが、気味が悪いという側面も否定しがたい。

山田はいま、鶴代に渡した洗濯物の山へ、いぶかしげな視線を投げかけている。当然だ。雪乃と多恵美のぶんも含めた、女四人の大量の洗濯物なのだから。山田には、雪乃と多恵美が同居していることを報告していない。妙齢の女性が増えたと知ったら、山田はいっそう張り切って表門を見張りはじめるかもしれない。「門限！」などと言われてはかなわないし、なぜ山田に同居の事実をいちいち報告せねばならないのか、面倒くさい、という思いもあって、なんとなく言いそびれたまま時が過ぎてしまったのだった。

四人ぶんのブラジャーやらパンツやらをまえに、

「洗濯物を溜めこんじゃって」

と佐知は愛想笑いで言い訳し、ポケットから鍵を取りだして玄関を開けた。山田は黙って一礼し、年のわりにしっかりした足取りで守衛小屋のほうへ戻っていった。

鶴代をさきに玄関ホールへ通し、家に入った佐知は、うしろ手に施錠する。

「もうちょっと山田さんに優しくしてあげなさい」

鶴代はダイニングとつづきになったリビングへ向かい、ソファに洗濯物を置いた。「身寄りもなくて、さびしい境遇のひとなんだから」

私だって、お母さんが死んだら身寄りもなくてさびしい境遇だ。佐知は内心で反論し、食材を冷蔵庫へ入れるのはひとまずあとまわしにして、鶴代が投げて寄越したタオルで髪や服を拭く。台所で手を洗い、肉を冷蔵庫に収めていたら、鶴代もやってきてヤカンでお湯を沸かしだした。

「そんなこと言われたってさ。だいたい山田さんて、なんでうちにいるの?」

「なんでって?」

「家族でも親戚でもないのに、ふつうは同じ敷地に住まないでしょ。しかもタダ同然で」

「ケチくさい」

と鶴代は断じた。「洗濯物も取りこんでくれるし、いいひとなんだから、山田さんがいたってなにも困ることないでしょ」

「山田さんの目が気になって、私たち裏門ばっかり使ってるじゃない」

「私はべつに気にしてない」

鶴代は急須に茶葉を入れた。「裏門のほうが便利だから使ってるだけ」

だったら、雪乃と多恵美のことを山田に言えばいい。結局、鶴代も山田を持てあまし、敬して遠ざけようとしているのだった。

住みこみの使用人もめったにいなくなった現代日本において、言葉で関係を規定できない山田のような存在が敷地内にいる事実は、なんとも座りが悪いものだった。ふだんはさして気に留めないが、一度気になりだすと、靴に小石が入ったときみたいに忌々《いまいま》しい気持ちになる。すぐに小石を捨てたいけれど、往来の激しい道の真ん中で立ち止まって靴を脱ぐわけにもいかない。だいいち、靴のなかでゴロゴロしているのは、本当に小石なのか？得体の知れぬなにかかもしれないではないか。

佐知にとって、山田はそんな感じの存在だ。思い返せば、子どものころはもっと山田になついていた。休日には庭で遊んでもらったり、鶴代と山田と三人で連れ立って、井《い》の頭《かしら》公園やら新宿の映画館やらへ行ったりもした。ほとんど父親みたいに思っていた。

だが、いつのころからか、山田を少々疎《うと》ましく感じるようになった。

佐知は父親の顔を知らない。詳しい事情はよくわからないが、牧田家に婿入《むこい》りした佐知の父親は、佐知が生まれてすぐに出ていったと聞かされている。佐知は中学生のころ、父親がいなくなったのは山田のせいではないかと疑った。いつもそばにいる山田を、鶴代がとても信頼しているように見受けられたからだ。

さすがにいまでは、鶴代と山田が男女の仲だったことはなさそうだと察しがついている。けれど、少なくとも山田は、鶴代を好きなのではないか。だから結婚もせず、ずっと守衛小屋に居着いて、鶴代と佐知を見守りつづけてきたのではないか。

その疑念はぬぐえず、佐知はついつい、山田に邪険な態度を取ってしまう。山田との関係を、鶴代にずばりと尋ねてみたこともある。鶴代の答えは、

「ふん」

だった。「そんなわけないでしょ。山田さんは私のおむつまで替えてくれたんだから。ひとまわりも年が離れてるし、お兄さんかおじさんみたいなもの」

「でもアンドレだって、オスカルと子どものころから一緒で……」

「雄狩？　だれ、それ」

おかしな漢字をあてているのが明らかにわかるイントネーションだったので、佐知は説明を断念した。母娘の会話は、いついかなるときも成立しない。

「じゃあ、山田さんはなんで結婚しなかったんだろう」

「知りませんよ、そんなこと。山田さんのことは、この家に憑いてる霊か守り神だと思って、放っておけばいいんです」

けっこうひどい言いぶんだ。鶴代にとっての山田は、いてあたりまえの存在、特に邪魔にもならない空気みたいなものらしいのだった。

佐知は鶴代と茶を飲む気分ではなかったので、食材を冷蔵庫にしまい終えると、すぐに二階へ上がった。自室のカーテンを引き、電気をつけて机に向かう。

色とりどりの刺繡糸のなかから、深い赤を選んで針に通す。白ウサギの目の部分に、アーモンド型に赤色を刺していく。童話集の装幀に使いたいと、出版社から依頼を受けたものだ。

針を動かすうち、「私も雪乃と同じだ」という考えがきざした。この仕事を絶対に手放したくない。生活のため。それももちろんある。だがそれ以上に、頭のなかから湧いてくるイメージ、針から布へ注ぎこまれ形になっていくうつくしい色彩、刺繡という行いそのものをやめることができない。子どものころからそうだった。佐知の内部でうずまくさまざまな物思いや感情は、言葉よりも針で、手のなかでやわらかくたわむ布や糸で、外界へと解き放たれるものだった。

徐々に赤くなるウサギの目に吸いこまれるように、佐知は針を動かしつづけ、やがて思考も吸いこまれて、無になった。

昆布で出汁を取り、豚肉と豆腐とネギと大量の白菜が入った鍋ができあがった。ダイニングテーブルに置いた電熱器へと、湯気の立つ鍋を鶴代がうやうやしく運んでいく。茶碗にご飯をつぎ、さあ食べようというところで、雪乃と多恵美が帰ってきた。裏門のところで一緒になったらしい。まだ八時まえだ。めずらしく早い帰宅である。

四人そろって鍋を囲んだ。二人暮らしが長かった佐知と鶴代は、ダイニングの椅子がすべて埋まり、にぎやかに鍋をつつく今日のような夜は、なんだか心が弾《はず》みもし、しかしいずれ雪乃と多恵美もこの家から出ていってしまう日が来るのだろうかと、さびしさを先取りして感受しもするのだった。

雪乃は楚々《そそ》とした外見に似合わず肉食で、器に豚肉を取っては豪快に食べている。華やかで明るい雰囲気の多恵美はというと、豆腐が好物だ。ポン酢を器にちょっと垂らし、すでに一丁を一人でたいらげた。

鶴代が台所から追加の豆腐を持ってきて、白菜とともに鍋に入れる。蓋《ふた》をして熱が通るのを待つあいだ、四人はしばし箸を止め、小さな穴から立ちのぼる白い湯気を眺めた。

「それで？」

と雪乃が言った。「あんたどうして、タクシーで帰ってきたの」

「タクシー？」

佐知は驚いて多恵美を見た。「多恵ちゃん、具合でも悪い？」

とてもそうとは思えぬぐらい、豆腐を食べていたが。心配そうな鶴代の視線までもが向けられたので、多恵美は困って笑みを浮かべ、顔のまえで手を振ってみせた。

「大丈夫です、大丈夫です。ただ、会社を出たら、道の向かいに宗《そう》ちゃんがいたもんで」

宗ちゃんとは、多恵美の元彼、本条宗一《ほんじょうそういち》のことだ。多恵美よりひとつ年下の二十六歳、昨年までつきあっていた。

「げっ、と思ったんですけど、まあ電車に乗って。でも、帰宅ラッシュじゃないですか。混んでて、宗ちゃんがつけてきてるかどうかもわかんないし、もしつけられてたらやだなと思って、念のため高円寺《こうえんじ》で降りて、タクシーで帰ってきました」

そして裏門でタクシーを降りたところ、阿佐ケ谷から歩いてきた雪乃と行き合ったのだった。

「いやあねえ、しつこい男って」

と鶴代は顔をしかめ、

「向こうもタクシーで、多恵ちゃんをつけてきてなかった？」

と佐知は懸念を示し、

「そもそも道の向こうにいたのは、本当に本条だったの」

と雪乃は疑問を呈した。

「まちがいありません」

多恵美は力強く答え、芝居がかった感じで身を震わせた。「あの猫背、ぼさぼさの髪、ねっちりした目つき、宗ちゃんです。でも、高円寺でタクシーに乗ってからは、絶対につけられてないと断言できます。わざと遠まわりして何度も角を曲がってもらったし、ついてくるヘッドライトもなかったし、運転手さんも『あやしい車はないですね』と言ってたし」

「運転手さんに事情を話したの？」

佐知はおずおずと尋ねた。「まえの車を追ってくれ」とか、「尾行されている。うしろの車を振り切ってくれ」とか、ドラマのなかでしか言ってはいけないセリフだと思っていた。

「はい。『つけられてる気がするんです』って。運転手さん、張り切ってました」

多恵美は無邪気なものだ。

「警察に言ったほうがいいかしら」

鶴代は鍋の蓋を開け、豆腐の具合をたしかめながらつぶやいた。

「証拠がないですよ」

雪乃は早くも肉に箸をのばしつつ言った。「電話やメールを寄越すでもないし、今日だって多恵美が『見た』って言ってるだけですから」

「私の妄想みたいに言って」

多恵美はおたまで豆腐をすくい、不満を表明した。

とにかく様子を見るしかあるまい。戸締まりをちゃんとすること。不安を感じたら佐知が駅まで迎えにいくので、すぐ連絡すること。以上を四人は申しあわせた。

やっぱり山田さんに同居の件を打ち明けたほうがいいのではないか、と佐知は思った。そうすれば、山田も多恵美の安全に気を配ってくれるはずだ。女ばかり四人で対処するより、八十歳とはいえ男性が力添えしてくれたほうが、なにかと心強い。

どうせ薄々察するだろうしと、牧田家に住む人員が増えたことを、近所のひとはもちろん、山田にさえ知らせなかったのは、「面倒くさい」だけが理由ではない。情報がどこから漏れるかわからないからだ。

そもそも多恵美がこの家に転がりこんできたのは、本条から逃れるためである。

本条は多恵美の大学時代の後輩で、学生のころからつきあっていた。ところが、本条は就職活動がうまくいかず、というよりも就職する気があったのかどうか、大学を出ても無職のまま、一人暮らしをする多恵美のアパートに入りびたっていた。つまりはヒモだ。そのくせ、いずれは厳選したコーヒー豆のみを扱うカフェを開きたい、店の一角でセンスのいい雑貨を売るのもありだと思うなどと、夢見がちな少女でも抱かないような将来像を口走り、多恵美に金をせびっては、「視察」と称して昼間から喫茶店でだらだらする生活だった。

長くつきあってきたし、悪いひとではないのだからと、最初は前向きに受け止めていた多恵美も、さすがに「それでいいのか」と意見するようになった。すると本条は、あるときはめそめそと弱音を吐き、あるときは居丈高《いたけだか》に振る舞い、あの手この手で多恵美を丸めこもうと試みだした。部屋に置いていた多恵美の金を勝手に持ちだし、それを責めると、なにを話しかけても一言も口をきかなくなったり、ときには殴ったり突き飛ばしたりということさえあった。

たまりかねた多恵美は、本条を追いだし、部屋の鍵を替えた。今度は、夜間に訪ねてきてドアを叩きまくる、復縁を願う電話やメールがひっきりなしに来る、といった事態になった。「早く私に飽きてくれればいいのに」と多恵美はのんびり構えていたのだが、会社の先輩である雪乃に、ふとした拍子に本条のことを話したところ、

「ダメ、絶対」

と、麻薬撲滅ポスターみたいな答えが返ってきた。雪乃の言葉を借りれば、本条のような男は麻薬と同じぐらい厄介なのだ。

「殴ったり金をむしったりする相手に対して、『飽きてくれれば』なんて悠長に思ってる時点で、あんたは本条という麻薬にやられている」

雪乃は懇々《こんこん》と多恵美を諭《さと》した。「相手は、多恵のことなんてとうの昔に飽きてんの。だけど金が欲しいし、多恵に見捨てられたらやっていけないから、『よりを戻そう』って言

ってきてるだけ。いまのうちに手を打たないと、ずるずるつきあいつづけるはめになる」

私のほうが、宗ちゃんに未練がある？　宗ちゃんはとっくに私に飽きていた？　多恵美は動揺した。だが、いつも冷静で仕事のできる先輩のまえだ。みじめな姿を見せるわけにはいかない。必死に虚勢を張って平静を装った。

「でも、手を打つって言っても……」

「すぐにアパートを引き払って、私のところに来るといいよ」

と、雪乃は言った。「もちろん、本条とやらに勘づかれちゃまずいから、引っ越しも協力してあげる」

雪乃の言う「私のところ」とは、ちっとも「私のところ」ではなく、牧田家のことだった。雪乃はそのころすでに、牧田家の二階に住みはじめていたのだ。同居人が増えれば、食費や水道光熱費も割安になる。「親切な先輩」の仮面の下に、そんな思惑を隠し持っていた雪乃は、鶴代や佐知の承諾を得ることもあとまわしで、熱心に多恵美を誘ったのだった。

それでは、雪乃が牧田家に居住するようになったいきさつはというと、以下の次第である。

保険会社に就職したときから、雪乃はずっと同じアパートで一人暮らしをしていた。小田急線沿線、和泉多摩川《いずみたまがわ》にあるそのアパートは、築四十年になろうかという木造二階建てで、名は白百合荘。どこが白百合なのか不明のおんぼろアパートで、外壁に塗られた茶色いペンキはところどころ剝《は》がれ落ち、外階段にはオレンジ色をした謎の錆止めが塗布されている。

加えて、西日のせいで畳が灼《や》ける難点もあれども、雪乃は白百合荘に概《おおむ》ね満足していた。駅から徒歩五分と便利だし、押し入れは広いし、家賃が安かったためだ。

そう考えるひとは多いようで、全部で六部屋ある白百合荘は、ほぼいつも満室だった。住人の大半は、古さと狭さを気にしない学生。あとは老人が一人、二階の角部屋に住んでいた。ちょうど雪乃の階上にあたる部屋だ。つまり白百合荘は、定期収入がそれなりにある勤め人は敬遠するような物件だということである。

雪乃は極力ものを所持しない生活を心がけているので、部屋の狭さは気にならなかった。古さに関しては、あまり気づかなかった。なにしろ、十五年近く白百合荘に住みつづけていたのだ。雪乃の入居当時は、白百合荘もよくある築年数のアパートだったし、年月を経るごとに建物のあちこちにガタが来てはいたが、雪乃にとっては日常の一コマだったためだ。毎日顔を突きあわせていると、親が年を取ったことになかなか気づけないのと同じだ。雪乃は年に二回ほど帰省するたび、ひさしぶりに会う両親の老化に驚いているが、白百合荘の経年変化には無頓着でいた。

そういうわけで、雪乃は近所に住む大家一家ともすっかり顔なじみになり、白百合荘で快適に暮らしていたのだが、ある冬の晩、一日の仕事を終えて帰宅し、自室の玄関ドアを開けたところ、部屋じゅうが水びたしになっていた。

ドアを開けたまま呆然と立ちつくした雪乃の足もとに、靴を三足置いたら満杯のたたきから、溜まっていた水が一気にあふれだしてきた。二畳ぶんほどの台所のフローリングが、すっかり浸水してしまっていた。その奥にある六畳間の畳も、なにやら湿っているようだ。

原因は明らかだった。水漏れだ。玄関のすぐ脇にある三点ユニット。白百合荘は三十年ほどまえに改装し、ユニットバスを各部屋に取りつけたらしいのだが、その付近を中心に、天井から猛烈な勢いで水が滴《したた》り落ちていた。

雪乃はパンプスを履いたまま部屋に上がり、ぬるい水滴に打たれながら風呂場を覗いた。蛇口はちゃんと閉められている。となると水の出どころは、同じ間取りだろう二階の部屋だ。即座に身を翻《ひるがえ》した雪乃は、錆びた外階段を駆けあがり、おじいさんが一人暮らしをしている部屋のドアを叩いた。

「すみません！」

呼びかけても反応がない。風呂に湯を汲みこんでいるのを忘れ、外出してしまったのだろうか。雪乃は念のためドアノブをまわしてみた。鍵はかかっておらず、ドアはこれまた大量の水とともに、スムーズに開いた。

いやな予感がする。雪乃は自室以上に水びたしの二階の部屋へ足を踏み入れた。申し訳ないと思いつつ、パンプスは脱がぬことにした。ストッキングが濡れるのがいやだったし、履いたままでいたほうが、なにかあってもすぐ逃げられる気がしたからだ。

住人のおじいさんとは会えば挨拶するが、名前を知らない。

「あのー、いらっしゃいますか？」

と呼びかけることしかできなかった。あいかわらず返事も気配もない。六畳間が無人なのはわかっていたので、雪乃は意を決して三点ユニットのドアを開いた。

もうもうと湯気が立ちのぼるなか、おじいさんが全裸で、便器を抱えこむようにして倒れていた。浴槽からはざんざかと湯があふれている。

「大変！」

雪乃はおじいさんの肩に手をかけ、軽く揺すってみた。「大丈夫ですか⁉」

意識がないようだ。湯気でおじいさんの肌があたたまっているせいで、生きているのか死んでいるのか判別がつかない。雪乃は持ったままだった通勤鞄から携帯電話を取りだし、一一九番通報した。状況を説明しながら、片手で蛇口を閉める。気道確保をするようにと電話越しに指示され、苦労しておじいさんを引っ張り起こそうとしたが、痩せた老人とはいえ脱力しているうえに、風呂場兼洗面所兼トイレには体勢を変えられるようなスペースがろくにない。

どうしたもんかとパニックで泣きそうになったが、意地でこらえた。水びたしの床に鞄を置き、おじいさんの両腋《りょうわき》に背後から腕をつっこむ形で、なんとか台所へと引きずりだした。そういえば老人のペニスを見るのははじめてだ、と思ったが、そんなことを気にしている場合ではない。仰向けに寝かせ、言われたとおりに顎《あご》を反らせる。

人工呼吸をしなきゃならないんだろうか、とややひるんだところで、救急隊員が到着した。数人の隊員は、おじいさんの様子をてきぱきと確認すると、毛布でくるんで布担架に乗せようとした。雪乃はそのときようやく、おじいさんの背中に鮮やかな刺青《いれずみ》が施されていることに気づいた。最前までは夢中で、目に入っていたはずの情報が脳へ達していなかった。

穏やかそうなおじいさんだと思っていたけど、ヤクザだったんだろうか。雪乃はぼんやりと考えながら、大家に電話した。大家のおばさんはすぐに駆けつけてきて、おじいさんの乗った救急車を雪乃とともに見送った。そのころにはほかの住人も、「なんだ、なんだ」と表へ出てきた。

銀色の星が瞬《またた》いていた。雪乃はようやく寒さを感受し、着ていたコートのボタンを首もとまで留めた。

「これは困ったねえ」

雪乃の部屋とおじいさんの部屋とを見て、大家のおばさんはため息をついた。「リフォームに相当かかりそう」

お金も時間も、ということだろう。こんな事態になっても、まだ白百合荘を取り壊すつもりはないらしいことに、雪乃は感嘆と驚きを覚えた。雪乃の部屋は、濡れた畳がクッションみたいにやわらかくなっていた。古道具屋で購入したライティングデスクは、かろうじて無事だった。唯一、雪乃が大切にしてきた家具なので、不幸中の幸いだと言えよう。押し入れを覗くと、かけておいた服が湿ってしまっている。カラーボックスに入っていて難を逃れた衣服のなかから、必要な着替えを選び、大家のおばさんがくれた紙袋に詰めた。とりあえず今夜はホテルに泊まるしかなさそうだ。今後の話はまた後日ということで、雪乃は電車で新宿へ戻り、ビジネスホテルで眠った。

翌日は土曜日で、雪乃は佐知とちょうど新宿でお茶をする約束をしていた。救出した黒いセーターとジーンズを身につけ、コートを着た雪乃は、通勤鞄を手に紀伊國屋書店へ向かった。すでに到着していた佐知は、

「どうしてその鞄？」

と、異変をめざとく察知して尋ねた。

ビルの地下に入っている店でカレーを食べながら、雪乃は佐知に前夜の出来事を語り聞かせた。佐知はふんふんと相槌《あいづち》を打ち、「それは大変だったね」とか「おじいさんはどうなったかな」などと感想を述べたのち、

「じゃあ、リフォームが終わるまで、うちに来れば」

と提案した。

実のところ雪乃も、佐知がそう申し出てくれることを少々期待していた。ホテルに何日も泊まりつづけられるほど、雪乃の資金は潤沢ではない。友人も会社の同僚も、結婚して家族がいたり、ワンルームで一人暮らしをしていたりだから、避難場所に使わせてくれと頼みにくい。

しかし、佐知の家はちがう。広々とした庭があるし、部屋も余っているようだし、古くて駅から遠いというマイナスポイントにも目をつぶれるほど、居心地がよさそうだ。雪乃は佐知の家を訪れるたび、「こういうおうちを都内、しかも二十三区内に持っていたら、そりゃああくせく働かず、刺繡をして暮らせるよなあ」と、やや意地の悪い思いを抱いていた。実際に同居をはじめて以降、佐知の仕事ぶりを身近で見るにつけ、そんなふうにやっかんだ自身を恥ずかしく感じたのだが。

雪乃はさっそく白百合荘へ取って返すと、こまごまとした日用品やら洋服やらを箱詰めし、宅配便で佐知の家へ発送した。その足で阿佐ケ谷に向かい、土曜の晩から牧田家の二階の住人となったのだった。

案の定、牧田家での暮らしは快適だった。少々の難はといえば、敷地内に居住する謎の老人山田の目をかいくぐるため、裏門しか使えないことぐらいだ。会社から帰って、一人のアパートで黙々と夕飯を食べる毎日とはまるでちがう。家のどこかに、必ずひとの気配があった。気が向けば佐知の部屋を訪ね、刺繡をする彼女のかたわらに座って、夜遅くまでおしゃべりすることができた。雪乃は牧田家に移ってすぐ、疲れからか濡れたのがよくなかったのか、軽い風邪を引いた。鶴代はおかゆを作り、夜中にもそっと様子を見にきて、冷えピタを貼り替えてくれた。

だれかと生活をともにすることを、それまでの雪乃だったら鬱陶しいと感じただろう。大学に進学したときから、雪乃はなにもかもを一人でやってきた。大人として当然だと思っていた。でも、そうではないのかもしれない。経済的に自立し、一人で生きられることは、べつに大人の証《あかし》ではない。本当の意味で一人で生きられる人間などいないのだし、お金なんて所詮は天下のまわりもの。あくまでも労働の報酬としてだれかからもらうものであって、雪乃自身の価値を表すものではない。

譲りあったりぶつかりあったりしながら、それでもだれかとともに生きていける能力の保持者こそを、大人というのかもしれない。そんなふうに思えてきたのだった。

年を取ったってことかしらねえ。雪乃は自嘲し、風呂場で倒れていたおじいさんのことを思った。リフォームの進捗《しんちょく》について、大家のおばさんと電話で話した雪乃は、部屋の改装に二週間はかかることと、救急車で病院に搬送されたおじいさんの死亡が確認されたことを知ったのだった。

おじいさんは心臓発作を起こしたらしく、雪乃が駆けつけたときにはすでにこときれていたようだ。自分が気道確保にまごまごしていたせいで、おじいさんが死んでしまっていたらどうしよう。そう案じていた雪乃は、おじいさんの死の顛末《てんまつ》を知り、悼《いた》むと同時にやや安堵した。私のせいじゃなくてよかった、と。

ふと、おじいさんの背中の彫り物が脳裏に浮かんだが、大家のおばさんがその事実を知っているかどうかわからなかったので、なにも聞けなかった。おじいさんがヤクザだったのか昔気質《かたぎ》の職人だったのか刺青マニアだったのか、真相は謎のままだ。なぜ、和泉多摩川のアパートで一人暮らしをしていたのか、家族はいたのか、それもわからない。おじいさんの一生は、物語として雪乃のもとに届けられることなく終わり、ただアパートの敷地内ですれちがいざま会釈したときの微笑の記憶が、揺らめく影のように脳裏にたまに甦《よみがえ》るのみだ。

雪乃は大家のおばさんに、白百合荘から退去する旨を伝えた。おばさんはとても残念がったが、事情も事情だしと了承したうえ、敷金の返金と引っ越し代の負担を約束してくれた。

こうして雪乃は、白百合荘から牧田家へと本格的に移り住むことになり、水漏れ騒動から一週間経った週末には引っ越しが行われた。ちなみにこのときも、鶴代と佐知には事後承諾を得る形で事態は進行した。

その数カ月後、ストーカーと化した元彼から身を隠すため、雪乃に連れられて多恵美がやってきた。雪乃に対しても、多恵美に対しても、鶴代と佐知は歓迎の意を表した。雪乃は以前から佐知の友だちだったし、多恵美は刺繍教室に通ってきていたしで、すでに馴染みの存在だったからだ。

四人で暮らすようになって、佐知はたまに、

「ねえ、気づいてる?」

と言う。「私たち、『細雪』に出てくる四姉妹と同じ名前なんだよ」

それはたいてい、晩に四人がリビングに集《つど》っているときだ。鶴代はいもけんぴをつまみながらテレビドラマを鑑賞し、雪乃はストレッチと称してパジャマ姿で案山子《かかし》のようなポーズを取り、風呂上がりの多恵美はパンツ一丁で脛毛《すねげ》を抜く。ダイニングテーブルで刺繍のデザイン案を描いていた佐知は、そんな姿を見てため息をつく。

「なのに私たちときたら」

「えー。私、『細雪』って読んだことないです。ていうか、あんま小説って読まないし」

と多恵美はほがらかに笑い、

「私も映画でしか見たことない。たしか、幸子《さちこ》は佐久間良子だった。あんた、自分を佐久間良子になぞらえるって、いい度胸ねえ」

と鶴代は鼻で嗤《わら》い、

「なんで嘆く必要があるの。私たち、『細雪』と似たような暮らしかたじゃない」

と雪乃は案山子状態のまま首だけかしげた。

「どこが似てんのさ」

「鶴代さんは浮世離れ、佐知は世間知らずの苦労性、私は男の影も形もない、多恵は男に関してまことに奔放」

「ちょっと待ってください！」

多恵美が毛抜きを持った手を高々と掲げる。「私は奔放なんかじゃありません。現にいまも、宗ちゃんがいつ出現するかと怯《おび》える日々で、ほかの男とおちおちデートもできないし」

「と言いつつ、してるんだよね」

無毛地帯となった多恵美の脛を見やり、佐知は再びため息をついた。佐知は冬期はついずぼらをして、体毛の処理を怠《おこた》る派である。

「雪乃も、堂々と男いない宣言してる場合？」

「とにかく」

と、雪乃は案山子から枯れ木へとポーズ変更しながら、強引にまとめる。「『細雪』だって、けっこう生々しいというか生ぐさいというか、ザ・生活って感じの話だった気がする。大丈夫！」

なにが大丈夫なのか不明だが、佐知はいつも丸めこまれ、「そうかも」と思わされてしまうのだった。

鍋を食べ終えた一同は、手分けして食器を洗い、歯を磨いたり交代で風呂に入ったりして、それぞれの部屋へ引きあげた。

自室で刺繍のつづきに取りかかった佐知は、なんとなく不安をぬぐえず、針を置いて廊下に出る。雪乃はまだ起きているようだが、多恵美の部屋からはすでに明かりが漏れておらず、ドアのまえに立つとすこやかな寝息がかすかに聞こえた。しばらくなりをひそめていた元彼が、またもストーキングを開始したというのに、とんだ強心臓の持ち主だ。だいいち、本条も本条である。いったいなにがきっかけで、「そういえば多恵美、どうしてるかな」と思ったのだろう。別れた女のことなど、さっさと忘れればいいものを。

佐知は階段を下り、一階の戸締まりを再度確認した。掃きだし窓には鎧戸《よろいど》がついているが、古くなって建て付けが悪いので、よっぽどの嵐でもないかぎり閉めない。カーテンを細く開け、鍵をたしかめつつ庭を見る。山田はもう眠っているらしい。守衛小屋は、表門のそばで曖昧《あいまい》な輪郭となって夜に覆われていた。

暦のうえでは春だとはいえ、古い家は火の気が消えると急に冷え冷えとする。リビングとつづきになったダイニング、その隣にある台所。すべて異常なしだ。次に、廊下を挟んでリビングの向かい、階段脇にある鶴代の部屋へ向かった。和室の引き戸を開けるまでもなく、オオカミのうなり声のごとき鶴代のいびきが廊下まで轟《とどろ》いていた。たとえ賊が侵入を試みんとしても、この部屋の窓だけは避けるだろう。

佐知は廊下の奥、一階の残るひと部屋のほうへ視線を向けた。通称「開かずの間」だ。物置がわりにガラクタを詰めこんであると鶴代は言うが、佐知は物心ついて以来、鶴代がこの部屋へ出入りするのを見たためしがない。ドアにはいつも鍵がかかっているため、室内を垣間見たことすらない。鶴代によると、鍵はとうの昔になくしてしまい、なかのガラクタにも特段の用はないので、そのまま放っているのだそうだ。

つまり四十年近く「開かずの間」なわけで、内部はどんなカオスと化しているだろうと考えるだけでぞっとする。裏庭に面した窓にも、色褪《いろあ》せた赤っぽいビロードのカーテンが吊されているので、現状はわからずじまいだ。

「開かずの間」の戸締まりは確認するまでもない。ここが開く日が来たら、賊よりもまえに埃やらネズミやらゴキブリやらが家じゅうに飛びだしてきて、牧田家は滅亡のときを迎えるであろう。南無三、南無三。その日が一日でも遠からんことを。

二階へ戻り、風呂場を覗く。なぜ、水場を一階の台所と二階の風呂場とにわけて設けたのか、この家を建てた曽祖父の意図を問いたいと佐知はいつも思う。二階には寝室が三つあり、曽祖父はたぶん、息子夫婦の子どもたちが湯冷めしないようにと、寝室と風呂場が近接する設計にしたのだろう。結局、生まれたのは鶴代一人で、しかも鶴代は現在、一階で寝起きしているが。だがまあ、曽祖父の配慮のおかげで、佐知は湯冷めと無縁でベッドに入れるし、雪乃と多恵美も個室を得ることができたと言える。

わずかな湿気と、甘いシャンプーの香り。四人の女がその身をひたす浴槽は、いまは多恵美によってきれいに洗いあげられ、からっぽの中身を夜気にさらしていた。修辞的な意味ではなく、実際に風呂場の窓が細く開いており、冷たい風が吹きこんでいたのだ。

いくら格子のはまった窓だからといって、不用心すぎる。カビが生えないように湯気を逃がそうという多恵美の気づかいだろうけれど、ストーカーに待ち伏せされたその晩に窓を開けっぱなしにするとは、いかなる神経なのだ。佐知は憤然と風呂場に踏みこみ、窓を閉めて鍵をかけた。タイルに残っていた水分が靴下に染み、忌々しい気持ちになった。

佐知の隣室、雪乃の部屋の電気はまだ消えていなかった。佐知はノックと同時に、

「ちょっといい？」

とドアを開けた。

「どうしたの」

雪乃はベッドに座り、両脚を広げてストレッチをしながら週刊誌を読んでいた。おじさん雑誌だ、と佐知は思うのだが、上司が読み終わったものをくれるそうで、雪乃は毎週律義に目を通している。芸能ゴシップから経済や健康情報まで、おじさん向け週刊誌のネタは会社での会話に役立つと雪乃は言う。

佐知はうしろ手にドアを閉め、薄ピンクのラグに腰を下ろした。雪乃の部屋はものが少なく、いつ訪れてもきれいに整頓されている。仕事へ行くときの隙のない恰好に比して、インテリアの色づかいは女子っぽい。ベッドカバーは品のいいバラ色だし、鏡台兼ライティングデスクは猫足のアンティーク風だ。

多恵美の部屋は、本人がフェミニンなわりに雑然としており、洋服は吊されぬまま椅子のうえに山積みになっているし、引っ越してきて一年が経つというのに、化粧品の類《たぐい》を段ボールから出し入れしているし、ベッド脇の壁には外国のサッカー選手のポスターが貼ってある。ファンなのかと佐知が尋ねたら、だれだかよく知らないけれど、筋肉のつきかたが好みだからという返答だった。

それでも男にモテて、同棲までしていたのだから、交際とは奥深いものである。そう考えた佐知は、「そうだ、多恵ちゃんのことを話そうと思ってたんだ」と、雪乃を訪問した理由をようやく思い出した。

「聞いて。多恵ちゃんたら、お風呂場を掃除したときに窓を開けたままにしてる」

「ふうん」

雪乃は雑誌を脇によけ、腕をのばして爪先をつかんだ。「でも、それを私に言われても」

「多恵ちゃん、もうすやすや寝てるんだもん」

「しょうがないなあ」

猫のようにしなやかに、雪乃は体の筋をのばす。「私からも、気をつけるように言っておく。……ふふ」

「なになに、なんで笑った？」

「なんか私、お父さんぽいなと思って」

「うん。雪乃は頼りがいあるよ」

佐知は信頼と感謝をこめて言ったのだが、雪乃は一瞬、なんらかの皮肉かと疑い、すぐに佐知が本心を述べているのだと気づいてあきれた。佐知のなかで、父親とはいったいどんなイメージなのか。雪乃はそう思ったけれど、追究するのはやめておいた。詳しく聞いたことはないが、牧田家に「父」の存在がないのは明白だったたし、たぶん佐知は父親というものを知らないのだろうと推測できたからだ。

「ちがう」

と雪乃は言った。「お父さんっぽいのは、『うんうん、取りなしておくよ』って適当に返事して、ことを荒立てないようにしてるところ」

「えー、なんだ、適当だったの？」

「いや、ちゃんと多恵に言っとく」

「うん、お願いね」

と、すっかり安心している佐知を見下ろし、雪乃はベッド上であぐらをかいた。

「佐知はお母さんみたい。あれこれ気をまわして、夜中に家のなかを歩きまわって」

「そうかなあ。じゃ、多恵ちゃんが私たちの娘か」

「いらないけどね、あんなおぼんち娘」

「あんた、ひどいってば。とすると、うちのお母さんは？」

「多恵のおばあちゃんかな」

「年寄り扱いして。母に殺されるよ」

と佐知は笑った。「多恵ちゃんのことも心配だけどさ。雪乃はどうなの」

「どうって、なにが」

「うちにいたんじゃ、つきあうっていってもいろいろやりにくいんじゃない」

牧田家は男子禁制という不文律があった。痴情のもつれの持ちこみを未然に防ぎ、女四人が平穏に暮らすためという側面もあったが、そもそも雪乃と多恵美が転がりこんでくるまえから、母娘はこの家で修道女のように清らかな毎日を送っていたのだった。

佐知は学生時代から何人かとつきあったが、会うのは相手の部屋だったりホテルだったりで、自宅に連れてきて鶴代に紹介したためしはない。紹介したところで、鶴代はどうせ「ふん」と一瞥《いちべつ》するのみ。そのくせ相手が帰ったあとで、あれこれ品評するにちがいないのだ。おお、おそろしい。佐知は身震いする。母親の娘に対する舌鋒《ぜっぽう》は、剣のごとく鋭く、しかも抜けにくいトゲが生えたものだと相場は決まっている。

無用な負傷を避けるため、佐知は男の存在そのものを家から遠ざける対策を取ってきたのだが、昨今は仕事がそれなりに忙しく、しかも自室で根を詰める作業なので、出会い自体がなくなってしまった。ここ三カ月でまともに会話を交わした異性は、山田だけというていたらくだ。家のみならず佐知自身からも男の存在が遠ざかっている感がある。

鶴代の交際事情はいまも昔も鋼のベールで覆い隠されている。佐知も特に知りたいとは思っていない。ベールを剥いだら茫漠とした空白が広がっていそうで、その事実を目の当たりにするほうが、「実は若い男百人をとっかえひっかえしていました」と告げられるよりもこわい。

「出ていったほうがいい？」

と雪乃の声がした。佐知は我に返り、

「そういう意味じゃなく」

と急いで首を振った。「雪乃は会社に行ってるんだし、出会いだってあるでしょ。だったら、一人暮らしのほうがなにかと便利かなと」

「あのねえ」

雪乃はため息をついた。「外に出れば出会いがあるっていうのは、あなたの幻想だから」

「そう？」

「そう思いたい気持ちもわからなくはないけど、つきあう相手がいないひとは、部屋にこもってても大勢のなかにいても、所詮は一人のままなの」

「なんと残酷な真実」

「それが世の中ってものです。だいたい、私たちいくつだと思ってるの。『いいな』と思うひとがいたとしても、たいていは既婚者だよ。もしくは十歳ぐらい年下。不倫したり、すごく若い男に言い寄ったりする気力、あなたにある？」

「ない」

「私も。だから一人暮らしじゃなくても、特に支障はない」

なるほど、と佐知は深く納得した。多恵美を見ていると、独身女性はわりといつも恋愛し、あるいは恋愛絡みのいざこざを抱えているもののように思えて、なにもない自分はおかしいのではないかと、少し不安だった。しかし、雪乃も自分と同類だと判明し、佐知は取り残されていなかったことに大きな安堵を覚えた。仲間のいる心強さよ。

一方の雪乃は、佐知がいまだに、「恋の狩り場に打って出さえすれば、相手が見つかるはずだ」と考えているらしいと解釈し、その無邪気さに驚いていた。佐知の一連の発言の真意は、「私はともかく、雪乃ならまだまだ大丈夫なはずだから、この家に引きとめては悪いな」というものだったのだが、雪乃はそうとは知る由もない。家で刺繡ばかりしているから、年を取ったことに気づいていないのかも、と佐知を案じた。

私たちはもう、恋愛市場では残り物の部類なのであり、残り物をつまもうとする男がたまに現れたとしても、それは、家庭はあるけれど都合よく恋愛ごっこも楽しみたい、しかし若い女を振り向かせられるほどの魅力や財力はない、という半端者ばかり。では若い男はどうかといえば、世の中には若くてかわいらしい女があふれかえっているのであって、やっぱり私たちなどお呼びではないのだ。という無惨なる現実を佐知に告げるべきか否か迷ったすえ、「まあいいか」と雪乃は口をつぐんだ。どうせ佐知は、針と糸と布があれば満足で、本気で男と交際したいと切望しているふうではないのだから。

　結局のところ、と雪乃は思う。佐知も私も、他人に対して不寛容なのだ。なにかを求めることも求められることも、許すことも許されることも、面倒だし自己の領域を侵犯されたかのように感じてしまう。そんな人間は一人でいるほかあるまい。

　白百合荘で暮らしているころだったら、夜中に突然友だちがやってきて、了承も得ず部屋に上がりこんでしゃべりだそうものなら、「なんなんだ、いったい」といらだったはずだ。当時に比べれば、雪乃は寛容さを養い、佐知の訪《おとな》いと会話を楽しんでさえいる。牧田家で他人と暮らす生活は、雪乃にとってリハビリテーションのようなもので、もう二十年はまえ、両親や兄と喧嘩したり笑ったりして毎日を過ごしていたころを思い出す。自分のリズム、自分の経済力だけでは生きられなかった日々。不自由で、お気に入りのインテリアとも縁遠く、醬油やら古い柱やらのにおいに包まれて生活していた、愛憎相半ばするなまあたたかい日々を。

「雪乃がこの家にいてくれてよかった」

と佐知が言い、

「なに言ってんの、急に」

と雪乃は笑った。雪乃はちょうど、「自由と独立と己れとに充ちた現代に生れた我々は、その犠牲としてみんなこの淋しみを味わわなくてはならないでしょう」という夏目漱石の『こころ』の一節を思い出していたところで、しかし衒《てら》いなく親愛を表明してみせる佐知を見ていると、「淋しみ」を超える唯一の方法は、男でも家族制度でもなく、いつ途切れるかわからぬゆるやかな連帯、なぜ一緒に住んでいるのかすらうまく説明できない、私たちのような暮らしのなかにしかないのかもしれない、と思えてくるのだった。それはそれで、刺繡糸よりも細く頼りないつながりであることだ。

さびしさ地獄。だが、これまでひとが天国で生きていた時代などあっただろうか？　雪乃は佐知に気づかれぬよう、今度はひっそりと笑った。

その後は、「本条がストーキングをつづけるようならどう対処するか」「山田にどのタイミングで同居を打ち明けるか」などを語らった。

前者について、佐知はやはり警察に相談したほうがいいのではないかと提案し、雪乃はいたずらに本条を刺激するのはよくないと意見を述べた。話しあいのすえ、本条が出没したら記録をつけ、もう少し証拠を集めてから警察へ行く。それまでは同居人たる鶴代、佐知、雪乃が総力を挙げて多恵美を見守る、ということで両人の考えは一致した。

後者については、「さっさと言っちゃえばいいのに」と雪乃は言い、「なんで私が。お母さんが言えばいいんだよ」と佐知は難色を示した。

「山田さんは、お母さんの兄貴分ていうか、お目付役なんだから」

そう言った佐知の声音に、若干の嫉妬もしくは拗《す》ねた気配を、雪乃は敏感に察知した。山田に母親を取られた気がするのか、その逆なのか。まさか佐知が山田に恋愛感情を抱いているとも、鶴代と山田が恋愛関係にあるとも思えないが、糸が絡まりあうような複雑な心情が存在するのだろうと雪乃は感じ、これまでどおり裏門を使い、なるべく山田の目につかぬよう気をつけること、それでも山田に行き合ってしまったら、佐知のところに遊びにきたふりをすること、を請けあった。

佐知は安心し、雪乃の心づかいに対して感謝を述べた。

四人の女の警戒をよそに、本条はしばらくなりをひそめたままで日々が過ぎ、空気は本格的な春へ向けて徐々にぬくもっていった。

正確に言えば、本条は一カ月に一度か二度、雪乃と多恵美が勤める保険会社のまえに立っていた。あるときは、多恵美が仕事を終えてエントランスから出ていくと、道路の向こうでふいと雑踏にまぎれ去る本条の背中が見えた。またあるときは、連れ立って家路につこうとする雪乃と多恵美を、街路樹の陰から覗き見ていた。

いったい本条はなにをしたいのだろうか。話しかけてくることも、必要以上に近づいてくることもない。ストーキングが毎日ならば、即座に警察に訴えもするのだが、本条にはそこまでの根気が備わっていないらしく、忘れたころに出没するのが、また迷惑である。

本条の出没日時を記した帳面を眺め、佐知はため息をついた。

「リズム感てものがないのよねえ」

二月四日、十九時ごろ。二月二十五日、二十時四十五分ごろ。三月十九日、十九時三十分ごろ。「気まぐれなイリオモテヤマネコが目撃された日時」のように、なんの法則性もなく、思いついたときに会社へ立ち寄ってみました、といった数字の羅列だ。

「私がバンドやってたら、即座にメンバーチェンジする。『ドラマー急募』って雑誌に告知出す」

と、雪乃はおかんむりだ。多恵美と同居中だと本条にばれている可能性を考慮し、雪乃も帰宅時にあとをつけられていないか、背後を気にしなければならなくなったためだ。

「でも、もしかしたら偶然かもしれませんし」

多恵美はこの期に及んで呑気かつ本条に甘い。「うちの会社の近くで、バイトでもはじめたとか」

「多恵ちゃんはおひとよしすぎます」

から」

と鶴代が断じた。「ダメ男は、どんな天変地異があったって働きゃあしないものなんだから」

やけに実感がこもっていて、佐知は雪乃と視線を交わしたのち、賢明にも沈黙を守ることを選んだ。藪《やぶ》をつついて、顔も知らぬ自分の父親に対する愚痴が飛びでるようなことがあってはかなわない。

とにかく、気の抜けたビールのごとくと言おうか、空砲ばかりでちっとも獲物を撃ち抜かぬ猟銃のごとくと言おうか、はなはだいらだたしく鬱陶しい本条の行いではある。どうせ、多恵美のあとにつきあった女にも愛想づかしされ、かといって仕事に就くのも気が向かないというような理由で、食わせてくれそうなかつての女、すなわち多恵美のまえにちよろちょろと姿を現しだしたのだろう。

四人はそう結論づけ、帳面にもう少し記録が溜まったら警察に言おうと決めた。本条のぬるたいストーキングをいつまでも放置しておいては、牧田家に居住する一同の財政が危機を迎える。本条が会社まえに出没した日には、多恵美も雪乃も尾行されるのを防ぐため、最寄りではない駅で電車を降りて、タクシーで帰らなければならないからだ。出没が確認されなかった日にも、指名手配犯なみに振り返る癖がついてしまった。

「でもねえ、ちょっと『よかったこと』もあるんですよ」

鰆《さわら》の西京焼きを箸でほぐしながら、多恵美が言った。本条対策作戦会議と化した、ある日の夕飯の席上でのことだ。残りの三人は、多恵美の尋常ならざるポジティブシンキングに慣れている。「またはじまった」と内心で思いつつ、無言で発言のつづきをうながした。

「タクシーに乗ると、運転手さんとおしゃべりできるじゃないですか。けっこう楽しいです」

「そう？　私は話しかけられたことないけど」

予想外の出費を強いられ、雪乃の怒りはますます盛んに燃焼中だ。佐知は急いで、

「どんな話をするの？」

と穏便な会話の続行に尽力した。

「このあいだ乗ったタクシーの運転手さんはですねえ」

多恵美は雪乃の怒りなど意に介さない。鰆を口に運び、悠然と応じた。

「都バスの運転手さんから聞いた話をしてくれました。お友だちらしいんですけどね、バスのお客さんにも変わったひとがいっぱいいるって」

「へえ、たとえば？」

「私が一番すごいなと思ったのは、渋谷と池袋のあいだを走る路線バスに、一日じゅうずっと乗りつづけてるおじいさん。ほら、シルバーパスってあるじゃないですか。あれを使って、始発から終バスまで、運転席のすぐうしろの席に、とにかく毎日ずーっとずーっとぼんやり座ってるんですすって」

「暇なのかしら」

と鶴代がつぶやき、

「そうでしょうね」

と雪乃が答えた。

「顔なじみの乗客や運転手さんと、なにか話したりはするのかな」

佐知は気になって尋ねた。

「私もそこを聞いてみたんですけど、なんにも話さないみたい。池袋に着いたら渋谷行きに乗って、渋谷に着いたら池袋行きに乗って、その路線をひたすら黙って往復するのみらしいです」

バスに憑いた神さまめいている。

「どこか目的地があるでもなし、バスの無駄遣いねえ」「ちょっとボケちゃってるんでしょうか」「せっかくバスがあるなら、都バスを乗り継いで遠出してみればいいのにと思うんですけどね」などなど、鶴代と雪乃と多恵美は、おじいさんの不思議な行動についてひとしきり感想を述べあった。

佐知は黙っていた。毎日バスに揺られつづけ、しかしどこへも運ばれていかない。車窓からの風景を見ているのかどうかもさだかでない。おじいさんの行動の圧倒的な無為、けれど無為からしか生じぬ純然たる覚悟のようなものを感じ、さびしさともうらやましさともつかぬ思いがきざしたためだ。

決して他人事《ひとごと》ではない、と佐知は感じた。老眼になって針を持てなくなったら、私ももうすることがない。お母さんはそのころには死んでいるだろうし、雪乃や多恵ちゃんとの同居も解消されているだろう。家族も、「かつての同僚」という存在も持たない私は一人だ。するべきことも話し相手もない人間に残された道は、支給されたシルバーパスを使い、都バスに乗りつづけること以外にない。

問題は、佐知が老人になるころにも、はたしてシルバーパスは存続しているのかということと、周囲の視線にめげず、おじいさんのように毅然《きぜん》と座席を占拠しつづけられるのかということだ。

老後について考えると気絶しそうになる。だが、老後を迎えるまえに死ぬかもしれないのに、あれこれ憂うなど馬鹿みたいだとも思う。紛争地帯で命の危険に日々さらされて生きる人々は、老後のことなど考えないだろう。

次の瞬間にもすべって転んで頭を打って死ぬ可能性は厳然とあるのに、そこから目をそらす。それは死に対する想像力の欠如ではあるまいか。老後について考え、憂うたびに、佐知はなんとなく居心地の悪い気持ちになるのだが、居心地悪さの原因を分析してみるに、それはさびしい老後への不安や恐怖から来るものというより、老後が絶対的に訪れるはずだと信じる、安穏とした自身の精神への恥じらいから来るもののような気がするのだった。

おじいさんはやがて、都バスの車中で死を迎える気がする。おじいさんの屍《しかばね》を乗せ、渋谷─池袋間を往復しつづけるバスを想像する。おじいさん以外のひとが降り、また乗る、壮絶なるバスの運行。

佐知はその晩、自室で刺繍の下絵を描いた。夜の街を行く森の色をしたバス。クマやキツネやリスが乗客だ。そのなかに、花に埋もれて座席に座る老人がいる。かわいい地獄絵図のようでも、わびしい入滅図のようでもあった。刺繍にしても需要がなさそうだったので没《ぼっ》にする。しかし、なかなかうまく描けたし、捨てるのはしのびない。下絵を保管するために使っている水色の事務用ファイルに紙を収め、就寝した。

夢のなかでも、おじいさんを乗せた都バスは街を走りつづけていた。

桜の枝さきで、ふくらみきった蕾《つぼみ》がポップコーンのようにひとつふたつ弾《はじ》けた。こうなるともう、牧田家で暮らす四人の女はじっとしていられない。いつ花見に行こうかと、天気予報とスケジュール帳を見比べては協議した。

「やっぱり次の日曜日だよ。その次の週末まで待ったら散っちゃうかも」

佐知の意見に、鶴代と雪乃は同意した。

「早めがいいでしょう。桜の時期には、たいがい雨が降るものだから」

「多恵、あなたまさかデートの予定入れてないでしょうね」

雪乃の追及を受け、多恵美はマスクの下で弁解した。花粉症なのである。

「デートってわけじゃないですけど、合コンでちょっといいなと思ったひとと会う約束が」

「それをデートって言うんじゃないの」

「……日にちを変えてもらいます」

ちなみに佐知も花粉症で、鼻の穴にティッシュを詰めたうえでマスクを装着している。そうしないと、壊れた蛇口のように鼻水が垂れ流しになるからだ。多恵美だって同じくハナタレのくせに、しかもストーカー問題が決着していないにもかかわらず、デートする相手がいるらしい。佐知はその事実に屈辱を覚えた。多恵美を約束破棄へと追いこむ雪乃の頭脳明晰ぶりと、飄然《ひょうぜん》とお茶なぞ飲んでいる鶴代にも、憎しみを覚えた。

脳裏に霞《かすみ》がかかったような佐知とちがい、鶴代と雪乃は黄色い粒をまったく感知しない。その日の午後にも、佐知は鶴代と掃除方法をめぐって対立したばかりだった。鶴代は窓を開け放って空気の入れ換えをするよう要求し、佐知はそんなのは自殺行為だと徹底抗戦した。結局、佐知が押し切られ、リビングとダイニングの掃きだし窓を開けたのだが、おかげで室内は夜になってもマスクをはずせない状況だ。

「じゃあ、お弁当は私とお母さんで準備するから」

佐知は目をしばたたかせながら言った。「雪乃と多恵ちゃんは、お菓子と飲み物をお願い」

花見は去年も同じメンバーで行ったので、役割分担はできている。日曜日に向け、各々《おのおの》動きだした。

鶴代と佐知は商店街へ行き、必要な食材を買ってきた。雪乃と多恵美は仕事帰りに新宿のデパートへ寄り、マカロンやらおかきやら白ワインやらを見つくろった。

花見の前夜、多恵美はリビングの窓辺に、ティッシュペーパーで作ったてるてる坊主を吊した。それから、買い置きの缶ビールと白ワインが冷蔵庫でちゃんと冷えていることを確認し、自室の段ボールの山から銀色の保冷バッグを引っ張りだした。

台所では、鶴代と佐知が野菜の煮物と豚の角煮を作製中だ。肉の塊をタコ糸で縛りあげながら、佐知は煮物の鍋を覗きこむ。鶴代が蓋を取り、味見をしているところだ。サトイモは味が染みこみ、飴色《あめいろ》になりつつある。にんじんは花の形に型抜きされている。

「ねえ、お母さん。まえから思ってたんだけど、それって桜じゃなくて梅型じゃない？」

「そういえばそうねえ」

鶴代は菜箸でにんじんを取りあげ、しげしげと眺めた。「ま、桜を見ながら梅を食べるのも風流でしょ」

そうかなあと首をひねる佐知をよそに、鶴代は卵焼きを作りはじめた。型抜きをしたあとのにんじんの余り部分も、軽く茹でて溶き卵に投入する。

「えっ、それ使うの」

「使いますよ。捨てたらもったいない。卵焼きのなかにオレンジ色の桜吹雪が舞う感じで、きれいだし」

「桜じゃないでしょ、梅吹雪」

「あんた、妙なところだけ細かい子ねえ。ちまちま刺繡なんてしてるから」

「うるさい」

そんな母娘のやりとりを、雪乃はダイニングテーブルで焼き鮭をほぐしながら聞いていた。室内は煮物の甘くあたたかいにおいに満ちている。牧田家の料理、特に鶴代が作るものは、雪乃にとっては総じて甘い。卵焼きにまで砂糖が入っていて、はじめは驚いた。雪乃は煮物には砂糖を使わず、みりんで味つけする派だ。

どうでもいいことをぽんぽん言いあう鶴代と佐知を見ていると、こんなふうだったろうかと郷里の母親を思い出す。雪乃と母親のあいだには、もうちょっと距離があった気がする。実家を出てからのほうが長くなってしまったので、よく覚えていないけれど。帰省しても、お互いに遠慮と探りあいがあり、それがストレスとなるのか、たいがい一度は喧嘩して、腹を立てたまま東京に戻る日を迎える。

鶴代と佐知は仲がいい。雪乃にはそう見える。佐知に言うと、「えー、全然だよ」といやそうな顔をするが。母娘は些細なことでしょっちゅう喧嘩し、どうなることかとはらはらしている雪乃をよそに、知らぬまにふだんどおりに戻る。どちらかが謝っているところも見たことがない。さしたるきっかけもないまま和解するらしい。

変なの、と雪乃は思う。鶴代と佐知はずっと二人きりで暮らしてきたから、距離感が独特なのかもしれない。それとも、これがふつうなんだろうか。

他人と同居して雪乃が知ったのは、家族とは本当にそれぞれだということだ。玄関に入ったときのにおいが家ごとにちがうように、家族の距離や関係や習慣もまったく異なる。ほかを深く知る機会がそんなにないため、自分が体験したことのある家族関係を「ふつう」だと思ってしまいがちだが、家族を構成する人員がちがうのだから、当然ながらできあがる家族の形も無数に存在するのだった。

「家族」という言葉に根拠なく安心を覚え、よその家も自分たちと同じように生活を営んでいるはずだと思っている。でも、実際はそうではなかった。鶴代と佐知がスタンダードな家族の距離感なのだとしたら、雪乃が育った家庭は他人行儀という言葉がふさわしいほど、遠慮しあい礼儀正しく互いに接していた。

室内では全裸を貫く一家がいても、トイレットペーパーに長文の伝言をしたためてコミュニケーションを取る一家がいても、もはや雪乃は驚かないだろう。定型や典型というものがない、それが家族だと悟った。

煮物の鍋を火から下ろした鶴代が、

「雪乃さん、どう？」

と声をかけてきた。雪乃は鮭の細い骨を指さきでつまみ取り、

「できました」

と答えた。

「ありがとう。さあ、準備完了」

台所に並んで立つ鶴代と佐知は、目もとのあたりが似ている。二人そろって、笑顔で雪乃のほうを見ている。

雪乃も笑い返し、ほぐした鮭の載った皿を持って立ちあがった。

日曜日の朝、四人はおにぎりを作った。具は二種類で、明太子と雪乃がほぐしておいた鮭だった。

佐知と多恵美は猫舌ならぬ猫っ手で、湯気を上げるご飯をまえに、

「無理無理無理無理、熱い」

「軍手しちゃダメですよね」

などと言う。しかたないので、鶴代と雪乃が着々と三角形のおにぎりを握った。多恵美は「あちあち」と言いながらおにぎりに海苔《のり》を巻き、タッパーに詰めて新聞紙で扇ぐ。粗熱を冷ましているあいだに、鶴代と佐知は煮物類をこれまたタッパーに彩りよく収め、雪

乃がワインやお菓子やビニールシートとともにエコバッグに入れた。

「多恵、ビールは?」

「保冷バッグに入れて、玄関に置いてあります」

「よし、じゃあ行こう」

雪乃の号令のもと、四人は出発した。エコバッグは雪乃、保冷バッグは佐知が提げ、おにぎりの入ったタッパーは袋に入れず、多恵美が両手で捧げ持った。鶴代は手ぶらだ。

玄関を出て、山田の目につかぬよう、特殊部隊なみに素早く家屋をまわりこむ。裏門を通り、善福寺川を目指した。

風はなく、日差しもあたたかい。うららかな春の日曜だ。家々の庭で桜が咲き誇り、町は薄ピンクの靄《もや》がかかったようだ。絶好の花見日和である。

佐知と多恵美はマスクを装着し、眼鏡をかけた。佐知はふだんからコンタクトレンズと眼鏡を併用しているが、多恵美の眼鏡は度が入っておらず、花粉症の時期だけ活躍する。

「そんな調子で、お弁当食べられるの」

「平気平気。アルコールが入れば、少し症状が緩和するから」

「都合のいい花粉症だねえ」

と話すうちに、善福寺川に行きあたった。

川沿いの公園には桜が多く植えられているうえに、遊歩道も桜並木になっており、大勢のひとでにぎわっていた。そのあたりの桜の密度といったら、靄を通り越して、薄ピンクの積乱雲のようだった。花のもとで宴会をしたり、そぞろ歩いたりする人々は、さながら雲の下を行き交うツバメのごとしだ。せわしなく囀《さえず》り、ひらりひらりと人混みを移動する。

「見事に満開！」

佐知は喜び、雪乃と協力して、さっそく公園の隅にビニールシートを敷いた。この五日ほど、鶴代に負けず劣らず天気予報を注視してきた甲斐があった。

「まだ八分咲きってところね」

鶴代は娘の喜びに水を差すのが常だ。タッパーをシートに並べ、腰を下ろした。

「咲ききらないうちがいいって、うちの上司は言ってますよ。花も女も」

多恵美はワイン用の紙コップを配り、

「オヤジ丸出し。セクハラでしょ、それ」

雪乃は割り箸と缶ビールを各人に手渡した。「だれ？　岡田《おかだ》部長？」

「まあ、はい」

不穏な社内事情は放っておいて、佐知は携帯についたカメラで桜を撮った。刺繍の資料にするためだ。

五年に一度ほど、佐知は春をものすごくうつくしいと感じる。泣きそうなほど貴く輝かしい季節だと。なぜ毎年ではないのかは謎だ。本年は「当たり年」で、しかし当たり年だからといって、特別にいいことも悪いこともないと経験則からわかっているので、佐知は感激の涙をこらえ、なんでもないふうを装って携帯を桜へかざしつづけた。

撮影を終え、一同はまずはビールで乾杯した。思い思いに、おにぎりやらおかずやらへ箸をのばす。多恵美は角煮とマカロンを交互に食べていた。

「この年になると、あと何回桜を見られるかしらと思う」

手酌した白ワインをあおり、鶴代は感慨にふけった。

「お母さんだったら、あと三十回は余裕で見られると思う」

「私は小学生のころから、あと何回見られるのかなあって思ってました」

多恵美がほがらかに言ったので、ほかの三人は少々驚いた。

「多恵ちゃん、持病でもあるの?」

佐知はおそるおそる尋ねたのだが、

「いえ、なにも」

と多恵美は笑顔で首を振る。「小中高と皆勤賞です」

「それも頑丈さが異常のレベルに達している……」

佐知はたじろぎ、

「そんなひとが子どものころから、『あと何回』なんてほんとに思うもの?」

雪乃は無礼な疑問を呈した。

「子どものときのほうが、死ぬってことを考えて眠れなくなったりしませんでした？」

多恵美に言われ、「そういえばそうだったかもしれない」と佐知は思った。

「そのころの癖が残ってるのか、桜を見ると反射的に、あと何回かなあと思っちゃうんですよ。お正月もわりとそう。不思議なことに、クリスマスには全然思わないですけど」

「案外繊細なんだね」

と、雪乃がまたも無礼発言をした。

「そうですよ。先輩、気づいてなかったんですか？」

「ほかに、なんか繊細エピソードある？」

「うーん……。小学生までは、いま考えると不眠傾向にありました」

なんと。佐知は意外の念に打たれた。いつもまっさきに就寝し、朝食にまにあうぎりぎりに起きだしてくるのが多恵美なのに。人間とは変化する生き物である。

「寝るための儀式があって、布団のなかで仰向けになって、神さまにお祈りするんです」

「多恵ちゃん、信仰してる宗教があるの？」

「いえ、なにも。自分だけの儀式です。『神さま、仏さま、お稲荷さん、石の神さま』と、お祈りの文句を頭のなかで唱えます」

「……石の神さまって？」

佐知は最前よりもおそるおそる尋ねた。

「うちの近所にあった石像のことです。道祖神っていうんですかね。お稲荷さんも、うちの近所にあった祠《ほこら》です」

「……それで？」

「次に、具体的なお願いごとを頭のなかで唱えます。『お母さんとお父さんが喧嘩しませんように。明日、授業で当てられても答えられますように。今日ちょっと足をくじいちゃったんだけど、早く治りますように』というような個人的なレベルから世界平和まで、思いついたことをどんどん唱える。多いときは百項目ぐらいお願いごとがありました」

「ひゃく⁉」

「はい。だからちっとも眠れないんですよ。心配ごとがどんどん浮かんじゃって。『どうかどうかお願いします』って、毎晩必死に祈ってました」

それはちょっと、脳の具合がおかしかったんじゃあるまいか。佐知はそう思ったが、いつの時代も子どもは素《す》っ頓狂《とんきょう》だとも言え、判断がつかなかった。明るく健全そのものといったいまの多恵美を見ていると、毎晩祈りを捧げなかった自分のほうがおかしいような気もしてくる。

「たしかに子どものころは、なにもかもが怖くて不安だった」

佐知の物思いをよそに、雪乃がつぶやいた。雪乃は、幼かったころの多恵美の気持ちがわかる気がした。明確に言葉にして祈ったりはしなかったが、雪乃も夜を迎えるたび、得体の知れぬ恐怖にさいなまれていたものだ。たすけて。たすけて。だれに対して、なにから守ってほしいと願っているのかわからぬまま、声にならない声を上げていた。

あれはなんだったんだろう。どうしてあの感覚を忘れ、大人として平然と暮らしていけるようになったんだろう。雪乃は思う。もしかしたら、死と暴力の影が私を飲みこもうとしていたのかもしれない。太古から人間を狙っているもの。部屋の簞笥《たんす》の裏に、隣の茶の間で語りあう両親の背後にできた影に、それはいつもひそんでいた気がする。

鶴代はといえば、雪乃が思い出したような言語化しにくい感覚とは縁遠く、きわめて実利的というか合理的な人間だ。

「ずいぶんおとなびてたのねえ」

と、多恵美の発言に感心した様子で言った。「私なんか、子どものころは給食のことしか考えていなかったですよ。鯨《くじら》の竜田揚げが出るといいなあとか、脱脂粉乳をどうしたら残せるだろうとか」

「メニューが戦後の焼け跡っぽい」

佐知があきれて述べると、

「失礼な」

と、鶴代は自分でワインのおかわりを紙コップについだ。「お母さんが小学生になったころには、焼け跡なんてもう残ってなかったわよ」

「まあまあ。食べます？」

多恵美がおかきの袋を開け、差しだした。一同、袋に手をつっこみ、おかきを咀嚼《そしゃく》する音がビニールシート上にしばし響いた。

佐知が持つ紙コップに、桜がひとひら舞い落ちた。朧月を花びらの舟が横切っているように見える。こういう柄の刺繡はどうだろう。佐知は発想を体内に定着させるために、浮かんだ花びらごと白ワインを飲み干した。

鶴代の予言どおり、翌月曜日には雨が降り、花冷えの一日となった。

佐知は、午前中は屋内共用部の掃除をし、鶴代と一緒に昼食をすませたあとは、自室にこもって刺繡をした。夏用のハンカチやブラウスの飾り、籐《とう》のバッグにつけるくるみボタンなど、いくつか依頼が入っていたからだ。

毛糸の靴下を履いて、膝掛けをしないとならないほど、部屋は冷えこんでいる。そんななかで、夏っぽい柄を黙々と刺繡する。カモメ、カラフルなアイスクリーム、浮き輪、スイカ。海を連想するものが多いのが不満だ。山だっていいじゃないか。入道雲とか……。白いハンカチに白い雲を刺繡しても、だれも喜ばないか。

屋根を叩く雨のリズムを聞くうち、「セミはどうだろう」と思いついた。針を動かす手を止め、書棚から昆虫図鑑を取りだす。やっぱりセミじゃ地味かな。

佐知はふと、雨のリズムに異音が混じっていることに気づき、図鑑から顔を上げた。なんだろう、猫が水を舐めるみたいな音がする。耳を澄ましてみる。天井からの雨音とはべつに、たしかに聞こえる。隣の雪乃の部屋だ。

雪乃と多恵美は、いつもどおり出勤したはずだ。雪乃が化け猫をこっそり飼っているのでなければ、これは……。

佐知は図鑑を書棚に戻し、慌てて廊下へ出た。もともと子ども部屋にすることを想定して作ったためか、二階の個室には鍵がついていない。雪乃の部屋のドアを勢いよく開ける。水びたしだった。ぴちゃん、ぴちゃんと音を立てて天井から雨水が滴り、フローリングの床に大きな水たまりができていた。薄ピンクのラグ部分にまで、水たまりは勢力をのばしつつある。

「ぎゃー！　おかあさーん！」

佐知は叫びながら一階に駆けおりた。鶴代は雨のなか買い物にでも行ったのか、姿が見えない。雪乃の部屋の真下は、リビングのソファを置いてあるあたりだ。天井を確認したが、幸いにもここまでは雨漏りは伝わっていないようだ。佐知は台所の収納棚にあった雑巾やらタオルやらをつかみ、二階へ取って返した。雪乃の部屋の床を拭き、風呂場の洗い桶を持ってきて水滴を受け止める。

そのころには、雨漏りは勢いを増していた。新たにベッドのうえあたりからも水滴が落ちだし、当初から雨漏りしていた部位は、もはやシャワーなみの様相だ。佐知は超特急で一階から大小の鍋を抱えてきて、二カ所の雨漏りを受け止めた。ベッドのほうはまだ穏やかだが、部屋の真ん中あたりのほうは、大鍋を使っても三分も経たぬうちに水があふれてしまう。

これは本当に雨漏りなんだろうか。知らぬまに屋根が吹き飛んだんじゃあるまいか。佐知は泣きたい気分で鍋の水位を見張った。いっぱいになったら、小鍋とさっと入れ替え、大鍋の水を洗面所に捨てにいく。今度は大鍋と入れ替え、小鍋の水を捨てに。そうこうするうちに、ベッドに置いた洗い桶も満杯に。佐知は容器を入れ替え、運び、移動させ、雪乃の部屋と洗面所とをハムスターのようにせわしなく行き来しなければならなかった。

一時間ほどして、この状況がこれ以上つづいたら疲労で死ぬ、と佐知が音《ね》を上げはじめたところ、

「ただいま」

と鶴代が帰ってきた。

「お母さん、大変！　ちょっと来て！」

「なによ、騒がしい」

二階へ上がった鶴代は、まずはのんびりと佐知の部屋を覗き、

「ちがう、雪乃の部屋！」

との声に応じて、隣室へ向かう。

「あらまあ」

娘が目にもとまらぬ早業で、大鍋と小鍋を入れ替えているところだった。そういえばこの子、鈍《どん》くさいくせにだるま落としだけは上手だったわね、と鶴代は思った。

「どうしよう」

佐知は半泣きになって鶴代に訴え、とりあえず洗面所へ行って大鍋の水を捨てた。急いで雪乃の部屋へ戻ると、鶴代は腕組みして戸口から天井を見上げていた。

「ただごとならぬ漏れかただわね」

「ずっと鍋を見張りつづけるのは困難だよ。私もう息が切れた」

「応急処置をしないと。山田さんに頼みましょう」

「雪乃たちのことがばれる！」

「いい機会じゃない。べつに隠すことでもないんだし」

「だったらもっと早く、お母さんが山田さんに言っておいてくれればよかったんだよ」

雨漏りの修理を頼んだついでに、同居人の存在が判明したら、山田は気を悪くするのではないか。佐知は心配だった。なにしろ、牧田家に異変がないか、いつも目を光らせている守衛山田である。ないがしろにされたと感じ、拗ねてしまうおそれがあった。

「じゃ、あなたの部屋だと言えばいいでしょ」

「この乙女チックファンシーな部屋を？　私が刺繍道具ぐらいしかない、素っ気ない部屋で寝起きしてるって、山田さん知ってるのに？」

母娘が諍《いさか》うあいだにも、雪乃の部屋に水が滴る。ぽちゃ、ぴん、すてん、たん、とっ、ぽちゃ、ぴん、すてん、たん、とっ。水滴が紡ぐリズムに合わせ、二人の会話にも調子が出る。

「だいたい母さんいつも事なかれ！　この部屋を見た雪乃に泣かれ、慌てて守衛小屋に走りこむのはだれ？　しわ寄せ押し寄せ、迷惑こうむるのは私！」

「水漏らしたのは母さんじゃない！　あんたの友だち、水難の相出てるんじゃない？　そんなに言うなら、土下座、拝む、なんでもするわよ山田さんに。ええ、しますとも、すりゃいいんでしょ！」

期せずして、下手なラップバトルもどきと化した。口角泡を飛ばしながらも、水の溜まった鍋を協力して洗面所へ運んでいた佐知と鶴代だが、さすがに、「これはもうだめだ、山田さんを呼ぼう」ということに相成った。

累積した事なかれ主義のツケを払うべく、雨のなか、傘を差した鶴代が山田の守衛小屋へ向かう。佐知は二階の状況を気にしつつ、玄関ホールで腕組みと足踏みをして待った。

ややあって、山田がやってきた。黒い雨合羽を着て、手には工具箱を提げている。鶴代は山田の背後で、自分だけ優雅に赤い傘を差して立っている。「ほら、お母さんだって、やるときはやるのよ。堂々と山田さんを呼んでくるぐらい、朝飯まえです」とでも言いたげだ。

腹が立つので、佐知は誇らしそうな母親から目をそらし、改めて山田を見た。雨はますます本降りになっているらしい。守衛小屋から母屋の玄関までのわずかな距離を行くあいだに、山田の合羽はびしょ濡れになっていた。ぬめぬめとした黒い粘膜のような合羽を、山田は脱皮のごとく体からすべり落とす。山田が合羽のやり場に困る風情だったので、佐知はかたわらの下駄箱兼クローゼットからハンガーを取りだし、合羽をかけて玄関のドアノブに吊した。

合羽は裾を引きずる形になり、そこからたたきへじわじわと黒い染みが広がっていく。鶴代と作業服姿の山田は、靴を脱いで家へ上がった。

「どの部屋ですか」

と山田に尋ねられ、

「二階です」

と佐知は答える。

山田の身長は佐知と同じぐらいしかないが、年を取っても黒々とした目をしており、眼光は妙な迫力を宿している。山田の寡黙さもまた、佐知が気おくれを感じる一因だ。佐知は一日じゅう刺繡をしている反動か、雪乃や多恵美と顔を合わせると、あれこれくだらないおしゃべりをしてしまう。山田のように、黙々と庭仕事をし、テレビを見ながら黙々と惣菜を食べて寝るといった暮らしを送っていては、顎の蝶番《ちょうつがい》が錆びつくのではないかと心配になる。

しかし山田の寡黙さは、一種のポーズ、演技ではあるまいかという疑惑もぬぐえなかった。佐知は以前、表門のまえでたまたま山田に出くわしたのだが、そのとき山田はTSUTAYAの袋を手にしており、佐知の凝視に気づいて恥ずかしそうに、

「佐知お嬢さんは、高倉健の映画を見ますか。やはり『網走番外地』シリーズはおもしろいですよ」

と言ったのであった。

佐知は『網走番外地』シリーズを見たことがなく、その地名から、「寒さに耐えるために無口に徹しているひとが主人公なのだろう」などと、高倉健の輝きと軽妙さをも内包した魅力を知るものからすればドスで腹を一突きにしてやりたくなるような、きわめて中途半端な認識しか抱かなかったのだった。

ただ、わかったこともあった。山田はどうやら、高倉健に憧れ、健さんのようにかっこよくありたいと願っているらしいということだ。

顎の蝶番に不調を来《きた》しているのか、高倉健を気取っているのか、山田は無言で階段を上がっていった。佐知と鶴代はしずしずとつき従う。山田は水滴の音を頼りに、過《あやま》たず雪乃

の部屋を覗き、すぐさま引き返してきて、階段を下りていった。佐知と鶴代は二階の廊下に突っ立っていた。

玄関のドアが開閉する音がし、山田は外へ出ていったようだったが、少しして再びドアが開閉し、白髪と肩先を濡らした山田が二階に姿を現した。

「水道管のバルブを閉めてきました」

そのころには、雪乃の部屋に滴る水の量は減ってきていた。

「雨漏りじゃなかったのね」

と鶴代が天井を見上げる。

「ここまで漏るほどには、降っていません」

と山田が答えた。二人のやりとりを聞いていた佐知は、驚いて尋ねる。

「ふつう、二階の天井裏に水道管なんて通ってないでしょ?」

「この家は、あなたのひいおじいさんが設計したから、いろいろおかしなところがあるのよ」

鶴代は嘆息した。「素人の道楽って、ほんとに恐ろしいわよねえ」

牧田家は築七十年近くになるはずだ。こんな調子で、いままでよく保《も》ったなと佐知はあきれた。

原因が判明しても今後の対処法はわからず、母娘はやっぱり突っ立っていた。かわりに山田が、作りつけのクローゼットを開けた。なかには雪乃の衣類が収納されている。通勤用の地味なスーツと、襟ぐりにフリルのついたプライベートの服が、整然と吊してあった。透明のカラーボックスには、下着類をきれいに丸めてしまっているようだ。ケース越しにカラフルな色合いが見て取れる。きっとレースがふんだんに使われたものだろう。

あわわ、と佐知が動揺するうちに、山田の姿はクローゼット上部の天袋へと消えた。作業ズボンの裾がまくれて見えたのだが、山田が履いている靴下は紺色で、ストッキングみたいな素材の、脛丈のものだった。いわゆる「オヤジ靴下」だ。あわわ、と佐知はまたも動揺した。いまでもあれを履いているひとがいるとは思わなかった。会社員時代に、買い置きでもしていたのだろうか。

「佐知お嬢さん、工具箱を」

山田の声がした。部屋の隅に置かれていた工具箱を、佐知は天袋へ向けて掲げた。天袋から下りてきた手が工具箱をつかみ、闇へ消えた。

しばし、天井裏で山田が這いまわる気配がした。ぎゅいーん、とんてんかん、と水道管を修繕しているらしき音も聞こえだす。軋む天井板と、落下してくる水滴と埃とを、佐知と鶴代は戸口から眺めていた。

『屋根裏の散歩者』みたいだな、と佐知は思った。このまま知らん顔して天袋を閉じたら、どうなるだろう。雪乃の頭上に棲息する山田を想像し、ほの暗い興奮を覚える。ひそんでいる山田に気づかず生活する雪乃に対しての興奮なのか、だれも見たことのない「一人きりでいるときの雪乃」を覗く山田に対しての興奮なのか、自分でもわからなかった。

「お嬢さん」

と、天井裏から山田のくぐもった声が届き、寝入りばなに声をかけられたときのように佐知は体を揺らした。鶴代が怪訝《けげん》そうな視線を向けてくる。

「すみませんが、バルブを開けてきてください。水漏れ箇所がわからない」

鶴代に夢想を見透かされそうでいたたまれず、佐知は言われるままに階段を下り、屋外へ出た。母屋の横手、地面にはめこまれた水色の蓋を開け、水道管のバルブをひねる。庇から落ちてくる雨水にかがんだ背中を打たれ、「なんで私が」とようやく思った。山田は「お嬢さん」と呼びかけたのである。この家で、「お嬢さん」と山田に呼ばれるのは鶴代と佐知だ。つまり、鶴代がバルブを開けにきてもよかったわけで、うかうかと動いてしまった自身がいやになった。

雪乃の部屋へ戻ってみると、ベッドのうえあたりからまたも水漏れがはじまっており、山田がそちらへ這いずっていく気配がした。鶴代は悠然と戸口に立ち、「遅い」と一言、顎で佐知に指示を出した。佐知は指示に従い、鍋をベッドに置いて水滴を受け止めた。

佐知がバルブの開閉に走り、山田が水漏れ箇所を発見して天井裏を這いまわり、ということが、それから何度か繰り返された。鶴代はというと、二人の作業ぶりを黙って監督していた。佐知はつくづく、鶴代の「お嬢さん」気質の堅牢さ、「とにかくだれかがなんとかしてくれるはず根性」を思い知らされたのだった。

この世に真の貴族、王族といったものがいるのなら、それはファラオでもスルタンでもなく、鶴代のような存在のことではないか。奴隷や召使いはおらずとも、家電製品が大半を執り行ってくれる。人力でせねばならぬ家事は、ボケ防止のための日課と思えばいい。ファラオやスルタンだって、狩りや乗馬を嗜《たしな》むことはあるだろう。それと同じだ。加えて鶴代の場合、衣食住は快適に確保され、風邪を引けばすぐに病院で診療を受けられ、暗殺の危険性は皆無。政治やら後宮の人間関係やらに頭を悩ませることもない。なによりも、義務から解き放たれている。是が非でも子孫を作る必要はないし、のたれ死にしようと自由だ。

ここまで恵まれていれば、ありあまる暇を活用し、ピラミッドやモスクをしのぐ建造物、もしくは内省に内省を重ねた至高の芸術作品を生みだせそうなものだが、鶴代がこれまでに生んだものといえば佐知のみ。およそ生産活動からは程遠い営みを淡々とつづけるばかりなのだった。

自由すぎてもいけないのか。そういえば夏目漱石が書く登場人物も、苦悩を無理やりひねりだしている感があり、「働けば」と言いたくもなるのだが、高等遊民にも高等遊民なりの自称苦悩があるのであって、それすらなさそうな鶴代にふさわしい言葉は「無為」。

すべては無為で、暇を持てあましたあげくもはや高僧なみの悟りの境地に突入していると言えなくもない。

といったことを佐知が思ううち、修繕はひとまず終わったようだ。水漏れはやみ、天袋から山田が下りてきたのだが、埃が水気でこねられ泥状になり、南方のジャングルをさまよう兵隊のようなありさまだった。クローゼット内の雪乃の服に汚れがついたのではないかと、佐知は気を揉んだ。

「応急処置ですから、今日じゅうに水道屋に連絡しておきます」

と、山田帰還兵は言った。佐知が礼を言うかたわらで、鶴代は軽くうなずく。

「助かったわ、山田さん」

礼というよりも感想だ。しかし山田は気を悪くしたふうでもなく、むしろうれしそうだった。お母さんは家電のほかに、忠実なる守衛も手中にしている。佐知は鶴代の根拠なき家庭内権力、威厳を備えた態度に、改めてあきれおののいた。

「リフォームにいったいどれぐらいかかるかしら」

佐知のおののきを感知せず、鶴代は早くも現実的な算段をしはじめた。

「壁紙と、もしかしたら床板も取り替えなければならんでしょうな」

山田は作業服の袖口で鼻をこすった。「ところで、この部屋にはどなたがお住まいで？」

「わわわ私、私！」

佐知が挙手したのと同時に玄関が開き、

「ただいまー」

と多恵美の明るい声がした。

多恵美のすぐあとに雪乃も帰宅し、自室の惨状を目の当たりにして絶句することになった。

いま、牧田家に住む四人の女は、リビングのソファに座り、うなだれている。正確に言うと、二人掛けのソファに鶴代、佐知、雪乃がぎちぎちになって座り、はみだした多恵美は床で体育座りをしている。

向かいのソファには山田が腰かけていた。こびりついた泥状の汚れは乾きかけ、全体的に茶色いおじいさんになっている。沼から上がってきた妖怪みたいな姿に、多恵美がちらちらと視線を向ける。

四人の女と山田は、佐知が手早く作ったチャーハンと豆腐のみそ汁で夕飯をすませ、軍法会議のごとく重苦しい協議の場を持ったのだった。

「まず、はっきりさせなければいけないのは」

と、鶴代が口火を切った。「雪乃さんには水難の相が出てるんじゃないか、ってことです」

え、そこ？　と鶴代を除く全員が思ったが、異議は唱えずにおいた。山田は背筋をのばしてソファに座ったまま、身じろぎもしない。

「どう？　雪乃さん」

鶴代は身を乗りだし、佐知越しに雪乃を見た。「だれかに指摘されたことはない？」だれがそんなことを指摘するというのだ。お母さんたら、また変なこと言いだして。と佐知は思ったが、雪乃は「そうですねえ」と真剣に考えている。

「以前、寝煙草に気をつけろと言われたことはありますが、水難については特に……」

「だれに！」

と、佐知は思わず口を挟んだ。

「よく当たると評判の占い師に。大学時代の友だちに占い好きの子がいて、連れていってもらった」

「インチキだよ、そんなの。そりゃあ、寝煙草は危ないから気をつけるに越したことはないけど、雪乃は煙草吸わないでしょ」

「まあね。でも、たいした占い師だと思った」

「なんで」

「私のひいおじいさん、寝煙草で死んでるんだよね」

「まじですか」

と、多恵美が話に割って入った。「そーぜつですね」

「うん。家族が発見したときには燃えあがってたらしい。子どものころ、親戚の家へ行ったら、ひいおじいさんが使ってたっていう部屋の壁が焦げたままになってた」

佐知は薄暗い日本家屋の一室を想像する。砂壁の一部にできた黒い染みを。しかしそれは、多恵美の言うような「そーぜつ」さはなく、炎に象徴される激しさでも断末魔的刻印でもなく、ただ静かな情景だった。いつかだれもが飲みこまれていく暗い穴、だれもがそこを通って生まれてきた暗い穴が、ふとした拍子に壁に投影されてしまっただけ、とでもいうように。

本当は、それはいつもそこにある。たたきに広がる黒い水。壁を舐める黒い炎。私たちは気づかぬふりで日々を送る。その日々が永遠につづくかのように、泣き、怒り、喧嘩し、笑いあう。それだけのこと。

想像をめぐらす佐知をよそに、雪乃の曽祖父語りはつづいていた。

「ひいおじいさんっていうのが、造り酒屋のぼんぼんだったんだけど、相当の遊び人だったみたいでね。葬式になったら、家族も知らなかった愛人やら隠し子やらが来るわ来るわで、遺産で相当揉めたらしい。母はよく、『我が家の没落は、そこからはじまった』ってこぼしてた。裕福なままだったら、父となんか結婚しなかったたってことを言いたいらしい」

「そーぜつですねえ」

と、多恵美はまた言った。「でも、没落する余地があるだけいいですよ。うちのひいおじいちゃん、なにしてたひとなのかな。話題にのぼることすらないですもん」

話が大幅に軌道からはずれてきているが、山田は無言で背筋をのばしたままだ。「曽祖父」と「無断での同居への弁明」という異次元空間を、ここからどうドッキングさせるべきなのか。佐知は対応に苦慮したが、力業なら鶴代が得意だ。

「雪乃さんと寝煙草とのかかわりを見抜いたほどの占い師が、水難の相には言及しなかったというなら、まあ大丈夫でしょう」

と、いきなり断定した。

見抜いたというより、単なる偶然、もしくは一般論として気をつけろと言っただけではないのか。佐知はそう思ったけれど、もちろん今回も黙っていた。

「でもあなた、海へ行楽とか川遊びとか、念のため控えたほうがいいと思うわよ」

鶴代に重々しく忠告され、

「そうします」

と雪乃はおとなしく請けあった。鶴代こそが占い師みたいである。

「それで」

さすがの高倉健もしびれを切らしたのか、山田が協議開始以来はじめてしゃべった。そのまえに山田が顎の蝶番を動かしたのは、と記憶をたどれば、チャーハンを食べ終えて「ごちそうさまです」と言ったときまでさかのぼる。錆びつきが本当に懸念される、と佐知は思った。

「佐知お嬢さんのお友だちは、ここに住んでおられる、と」

「……はい」

とうに観念していた佐知は、うなだれを深くした。

「いつからですか」

「……一年ほどまえから」

「そんなに……！」

山田は天を仰いだ。私ともあろうものが、同居人の存在に気づかなかったとは！　鶴代お嬢さんと佐知お嬢さんのボディガードをもって任じる私が！　年老いたり、山田一郎！　このうえはお役目を返上し引退するか、責任を取って腹かっさばくしかあるまい！　と思っているのか否かは、佐知には判断がつかなかった。なにしろ山田は出来損ないの高倉健なので、表情筋で微細な感情を表現できないのだ。それでも、衝撃を受けているらしいことだけは伝わってくる。

「ごめんなさい、山田さん」

佐知は謝った。一応は家長である鶴代が謝ればいいのにと思うが、横目でうかがったところ、案の定「悠然」のかまえだった。

雪乃と多恵美も山田老人の傷心を察したようだ。

「本来ならご挨拶にうかがうべきところ、失礼しました」

と雪乃は頭を下げ、多恵美も崩していた足を正座に直して、

「タイミングを逃しちゃったっていうか、すみません」

と言った。

「いえ、自分などにお気づかいは無用です」

山田は気を取り直したのか、両手で軽く顔をこすった。乾いた泥が剝落し、リビングの床へと舞った。

「薄々気づいてはいたのです。しかし、二人も住人が増えていたとは……」

きっと、雪乃の存在を把握できていなかったんだ、と佐知は察しをつけた。雪乃と多恵美は一年もこの家に居住していたのだから、山田だって二人の姿を目にすることはあったはずだ。「教室の生徒さんだろうか。それにしては頻繁に出入りしているが」と疑問を感じたにちがいない。しかし、雪乃は持ちまえの「ひとの印象に残りにくい」という特技を発揮し、山田の脳内で存在感を示さなかった。山田は、「どうも若い女性が母屋に住みだしたようだ」と思ってはいたが、認識できていたのはあくまで多恵美のみだったのだろう。

すごいな、雪乃。佐知は隣へ感嘆の視線を送る。雪乃も、山田のなかで自分が勘定に入

れられていなかったらしいと気づき、不本意ではあったが、「どうも」と佐知に目で返礼した。

「これには事情があってね」

山田の傷心を癒すべく、佐知は同居のいきさつを説明した。アパートが水漏れし、雪乃が住処《すみか》を失ったこと。多恵美が元彼につきまとわれ、断続的ながらいまも脅威にさらされていること。ややオーバーに、二人の窮状を縷々《るる》述べた。山田に同居を申告せずにいたのは、張り切られると面倒だと思ったから、ということは、もちろん申告しなかった。

山田は、「それはそれは」「ほう」と間遠《まどお》に相槌を打っていたが、説明を聞き終えると、

「お任せください」

とますます背筋をのばした。上官の命令を拝聴した二等兵といった感じで、背中はもはやそり返らんばかりだ。

「この山田、先々代からも『くれぐれも』と申しつかっております。そういうことなら、不審者がいないか、よくよく注意を払います」

やっぱり張り切っちゃったよ。佐知はげっそりしたが、

「頼りにしてるわ、山田さん」

と鶴代は微笑んだ。山田は感無量といった面持ちである。

「改めて、よろしくお願いしまーす」

雪乃と多恵美は茶色い山田に向かって声をそろえた。

雪乃は当面、佐知の部屋で寝起きすることになった。生活時間帯が同じ多恵美の部屋のほうが、なにかと都合がいいのだが、そちらは段ボール御殿で、雪乃のためのスペースを作りだせそうもなかったからだ。

佐知のベッドの横に客用布団を敷き、水難を逃れたパジャマを着て、雪乃は身を横たえた。佐知は机に向かい、刺繡をしている。ちょっと背中を丸め、一心に針を動かしている。部屋の電気はすでに消してあり、机のスタンドだけが佐知を照らす。

山田によると、水道屋は明日さっそく来てくれるそうだ。しかしリフォームのほうは、業者の選定すらまだだ。雪乃が会社へ行っているあいだに、濡れた布団は佐知が干しておいてくれるというが、もしかしたら買い替えなければならないかもしれない。服や家具や小物類も、濡れたものとそうでないものを選別し、手入れをして……。

雪乃はため息をついた。ほんとに水難の相が出てるんじゃないか。鏡を取ってきて顔を見るのもおおげさなので、両手をかざす。生命線が手首近くまでのびている。

「明るすぎる？　眠れそう？」

佐知に声をかけられ、雪乃は慌てて布団に手を下ろした。佐知がのびをしながら、顔だけこちらに向けていた。

「大丈夫。いびきかいたらごめん」

「私も」

と佐知は笑った。また机に向き直り、針を手にする。リズミカルな震えのように、佐知の右腕が動く。

体を横向きにしてそれを眺め、

「ごめんね、佐知」

と雪乃は言った。水漏れはもしかしたら、水難の相がある自分のせいなのではないか、と思われてきたからだ。

「なに謝ってんの」

佐知は今度は背中で笑った。「雪乃はなーんにも心配しなくていいんだからね」

佐知にそう言われると、この世には不安も自分を脅かすものも本当になにもないのだという気持ちになる。雪乃は不思議と安らぎ、仕事をする佐知のうしろ姿をまたしばらく眺めていたが、いつのまにか眠ってしまった。

佐知は雪乃の小さな寝息を聞きながら、夜半過ぎまで刺繍に没頭した。雪乃の鼻がときおり、「すぴすぴ」と笛みたいな音を立てるのがおかしかった。

翌日は快晴だったので、佐知は雪乃の布団カバーを洗濯し、本体とともに庭に干した。薄ピンクのラグは、ダイニングの窓辺にベロのように吊す。布団もラグも、この程度の濡れならば、日に当てておけば乾きそうだ。

水道屋は午後一番にやってきて、ベッドやライティングデスクに埃よけのシートをかぶせた。天井裏へ上がった水道屋は、水道管をへし折っているのではないかと思うような金属質の騒音を立てた。

マスクを装着した佐知は、埃舞い散る部屋へ突入し、雪乃に頼まれたとおりクローゼット内を検分した。水漏れの被害に遭った服はなかったが、泥で汚れたスーツやブラウスが何着か見つかった。山田が天袋に出入りする際、ついてしまったのだろう。

汚れはすでに乾いていたので、スーツにはブラシをかけてこすり落とし、ブラウスは本日の洗濯物第二陣として洗濯機に放りこんだ。庭の物干し竿は、白さを取り戻したブラウスやら、四人の女の下着やらシャツやらで満艦飾となった。山田の目を気にせず、堂々と洗濯物を干せるのは、なんとすがすがしいことだろう。

佐知は晴れやかな気分で物干し竿を眺めた。鶴代はリビングで午後のお茶を楽しんでいた。山田は雪乃の部屋で工事の進捗を見守った。

水道管の破損箇所は、二日をかけてすべてふさがれた。水道屋の所見によれば、建物全体の老朽化はいかんともしがたいものがあるが、こまめにメンテナンスすれば、しばらくはなんとかなるだろうということだ。

週半ばには、ふたつの内装業者が相次いでやってきて、無料で見積もりを出してくれた。

近隣で評判のよさそうな業者を、雪乃が会社のパソコンを使ってインターネットで探し、佐知と相談のうえで手配したのである。見積もりは鶴代と佐知が見比べ、最終的に同じ町内の内装業者に決めた。

いまのところは壁紙の貼り替えだけすればよろしかろう、ということで、業者の男が今度はカタログを持ってきた。ほかの部屋とのつりあいを考え、ちょっとレトロな布地ふうの壁紙を選んだら、取り寄せに一週間ほどかかるそうだ。雪乃との寝起きに、佐知はなんら支障を感じていなかったし、雪乃も毎晩熟睡しているようだったので、「時間がかかっても、まあいいか」と、その壁紙を注文することにした。

「床板はあのままで平気でしょうか」

佐知は業者に尋ねた。「拭いたんですけど、なかから腐るんじゃないかと心配で」

「床がぶかぶかしだしたら、剝がして確認すればいいんです」

三十代前半らしき業者の男は、落ち着いた様子で答えた。灰色のスーツを着て、派手ではない青系のネクタイをしている。あれこれ押し売りしてこない姿勢は誠実とも言えるが、くさいものには蓋、問題を先送りしているとも取ることができ、鶴代の事なかれ主義および根拠なき自信を彷彿《ほうふつ》とさせるところがあった。

同類のにおいを敏感に嗅ぎ取ったのか、鶴代は業者が帰ったあと、

「なかなかいい男ね」

と言った。「会社も近くだし、あなたああいうひととつきあったら」

余計なお世話だ。佐知は聞こえないふりをした。だいいち、あのひとは営業の人間だろう。工事が無事にはじまれば、もう顔を出すことはないはずだ。

二日間、金属性騒音に悩まされてきた佐知は、つかのまの静寂を味わいつつ、夕方の自室でボタンの整理分類を行った。ちまちまと箱に集めておいたボタンを、色べつに広口瓶へわけ入れる。形も風合いもさまざまなボタンが、赤や青や黄の雪の結晶みたいに、ガラス瓶のなかに積もっていく。

トパーズに似た黄色くて小さなボタンは、クマの目に。青空のごとく輝くボタンは、森のなかの湖に眠るお姫さまのペンダントトップに。つややかなイチゴのようなボタンは、花畑をあしらった籠《かご》バッグの留め金がわりに。ボタンに触れていると、刺繍のアクセントとしての使い道が脳内にとめどなくあふれだし、窓の外が暗くなったのにも気づけぬほど没入してしまうのが常なのだった。

ドロップが詰まっているみたいに色づいた広口瓶を机に並べ、ご満悦になった佐知はその晩、雪乃にリフォーム日程を報告した。

「一週間後からか……」

雪乃が表情を曇らせるとは予想外だったので、

「え、もしかして私、いびきがひどい？」

と、佐知はやや狼狽《ろうばい》して問うた。

「いや、全然。たまに『ぴすぴす』言ってるけど」

「そりゃ雪乃もだよ。『すぴすぴ』言ってる」

「あらそう？　お恥ずかしい」

雪乃は客用布団のうえで正座し、上体を前方に倒して顔をシーツにうずめた。ヨガのポーズのひとつだそうで、「子どものポーズ」という名称がついているとのことだが、「お説教され、過度に反省している子ども」のように佐知には見えた。

「そんなに時間がかかるなんて、なんだか申し訳ない」

雪乃はシーツに向かってもごもご言う。

「いいって、いいって。ちょっと飲もうか。多恵ちゃんにも声かけてみよ」

佐知は明るく持ちかけ、階下へ冷えたビールを取りにいった。雪乃がこの家を出ていくと言いだしはしないかと、心配だった。


また週末がやってきて、雪乃は数日間考えていたことを実行に移そうと決めた。朝の七時に布団を抜けだし、音を立てぬよう気をつけながら、パジャマから部屋着に着替える。本当は買ったばかりの春物のワンピースを着たかったが、汚れてもいいジャージの上下で我慢する。

閉めたままのカーテン越しに、ほのかに黄色い春の光が感じられる。佐知は夜遅くまで仕事をしていたため、まだベッドで「ぴすぴす」中だ。雪乃が身づくろいを終えても、目を覚ます気配がない。雪乃は布団を畳み、部屋の隅へ寄せた。ついでに佐知の寝顔を覗きこむ。佐知はなぜか、顔の横に置いた右手を握りしめ、苦悶の表情である。夢のなかでも運針しているのだろうかと、雪乃はいぶかしんだ。

雪乃にとって、佐知の印象は「ウサギっぽい」だ。佐知はウサギのようにかわいらしいわけでも、すばしこいわけでもない。むしろ動きは鈍重寄りだ。しかし、刺繡をするときのやわらかく丸い背中のカーブは、うずくまったウサギのフォルムにそっくりだと思う。ウサギは、線のような鼻の穴を始終ぴくぴくさせ、周囲の情報をキャッチせんと長い耳を立てているものだが、その臆病そうな雰囲気も、なんとなく佐知に重なる。佐知も、小刻みな震えみたいに絶えず針を動かし、家のなかの人間関係に気を配りつづけているからだ。

雪乃は佐知のウサギっぽさを目にするたび、正体不明のいらだちに駆られて踏みつけたいような、掌《てのひら》に包んで「よーしよしよし、いい子ですねー」とムツゴロウさんのように撫でまくってやりたいような、相反する衝動を覚えるのだった。

雪乃が眺めるうちに、佐知は握った右拳で鼻の下をこすり、寝返りを打って壁のほうへ体を向けた。ベッドに少しスペースが空く。そこへ潜りこんだらぬくぬくできるだろうと、雪乃は二度寝の誘惑に駆られたが、振り払って静かに佐知の部屋を出た。

階下の台所では、眠そうな目をした多恵美が、おおぶりの片手鍋に入ったおかゆを慎重にかきまわしていた。鶴代は背筋をのばしてダイニングテーブルにつき、お碗によそったおかゆを食べている。テーブルには、刻み海苔や佃煮《つくだに》状のホタテや縁の赤いチャーシューといった具が、いくつかの小皿に盛られて並んでいる。

「おはようございます」

と挨拶し、雪乃もテーブルについた。鶴代は挨拶を返し、

「多恵ちゃんにも言ったのだけれど、今日は私、出かけます」

と宣言した。

「どちらへ」

「天気もいいので、伊勢丹へ買い物に。夏用のタオルケットが古くなってきてるから、買い替えなくちゃとずっと思っていたの」

多恵美が片手鍋を持ってやってきて、雪乃のお碗におたまでおかゆをよそった。ついで、エプロンのポケットから生卵を取りだし、右手のみでおかゆのうえに割り落とすと、雪乃の箸を勝手に取って、かゆと卵を猛然とかきまぜはじめた。やや強引な手法により、お碗のなかで卵がゆができあがった。どうして溶き卵を鍋に投入しておかないんだろう、と雪乃は怪訝に感じた。

「鶴代さんがクレジットカードのポイント貯めて、中華がゆセットを注文してくれたんで

す」

多恵美が朝食当番のときはパン食が多いので、今朝はどういった風の吹きまわしかと思っていたのだが、納得がいった。雪乃は鶴代に礼を言い、多恵美から箸を受け取った。

「いただきます」

「おかわりもありますよ。佐知さんは？　まだ寝てるっぽいですか」

「うん、当分起きそうにない感じだった」

「じゃ、いったん火から下ろしておこう。かきまぜてないと、ダマになっちゃうんです。なんでかな」

多恵美は右手が疲れたのか、手首をかくかくさせながらダイニングの椅子に座った。鍋から自分の碗におかゆをよそい、ポケットの卵を取りだして割り入れている。ダマになるのを避けるため、片手鍋の中身をかゆのみにしたのかもしれない。雪乃はそう推測した。

多恵美はダマを極端に恐れる傾向にあった。粉末のココアやコーンスープの素を湯で溶かす際も、いつまでもいつまでも執拗にかきまぜる。冷めてしまうのではないかと心配になるが、飲んだときにダマが舌に触るのがとんでもなくいやなのだそうだ。そういえば多恵美は、希釈するタイプのカルピスやつぶ入りジュースも嫌っている。

鶴代はおかゆを食べ終え、席を立って食器を流しに下げた。雪乃は鶴代に話したいことがあったのだが、タイミングを逸してしまった。

外出の予定が入っているとき、鶴代は妙に張り切る。たぶん、ふだんはほとんど家にいて、せいぜい駅前へ買い物に出るぐらいの生活だからだろう。いつも佐知に押しつけている感がある洗濯も、外出まえだけは鶴代が率先して行う。洗濯でもしないことには、外出への期待とパワーを持てあましてしまうのかもしれない。洗濯機をまわすあいだに入念に化粧し、洗いあがったものを高速で庭に干すと、颯爽《さっそう》と出かけていく、というのがパターンだ。

外出の仕度をする鶴代に話しかけてはならない。不機嫌になるからだ。特に、眉毛を描いているときは駄目だ。極度に集中を要する作業らしい。声をかけても、「うぐうぐうぐ」と低いうめきが返ってくるのみ。雪乃は、それでも果敢に会話を試みている佐知を見たことがあるのだが、鶴代は「はん、はん」としか答えていなかった。心ここにあらずにもほどがある。そのときは、「じゃあ、帰りにバゲットを買ってきてね」「うぐうぐうぐ」「フランスパンみたいなのだよ」「はん」「わかった?」「はん」と言っていたのに、やっぱり鶴代はバゲットを買って帰ってこなかった。そのくせ、バゲット買いそびれを指摘した佐知に対し、「だって出かけるまえは忙しいのよ。そんなときにこまこましたこと言われたって、お母さん忘れちゃうに決まってるでしょ!」と、たいそうな剣幕で怒っていた。いわゆるひとつの逆ギレである、と雪乃は思った。もちろん、親子喧嘩には口を挟まずにおいた。

そういう調子なので、雪乃はおとなしくかゆを食べ、多恵美を手伝って食器を洗った。鶴代は二階の洗濯室にこもっている。

「先輩は？」

と、洗い物を終えた多恵美が言った。「どっか行く予定入ってます？」

「ううん」

雪乃はヤカンで湯を沸かし、コーヒーをいれると、多恵美を誘ってリビングのソファに腰かけた。「今日は、『開かずの間』の掃除をしようと思ってる」

「ええっ」

多恵美が驚きの声を上げたので、「しっ」と雪乃はたしなめた。二階からは、洗濯機が脱水に差しかかった音が聞こえてくる。いよいよクライマックスです、と焦燥を煽《あお》るような轟音《ごうおん》だ。そんなに古い型でもないはずなのに、牧田家の家電は総じて騒がしい。

「どうして急に掃除なんて」

多恵美は声をひそめて言った。「あの部屋、ずっとだれも足を踏み入れてないんでしょ？どんなことになってるか……」

想像して身震いする多恵美を見ても、雪乃の決意は変わらなかった。

「私たちはさ、格安の家賃でこの家に住ませてもらってるじゃない。なのに水漏れが起きて、責任感じてるんだよね」

「それは先輩のせいじゃないじゃないですか」

「いや、私には本当に水難の相がある気がしてきた」

「そんなぁ」

「リフォームにも時間がかかるみたいだし、佐知も仕事が忙しいのに、私が同じ部屋にいたんじゃ、いろいろやりにくいでしょ。だから、『開かずの間』に移ろうと思う」

「うーん。でも、いいんですかねえ、勝手に掃除して」

階上からピーピーと洗濯完了を告げる音がし、鶴代があわただしく階段を下りてきた。化粧を終え、外出着への着替えもすませた姿だ。白髪をきっちりひとまとめにし、口紅は下品にならぬ程度の赤だった。紺色のロングスカートを穿き、同じく紺色のカーディガンを羽織っている。厳格な校長先生といった装いである。

雪乃と多恵美はおしゃべりをやめ、コーヒーをすすった。リビングを覗いた鶴代は、

「ちょっと悪いんだけど、洗濯物をお願いしていいかしら」

と、模造真珠のイヤリングをつけながら言った。

「私たちで干しておきますよ」

雪乃が請けあうと、

「ありがと、助かるわ」

という言葉の途中で、鶴代は戸口から姿を消した。すでに心は伊勢丹に飛んでいるもよ

うだ。自室からバッグを取ってきた鶴代は、いぶし銀のような色をした春物のコートを着て、玄関へ向かった。

いったいどこで買った代物なのだろう。スペーシーと言おうか、砂嵐にさらされた古代遺跡っぽいと言おうか、とにかく高齢女性の服の調達先は謎めいている。少なくとも新宿伊勢丹には売っていないと思うのだが。などと考えながら、雪乃と多恵美もコーヒーカップを手に、見送りに立った。

「じゃあ、お願いね」

鶴代はヒールのないベージュのパンプスにぐいぐい足をつっこみ、浮き立つ様子で玄関を出ていった。掃除の話を持ちかける隙は、やはりなかった。

「伊勢丹って何時からですか」

「たしか十時半」

「まだ九時まえなんですけど……」

張り切りようが尋常ではない。空いた時間を鶴代がどうつぶすのか、気を揉むのはやめにした。

雪乃と多恵美はリビングに戻り、会話を再開する。

「だいたいさ、せっかく部屋があるのに、鍵が開かないからって使わないままなのはもったいないでしょ。掃除しておけば、客間にもなるだろうし、鶴代さんだって喜んでくれると思う」
「いまさら客間ですか？　このおうち、刺繡の生徒さんと山田さん以外、お客さん来ないいじゃないですか」
「まあそうだけど。今日は教室、何時から？」
「一時です。そうだ、課題が終わってないんだった」
段ボールだらけの部屋で、多恵美はちゃんと刺繡の課題に取り組んでいるらしい。
協力して庭で洗濯物を干したあと、多恵美は自室に引きあげ、雪乃は一階の廊下の奥、
「開かずの間」のまえに立った。
ドアは木製で、真鍮《しんちゅう》の丸いノブがついている。ノブのつけ根についた鍵穴は、なんと
もレトロな前方後円墳型だ。これなら、と雪乃はドアのまえにかがみ、ヘアピンや針金を
鍵穴につっこんでみた。十分ほどがちゃがちゃやっていたら、うまい具合に針金が内部の
突起に引っかかったらしく、手応えがあった。
そっとノブをまわすと、はたしてドアが細く開いた。準備しておいたマスクと軍手を急
いで装着する。エプロンはすでに身につけていた。朝食時に使っていた多恵美のものを借
りたのだ。
いざ。雪乃はひとつ大きく呼吸し、ドアを思いきり開けた。
「うわあ」

マスクをしていてもわかるほど、室内は埃っぽかった。裏庭に面した窓に、赤いビロードのカーテンがかかっている。色褪せたカーテン越しに、わずかに光が差しこみはするが、それでも薄暗い。手探りで壁際のスイッチを押してみるも、電球が切れているのか明かりはつかなかった。

雪乃はスリッパを履いたまま、しずしずと室内に突入した。床にはこれまた渋い赤色の絨毯《じゅうたん》が敷かれ、雑誌やら桐箱やらが乱雑に積み重ねられていた。洋室なので正確なところはわからないが、広さは十畳以上あろうか。目をこらし、ものを踏まないよう空いたスペースを慎重にたどって、窓まで行き着いた。

カーテンを開け、窓も開けようと試みる。窓枠は木製で、ネジ式の鍵がついていた。これも真鍮のようだ。固くて鍵をうまくひねれなかったので、軍手を脱ぎ、ひんやりしたネジの頭をつまむ。木をこする感触がし、鍵が抜けた。窓の建て付けは非常に悪かったが、再び軍手をはめて渾身の力で横に引くと、軋みを上げて開いた。網戸はとうの昔に朽ち果てたのか、存在しなかった。

清らかな風と直射日光が、何十年ぶりかで室内になだれこんだ。雪乃は舞いあがった埃に鼻の粘膜を刺激され、くしゃみをしながらカーテンをタッセルでまとめた。もともとは金色だったらしい綱状のタッセルは、くすんだ黄土色に変色し、いまにもちぎれそうだった。

やっと窓を開け終え、雪乃は室内に向き直った。

「うわあ」

と、また声が出た。明るい光のもと、部屋の全貌が明らかになったからだ。

一方の壁際に、ダブルベッドが置いてあった。しかも天蓋《てんがい》つきだ。たぶん天蓋だと思う。なぜ「たぶん」なのかというと、四隅の支柱に沿って垂れさがっているのが、紗《しゃ》なのか蜘《く》蛛《も》の巣なのか埃の塊なのか、もはや判別不能と化した物体だったためだ。布であることを願って顔を近づけ、おそるおそる内部を覗きこむ。ベッドにはゴブラン織りらしき重厚なカバーがかけられていた。

もう一方の壁際には、天井まで届く大きな本棚が設置されていた。埃をかぶって白っぽくなってはいたが、もとは飴色だったろう木製の逸品だ。百科事典やら『マルクス＝エンゲルス全集』やらに混じって、日本の小説も並んでいる。だがラインナップを見るかぎり、時間は一九七〇年代半ばで止まっているようだ。

雪乃はタイトルのなかに三島由紀夫の『金閣寺』を発見し、「あれは初版では」と奥付を確認したくてならなかったが、果たせなかった。本棚のまえに、謎の桐箱がたくさん積みあげられていたからだ。

桐箱のサイズと形状は、着物が入っていそうな薄べったいもの、茶道具や壺でも入っていそうな立方体のもの、ちょっとした行李《こうり》ぐらいはある大型の直方体など、さまざまだった。二、三十個はありそうだ。そのかたわらには、平凡社版の「太陽」、「アサヒグラフ」、「暮しの手帖」といった雑誌が重なり、あるいはなだれを起こしている。

つまり雪乃は、ベッドと本棚やら桐箱やら雑誌やらとのあいだに残された、ドアから窓へと至る細い通路に立っている形だった。

ここはもしかして、と雪乃は思った。鶴代とその夫が使っていた部屋ではないだろうか。いや、雪乃は実際のところ、どこかでそれを予期していた。鶴代がいま使っている部屋は、玄関ホールに近い一階の六畳間だ。落ち着いた雰囲気の和室なので、もとはおそらく、鶴代の祖父か父親の部屋だったのだろう。

では、新婚時代の鶴代夫婦は、どこを自分たちの部屋にしていたのか。雪乃は、「開かずの間」があやしいとにらんでいた。水漏れで佐知に迷惑をかけることになってしまい、雪乃がおおいに責任を感じたのは事実だが、「開かずの間」を掃除しようと思いついたのは、ここにならば佐知の父親の痕跡《こんせき》が残っているのではと推測したからでもあった。

佐知は父親の顔を覚えていないようで、話題にのぼることはほとんどない。とはいえ、佐知が父親に思いを馳せる瞬間すら皆無かといったら、そんなはずもないだろう。雪乃はこれまで、ふとした拍子に、佐知が父親のことを気にしているらしいと感じ取ってきた。

そこで、おせっかいかとは思ったが「開かずの間」を掃除し、佐知の部屋に居候させてもらっている現状を打開するとともに、父親の人物像に迫る手がかりをつかめれば一石二鳥だ、と算段したのであった。

それにつけても部屋の荒廃は予想以上だ。桐箱の山の麓《ふもと》には、手乗りサイズの綿埃が転がっていた。あれが埃ではなくマリモだったなら、かなりの大物と称して差し支えあるまい。マリモは阿寒湖《あかんこ》の底で水流にこねられることによって球状になるのだろう、と雪乃は思っていたが、ではこの部屋の埃はいかにして丸くなったのか。窓もドアも閉ざされた空間で、ひとりでに転がって巨大化していったのであろうか。「怪奇！　成長する綿埃の謎！」といったところだ。

天井についた照明もまた、庶民的なゴシックホラーのごとき様相を呈していた。雪乃は当初、シャンデリアなのかと思っていたのだが、明るい光のもとで改めて見てみれば、笠から簾《すだれ》のように埃と蜘蛛の巣が垂れさがっているだけのことだった。「怪奇！　密室に蜘蛛が侵入の謎！」といったところだ。幸いにも、蜘蛛はとうの昔に息絶えたかどこかへ引っ越したかしたようで、巣のみを残して姿は見当たらなかった。

荒れ果てた部屋の様子に、雪乃はややひるんだ。だが、単なる「水難の相が出てるひと」で終わりたくなければ、牧田家の「頼れる同居人」として存在感を示さなければならない。ついでに、にわか探偵として佐知を喜ばせるチャンスでもある。勇を鼓《こ》し掃除に着手した。

脚立に乗って、まずは天井と照明器具にはたきをかける。すぐに、目に大量のゴミが入った。雪乃は手探りで台所へ行き、目を洗ったのち、リビングのチェストに置いてあった鶴代のサングラスを拝借した。

年々歳々、日光がまぶしく感じられるようになったと言って、鶴代は昨夏、サングラスを購入したのである。佐知によると、「まぶしい」云々は口実であって、老年の女優たちが、セーターの胸もとなどに畳んだサングラスを差しているのを雑誌やテレビで見て、真似したくなったのだろうとのことだ。思いつき程度の動機で入手したサングラスゆえ、鶴代はその存在をすっかり忘れ、本日も晴天にもかかわらず、目をかっぴらいて外出していった。これほどわかりやすい、「ファッションとしてのサングラス」もなかなかあるまい。

雪乃はサングラスをかけ、タオルでほっかむりして、再度「開かずの間」の天井に挑んだ。脚立を少しずつ移動させ、埃と蜘蛛の巣を払いまくる。はたきをかけだして三十分もしないうちに、雪乃の首は血流に支障を来《きた》し、なんだか気分が悪くなってきた。軽い貧血状態に陥り、脚立のうえにしゃがみこんで、何度も休憩を取らなければならなかった。システィーナ礼拝堂の天井画を描いたミケランジェロも、きっと首が凝《こ》りに凝ったことだろう。雪乃はルネッサンスの偉大な芸術家におおいに同情した。

だいたいの埃を払い、照明器具を濡れ雑巾でぬぐう。照明の笠は、やはりゴシックなシャンデリアでもなんでもなく、スズランの花が四つくっついたような形をしていた。由緒正しき昭和感漂う照明だ。雪乃はなつかしくそれを眺め、次に天蓋つきベッドに取りかかった。天蓋から垂れた布は、カーテンと同じ仕組みで取りつけられていた。布をはずし、ついでにベッドカバーも剝ぐ。寝具はなく、ダブルサイズの巨大マットレスが現れた。これを一人で動かすのは不可能だ。雪乃はとりあえず、天蓋の布とベッドカバーを庭へ運んだ。布を振るうと、光のなかで粉雪のごとく盛大に埃が舞った。

歳月によって、天蓋の布は破れかけの漁網に似たものと化していた。ゴブラン織りっぽいベッドカバーも、はたして洗濯に耐えうるのか判断がつきかねる。雪乃は二種類のボロ布を丁寧に畳み、「開かずの間」のドア口に置いた。

この時点で、絶望的な気分だった。どれだけ掃除をしても、積もりに積もった埃を除去しきれるとは思えなかったからだ。巨大マットレスは見るからにダニの巣窟。かといって、床には布団を敷けるようなスペースがない。「開かずの間」を雪乃の臨時の寝室にするのは、どう考えても無理そうだ。

しかし、鶴代の許可を得ることなく、雪乃はすでに「開かずの間」を開けてしまった。こうなったからには、せめてにわか探偵としての成果を上げなければ、「水難の相が出ているうえに、無駄に埃を舞いあがらせたひと」の汚名を着ることになる。

雪乃は通路部分の絨毯にざっと掃除機をかけ、なだれを起こしている雑誌類を整頓した。昔の雑誌の表紙はコーティングされていないので、濡れ雑巾で拭くと、埃と一緒にカラーインクが剝げてしまうことを発見した。しかたがない。埃は軽く払うにとどめ、雑誌を紐で束ねた。床に少しスペースができたので、また掃除機をかけ、今度は桐箱の山に挑む。

箱に積もった埃をぬぐい、ひとつひとつ蓋を開ける。中身は着物や帯だったり、漆の食器や陶器の花瓶だったりした。豪華な振袖もあったが、広げてみる気にはなれなかった。なんだか湿気ており、虫食いの穴がありそうだったからだ。花瓶の入った箱も、蓋の裏になにやら墨書きされていたので、きっとそれなりの品なのだろう。なぜ、ちゃんと管理せず、何十年も「開かずの間」にほっぽっておくのか。鶴代と佐知のぼんやりぶりを、雪乃は改めて痛感させられた。着物も花瓶も漆器も、使わないのなら質屋に持っていくとか、フリーマーケットで売るとか、いくばくかの現金に換える手段はいくらでもある。

お金に困ったことがないとは、こういうことか。雪乃はため息をついた。鶴代と佐知は、贅沢な生活は決してしていない。現金収入の道が限られているので、むしろつましい暮らしぶりだと言えるだろう。だが、身に染みついた「武蔵野のお嬢さま感」というか「家持ち娘感」は消し去りようもなく、「今月、ちょっと厳しいわねえ」「じゃあ、『開かずの間』の花瓶を売ろうよ」という発想にはついに至らぬまま、「鍵をなくした」「じゃあしょうがないね」で、この部屋の物品を数十年にわたって死蔵してきたようなのだった。

雪乃は、以前に読んだチェーホフの『桜の園』を連想せずにはいられなかった。ラネーフスカヤ夫人の現状把握能力の欠如、意地でも現実を直視しない断固たる態度は、ある意味では「なるようになるさ」精神の発露、究極の楽天主義とも言えるのではないかと思ったものだが、鶴代はまさにラネーフスカヤ夫人の再来である。不動の楽天主義が、ときとして周囲の人々を困惑させ、いらだたせるのもまた、鶴代のラネーフスカヤ的な部分だ。

では、その娘の佐知はアーニャなのだろうか。などと考えながら、雪乃は桐箱をどんどん開け、箱の側面に内容物を記した付箋を貼っていった。「塗りのお椀セット」「鉄瓶」「お雛さま（？）」などなど。お雛さまに「？」をつけたのは、小箱のなかに、三人官女のうちの一体らしき、立っている女の人形しか入っていなかったからだ。剪定鋏《せんていばさみ》と植栽用スコップが入った箱もあり、どうしてなんでもかんでも桐箱に収納するのか、雪乃は理解に苦しんだ。かつて、牧田家のだれかが桐箱収納魔だったとしか思えぬが、そのわりに手紙や写真といった、佐知の父親を知る手がかりになるようなものは、どの箱からも一向に出てこない。

半分ほど箱の中身を確認し終えたところで、長持《ながもち》サイズの桐箱に行きあたった。特に古いものらしく、全体が茶色く変色している。子どもならば、四肢を丸めれば楽に潜伏できそうな大きさだ。もしかして、雛人形はこの箱に入っているのではないか。三人官女の立像は、何十年ぶりかで仲間と合流できるかもしれない。

雪乃は期待し、箱を開けた。緩衝材がわりだろう、丸めた薄紙がいくつも詰められている。それらを取り除いていくと、樟脳《しょうのう》の香りが濃くなり、やがて黒いものが見えた。お雛さまの髪にしては、やけにぱさついているような……。怪訝に思い、黄ばんだ薄紙をかきわけて箱のなかを覗きこんだ雪乃は、動きを止めた。

驚いたからだ。だが、自分がなにに驚いたのか、三秒ぐらいわからなかった。

黒いものは、やはり髪の毛だった。しかし、雛人形などといったかわいらしいものではない。鰹節《かつおぶし》のように干からび、皺《しわ》の刻まれた茶色い皮膚。にもかかわらず、ガラスのような輝きと透明感を維持した目が、雪乃を見上げている。

細い手足を縮め、仰向けの体勢で箱に収まっていたのは、ミイラだった。

雪乃は絨毯に尻餅をついた。そのまま尺取り虫のごとく膝を屈伸させて後退し、なんとか「開かずの間」から廊下へ出たところで、

「ぎゃあああああああ」

と、ようやく喉から悲鳴が迸《ほとばし》った。

「なにごと⁉」

「どうしたんですか、先輩！」

佐知と多恵美が二階から駆けおりてきた。佐知の目は半分閉じ、髪の毛が寝癖で跳ねまくっている。多恵美は慌てたせいで、刺繍針が刺さった状態の布を手にしている。

「ネズミでも出ましたか？」

多恵美に問われ、雪乃は腰を抜かしたまま首を振った。

「もっと大変なものが出た」

「あら、『開かずの間』が開いてる」

佐知はやっと気がつき、ドアからなかを覗こうとした。

「ちょ、ちょっと待った」

雪乃は急いで佐知の足に取りすがる。「見せるまえに、聞きたいことがある」

「なあに？　どうしちゃったの、雪乃」

佐知は歩みを止め、雪乃のまえにしゃがんだ。雪乃が蠟《ろう》人形のように青ざめていたので、さすがに心配になった。多恵美も佐知の隣にしゃがみ、手にした布を差しだした。

「佐知さん、質問！　ここってバリオンノットステッチでしたっけ」

「ううん、ジャーマンノットのほうがいいと思う」

「いや、刺繡の話をしてる場合じゃない」

雪乃は呑気な先生と生徒のあいだに割って入った。「佐知のお父さんって、亡くなったんだっけ？」

「なんで急に、そんなこと聞くの」

「ごめん、でも大事なことなの」

「……私が生まれてすぐ、出ていったって。そのあとのことは知らない」

「生まれてすぐということは、佐知はお父さんがいなくなった事情を、直接には知らないんだよね？」

「うん。あとになって、母にそう聞かされた」

佐知の答えを受け、雪乃は唾を飲みこんだ。では、鶴代が嘘をついている可能性もあるではないか。出ていったという佐知の父親は、実は死んでいる……。いや、もっと言えば、殺されたのかもしれない。そして、あの桐箱に収納されたのだとしたら？

「落ち着いてね」

と雪乃は言ったが、それは半ば以上、自分に向けた言葉だった。「『開かずの間』を掃除していて、ミイラを発見した」

「えぇー⁉」

佐知と多恵美が大声を上げた。

「人間のですか？　ツタンカーメンみたいな？」

黄金のマスクや呪いの警告文の存在を期待したのか、多恵美は興奮している。

「まさか、そのミイラが父だってこと？」

顔をこわばらせた佐知に問われ、雪乃は急いで弁明した。

「けっこう大きな桐箱なんだ。だからほら、かくれんぼしてるうちに蓋が閉まって、もしかしたらお父さん、閉じこめられちゃったのかもしれないでしょう」

自分でも苦しい説だと思った。いい大人がかくれんぼなどしないだろうし、丁寧に梱包されていたことからして、不慮の事故はありえない。だれかに殺され、あの桐箱に収められてミイラ化したのち、保存のために丸めた紙を隙間に詰めこまれたと考えるのが無難だ。「だれか」って、だれ？　一人しかいない。鶴代だ。どうしたらいいのだろう。雪乃は腰が抜けたうえに胃も痛くなってきた。佐知の父親の人物像を探るつもりが、佐知の母親の過去の殺人を暴いてしまうとは。

「見せて」

佐知は言い、決然とした態度で立ちあがった。多恵美もつられて立った。

「かなり衝撃度の高い姿なんだけど……」

「かまわない。どこ？」

佐知を翻意させることはできないと悟り、雪乃はまだ足腰が立たない状態だったので、四つん這いで「開かずの間」に二人を誘導した。

「あの茶色い桐箱」

雪乃が指した箱に、佐知と多恵美はしずしずと近づいていった。二人は寄り添い、手を握りあって箱のなかを覗きこむ。

「ひゃあ」

多恵美が、吐息か悲鳴かわからぬ音を発した。佐知は黙ってミイラを凝視し、

「まいったな」

とつぶやく。「なんの感慨も湧かない」

そのとき、ピンポーンとチャイムが鳴り響き、佐知と多恵美は飛びあがった。雪乃もふいをつかれ、衝撃で気がついたら立っていた。

「刺繡教室の時間ですよ！」

多恵美が切羽詰まった様子で言う。

「うそ、もう？」

佐知はうろたえ、寝癖を押さえつつ、よれよれの部屋着を見下ろした。

「ここにミイラ……」

と言いかけた雪乃は、失礼かと思い、言葉を選び直した。「佐知のお父さんがいるってこと、ばれたらまずい気がする」

「じゃあ、どうしたら？」

多恵美が眉毛を八の字にした。

「母は？」

と、佐知は思い立って尋ねた。

「伊勢丹へ買い物に行った」

「よし。お教室のあいだ、ここを『開かずの間』に戻そう。雪乃、どうやったのか知らないけど、鍵を開けられたんなら閉めることもできるでしょう」

「やってみる」

雪乃はエプロンのポケットから、ヘアピンと針金を取りだした。ミイラをどうするかは、刺繍教室が終わったあと、鶴代が帰ってくるまでのあいだに考えるほかない。

三人は急いで部屋から出た。雪乃は「開かずの間」に鍵をかけるべく、前方後円墳にヘアピンと針金をつっこみ、佐知は着替えと洗顔をするために二階へ上がり、多恵美は笑顔を作って玄関のドアを開けた。

「いらっしゃーい。佐知先生、さっき起きたところで、いま着替えてるんです。お茶いれますから、どうぞ上がってください」

「お邪魔しまーす」

刺繍教室の生徒たちの、明るい声が牧田家にこだました。

それからの二時間は、緊迫感にあふれたものとなった。

本日の刺繍の生徒は、多恵美を入れて五人。女性ばかりで、多恵美以外は五十代から七十代だった。もともと手芸が好きで、子どもが手を離れたのを機に、日常を充実させる趣味として刺繍に取り組みだした面々だ。

時間的にも経済的にも余裕があるので、必然的に、大作に挑戦するひとが多い。多恵美は、枕カバーやハンカチにワンポイントだけ刺繍を施すことを好んだが、ほかの四名はちがう。いずれはハンドバッグに仕立てる布の一面に刺繍。紺色のワンピースの襟と袖と裾にびっしり刺繍。額縁に入れて壁に飾る予定の、五十センチ×三十センチはある布に刺繍。

七十六歳と最高齢の中村《なかむら》さんに至っては、ベッドカバー全面に花柄のパターンを刺繡。寿命と完成のどちらが早いか、おおいに気が揉めるところだ。だいたい、同じ柄を延々刺繡していて飽きないのかと、多恵美はいつも不思議に思う。

刺繡が好きなひとは、空間恐怖症の気《け》があるのかもしれない。ここにも刺繡、あそこにも刺繡、と布を色糸で埋めていき、最終的には鎧《よろい》なみに重くごわごわした作品と化す。佐知はさすがにセンスよく刺繡を配置しており、余白を残せるかどうかがプロとアマのちがいだろうと多恵美は合点している。

しかし教師としての佐知は、生徒の自主性を重んじる主義らしく、銃弾すら弾《はじ》き返しそうな過剰刺繡を制止するでもない。中村さんたちは今日も楽しく余白を埋めていく。

刺繡好きのもうひとつの特徴は、おしゃべりがすごい、ということだ。ふだんは自宅で黙々と布に向きあっているせいか、教室に集《つど》ったときは箍《たが》がはずれたようにしゃべりまくる。針を持つ手は着実に動かしつづけながら。彼女らの手には、脳の指令が及ばぬ未知の生物が寄生しており、その未知の生物が布に刺繡糸を縫いこませているのではないか、と思われてくるほどだ。

光差すリビングで、生徒たちは高速でしゃべりあう。

「うちの主人、作り置きのおかずには絶対に箸をつけないのよ」

「え？　翌日にはもう食べないってこと？」

「そう。肉じゃがも煮物も、次の日にあたため直して出すといやがる」

「カレーはどうするの」

「カレーもいやな顔するわねえ」

「あらまあ、二日目以降がおいしいのに」

「ねえ？　困っちゃうわよ」

「それはあなた、ご主人を甘やかしすぎちゃったんだ」

「最初が肝心って言うじゃない、あれほんと」

などとかしましく、その合間にも、

「せんせ、ここどうやって留めればいいんでしたっけ」

「お紅茶のおかわりいただいてもいいかしら」

「紅茶って利尿作用がすごいでしょ。あたし、お手洗い行きたくなっちゃった。ちょっとお借りします。年取るとこれだからいやだわねえ」

と、一時たりともじっとしていない。

佐知と多恵美は素早く視線を交わし、

「目立たないように、こうやって留めて……」

「あーっ、お茶なら私がいれますよ。座っててください。中村さん、お手洗いついていきましょうか」

と役割分担した。生徒たちには、なるべくソファに落ち着いていてほしい。うっかり「開かずの間」を覗かれでもしたら大変だ。

「そこまで年取ってないわよう」

笑ってつきそいを断った中村さんは、首をかしげながらリビングに戻ってきた。

「お宅の同居人のかた、廊下に座ってらしたんだけど」

雪乃のことである。あせりのせいか、雪乃は「開かずの間」の鍵をどうしてもかけられなかった。そこで、ドアを背にあぐらをかき、侵入者がないか地獄の獄卒さながらに見張っているのだった。

「気にしないでください」

湯気の立つティーカップを全員に配り、多恵美は微笑んだ。「先輩は休日にはたまに、あそこで過ごすんです。心が穏やかになるとかで」

「だって、廊下よ？　大掃除のときみたいな恰好で、虚空をにらんでらっしゃるの」

「瞑想してるんです」

まあ。一同のあいだに、不審がさざなみのように押し寄せた。変なひとを住まわせてるのねえ、とご婦人がたが思ったのは明白で、うまい言い訳を思いつけなかった多恵美は、「先輩、すみません」と内心で謝る。佐知はもはや解脱の境地に達し、さざなみにも、「開かずの間」のまえに陣取っているらしい雪乃の存在にも、我関せずといった澄まし顔で対処することに決めた。

「瞑想といえば、うちの甥《おい》が鎌倉のお寺へ座禅を組みにいったのよ」

「ちょっとグレ気味だとかいう甥っ子さん？」

「そそそ。父親が『修行してこい！』って送りこんだらしいんだけど、ダメよねえ。仏さまにだって、できることとできないことがある。あんなに甘やかして育てたんじゃ、そりゃあグレます」

「そういえば、うちの猫、盛《さか》りがついちゃって」

「去勢手術したんじゃなかった？」

「そうなんだけど、急に攻撃的になって、ニャーニャーうるさいの。あれももしかして、盛りじゃなくてグレたのかしら」

「季節の変わり目だし、むずかしいお年ごろの猫ちゃんなんでしょう」

会話は行き着く岸もないまま再び流れだし、雪乃という獄卒から意識がそれたことに、佐知と多恵美は安堵の息をついた。ちなみに多恵美は、ご婦人がたにかかると年がら年中「季節の変わり目」になってしまうことも、常日頃不思議に思っている。

そののちも、やれトイレだ、やれクッキーを皿に補充したほうがいいだのと、生徒たちは一瞬たりとも躍動をやめず、佐知と多恵美は気の休まるときがなかった。雪乃はといえば、身じろぎもせず廊下で監視をつづけていた。

ようやく教室が解散になり、中村さんをはじめとする四人は牧田家を辞した。ねぐらを探す鳥の群れのようににぎやかな声が、通りを遠ざかっていく。

気疲れが一挙に襲いかかってきて、佐知と多恵美はよろめきながら「開かずの間」へ向かった。雪乃もやはり疲労したのか、ドアにすがりつくようにして立ちあがろうとしているところだった。

再び「開かずの間」の扉を開ける。佐知、雪乃、多恵美は互いの体を支えあい、カビくさい室内に入った。問題の桐箱は蓋を開けたままの状態だ。

心を落ち着けて眺めても、グロテスクな姿である。皮膚は縮んで皺が寄り、E・Tみたいな色と質感だ。カッと見開いた目は、天井にあるスズラン型の照明を映している。

雪乃は意を決し、詰められた紙をすべて取り除いた。ミイラの全体像が明らかになる。手足を縮め、体育座りみたいな体勢のためもあるが、幼児ぐらいのサイズしかないように見えた。繊維の粗い布を纏《まと》っている。着物のようでもあったけれど、布がぼろぼろになっていて、よくわからない。とにかく薄茶けた姿だ。

布をかきわけ、腹のあたりを確認してみるも、外傷は見当たらなかった。殺されてミイラになったわけではない、ということだろうか。いや、首を絞められたり、鼻と口をふさがれたりしたのならば、明確な殺人の痕跡は残らないものなのかもしれない。

「よく触れますね」

多恵美は犬の糞《ふん》を踏んづけたような顔をした。雪乃の肩越しに、桐箱に収まったミイラを覗きこむ。

「どうですか、佐知さん。お父さんっぽいですか？」

「どうだろう。そもそも私、父の顔を知らないし、なんかちょっとそれ、ビーフジャーキーみたいだし……」

佐知は困惑したまま、雪乃の隣に膝をついた。覆いかぶさるように桐箱に抱きつき、

「お父さん！」と言ってみる。

「……だめだ、わかんない」

「でしょうね」

佐知と雪乃は間近から凝然《ぎょうぜん》とミイラを見下ろした。この物体の正体と真相を知るのは、たぶん鶴代だけだろう。厄介なことになった、と感じているのが、お互いの体温を通して伝わってきた。

多恵美は二人の背後に立ち、なるべく冷静な目でミイラの観察に努めた。

「あのう、これって河童《かっぱ》じゃありませんか」

言われてみれば、ミイラの頭頂部が丸く禿《は》げている。

「じゃあ、私の父は河童だってこと？」

しかしいくら思い返しても、父親が禿げていたかどうか、ましてや河童だったのかどうか、佐知の記憶には手がかりの片鱗も残っていないのだった。

「落ち着いて、佐知。これが佐知のお父さんかどうか、たしかなことはなにもわからないんだから」

「だって、雪乃が言ったんじゃない。このミイラが父なんじゃないかって。そういえば私、ちょっと雨女なんだよ。河童の血を引いてるから？」

「いやいやいや、落ち着いてってば」

「佐知さん、お茶でも飲みましょう」

雪乃と多恵美は混乱を来《き》した佐知の手を取り、リビングへ誘導した。ソファに座らせ、これ以上興奮しないよう、ノンカフェインのたんぽぽコーヒーをいれる。

掃除をしようなどと思いついたのがいけなかった。雪乃は後悔していた。閉まった扉はそのままにしておけ。幼少期に読んだ『つるのおんがえし』から、そういう教訓を得たのではなかったのか。私のように水難の相があるものは、シャワーブースのごとく水漏れする部屋でおとなしく寝起きし、河童の川流れになっていればよかったんだ。河童の川流れは意味がちがうか。水を得た魚。それもちがうか。

佐知はコーヒーカップを右に左に持ち替えながら、自身の手を検分した。水かきが特に目立つということはない。

「ねえ、多恵ちゃん。私の脳天、毛が薄くなってない？」

「全然。ふさふさです」

多恵美はむろん、河童の実在を信じていなかったが、しかしミイラを目の当たりにし、佐知が河童の娘なのかもしれぬと思うと、不謹慎ながら胸躍る感覚を否めなかった。牧田家が善福寺川のそばにあるのも、「佐知の父親河童説」の信憑性を高めている気がする。

善福寺川のほとりには、河童の像が設置された公園がある。牧田家からは少し離れているが、多恵美は以前、休日に川べりを散歩していて、その公園を見つけた。「なんで河童？」と怪訝に思い、園内に設置された説明書きの看板を読んだところ、「善福寺川には河童が住んでいた」という伝説が記されていた。そのときは「へえ」で終わってしまったが、いまになってみると、なんとも意味深だ。

ある夜、ひたひたひたと川のほうから足音が近づいてきて、若き鶴代の眠る窓をなにものかが叩く。鶴代の家族も、守衛小屋の山田も、訪問者の存在に気づかない。鶴代だけが寝床から身を起こし、静かに窓を開ける。ひと目で心と心が通じあい、鶴代は訪問者へ手を差しのべ、自室へと招き入れるのだった……。

たとえ相手が河童だとしても、ロマンティックではないか。ああん、憧れる！

つまり、佐知も雪乃も多恵美も、河童らしきミイラが牧田家に存在したことに衝撃を受け、たんぽぽコーヒーではいかんともしがたいぐらい平常心を失っていたのだった。

そこへ帰還したのが鶴代である。

玄関のドアが開く音がしたときから、佐知、雪乃、多恵美は息を呑んで鶴代の気配を追っていた。鶴代は鼻歌を歌い、スリッパをぱたぱたいわせてリビングのドアを開け放った。

「ただいま」

鶴代の両腕には、伊勢丹のチェックの紙袋が鈴なりにぶらさがっていた。服やら惣菜やらを買いこんだらしい。室内にいた三人の女の視線を浴び、

「どうしたの、あなたたち」

と鶴代は不思議そうに言った。「私の顔をお忘れか？」

芝居がかった調子でおどけてみせ、なんの反応もないのを知ると、もう娘と同居人にはおかまいなしで、手を洗ったり惣菜を冷蔵庫へ収めたりした。

「タオルケットはさすがに持ちきれないから、配送にしてもらったの。明後日あたりに着くらしいから、佐知、受け取って。どうせあんた暇でしょ」

「お母さん」

「そうそう、伊勢丹って十時半からなんだって。知ってた？　お母さん、てっきり十時からだと思って、時間を持てあましちゃった。雪乃さんも多恵ちゃんも教えてくれればいいのに。ま、ウインナコーヒー飲んだから、いいんだけど。あれおいしいわよね」

「お母さん、ちょっと」

「なによ」

佐知の呼びかけに応え、鶴代はようやくソファに腰を下ろした。

「実は、『開かずの間』を開けたんだ」

佐知がそう告げると、鶴代はゆっくりと二回まばたきした。

「どうやって？　鍵、どこにあった？」

「すみません、私がピッキングの要領で開けました。掃除をしようと思って」

「あらそう。開くもんなのねえ」

鶴代以外の三人は、ミイラが脳裏から離れず、もしや鶴代が夫殺しを、という疑念に駆られていたため、その表情を注視した。しかし鶴代の物腰はあくまでも呑気なもので、うしろ暗い部分がありそうには見えないのだった。

「それでですね」

多恵美が追及ののろしを上げた。「私たち、『開かずの間』でミイ」

いきなり切りこもうとした多恵美の口を、ピッキング犯の雪乃がふさいだ。

「ミイ？　ムーミンの？」

鶴代は、「人形でもあったの」と言いたげに問い返す。多恵美は雪乃の手を振り払った。

「ちがいます。あのう、鶴代さんの旦那さまって、カッ」

またものびてきた雪乃の手をかいくぐり、最後まで言い切る。「河童でしたか？」

直球ど真ん中だ。緊張とともに、三人の女は鶴代を見た。

「なにが悲しくて河童と結婚しなくちゃならないのよ」

と、鶴代はあきれたように言った。もっともだ。

「じゃあ、お父さんって禿げてた？」

「もう忘れました、そんなこと」

佐知の問いかけに素っ気なく答え、鶴代は順繰りに三人を眺めた。「本当に、いったいどうしたの。なんだか変ねえ」

気まずい沈黙が、リビングを一瞬覆った。次の瞬間、佐知はソファから転げ落ちるようにして床に座りこみ、鶴代の膝に両手を置いた。

「お母さん、人殺しじゃないよね」

言葉にした途端、恐ろしさと馬鹿馬鹿しさが佐知の内心に吹き荒れ、ほとんど泣き声に近い調子で、さらに言い募った。「お父さんは家を出ていったんでしょ、そうだよね」

急な質問に驚いた鶴代は、無駄に口を開け閉めするばかりでいたが、なんとか気を取り直し、

「ちがいます」

と断言した。

「じゃあ、やっぱりあのミイ、ミイ……」

不吉な単語に感じられ、佐知はどうしても「ミイラ」と口にすることができなかった。感情が激《げき》しすぎてしまい、鶴代の膝に額をこすりつける。

「だから、ミイがなんなの」

状況がまるで読めず、鶴代はいらだってきた。かといって娘を邪険にもできず、佐知の肩を撫でる。

「なぜさっきからムーミンの話をするの。それに『人殺し』って、母親に向かって言うことですか。さっぱりわけがわからない」

鶴代はおかんむりだし、佐知はそんな鶴代を「あうあう」と涙目で見上げるだけだし、これでは埒《らち》が明かない。この騒動に責任を感じていた雪乃は、

「あの……」

と話に割って入った。「『家を出ていったのではない』ということは、鶴代さんの旦那さまは、いまどこに？　箱のなかに入ったとか？」

「箱？」

鶴代が怪訝そうな顔をしたので、今度は多恵美が雪乃の脇腹を肘《ひじ》で突いた。うめく雪乃をよそに、鶴代は毅然と言い放つ。

「あのひとが出ていったんじゃありません。私があのひとを追いだしたんです」

「どうして？」

と聞く佐知をさえぎる形で、まどろっこしいのが嫌いな多恵美がソファから立った。ついでに、へたりこんでいた佐知の腕を取って立ちあがらせる。

「見てもらったほうが早いですね。鶴代さん、『開かずの間』へ来てください」

四人の女は葬列のごとく粛々と廊下を進み、石室の棺《ひつぎ》であるかのように、「開かずの間」の桐箱のまえに厳《おごそ》かに整列した。

ミイラを目にした鶴代は、

「あらまあ、なつかしい」

と言った。

「これ、私のお父さんじゃないよね」

必死の形相の佐知に問われ、

「なにが悲しくて干からびた妖怪と結婚しなくちゃならないのよ」

と答える。

自分がどんな嫌疑をかけられていたのか、ここに至ってようやく鶴代は察した。何十年ぶりかに再会した、茶色い干物状の物体をしげしげと眺める。佐知たちはどうやら、この干物を鶴代の夫ではないかと疑い、さらには鶴代が夫を殺して箱に隠蔽したのではと恐れていたようだ。

失礼しちゃう、と鶴代は思った。なぜ河童と結婚したうえに、その河童を殺害しなきゃならないのか。私には審美眼も理性もあるというのに。だいたい、いい年した大人が河童だなんだと大騒ぎするのは、いかがなもんかしらね。佐知も佐知だわよ。刺繍なんて浮世離れしたことばかりに熱心だから、友だちも夢見がちな子が集まってきちゃうんだ。

佐知、雪乃、多恵美が聞いたら、「浮世離れがはなはだしいのはあんただ」と一斉に反論しそうなことを考え、鶴代はため息をついた。

「これは佐知の父親じゃありません。だいいち、この河童は雄《おす》なの？」

そこで一同は、ミイラをもう一度よく調べてみることにした。おっかなびっくり、硬直した体を抱え起こす。ミイラの背中には、小さくて縁が欠けているが、亀の甲羅《こうら》のようなものがくっついていた。いよいよ河童らしい。ぼろ布をめくって、股間を遠慮がちに覗きこむ。先刻は腹部に注目していて気づかなかったが、股間には男性器も女性器もついていない。肛門さえない。ぬいぐるみのクマみたいに、性と生の痕跡がなにもなかった。

「なんだ、作り物か」

雪乃は平静を欠いていた自身を恥じた。

「超リアルですけどねえ。目とか、生きてるとしか思えませんよ」

多恵美はミイラの眼球に指さきで触れた。衝撃的な姿にも、みんなだんだん慣れてきたのである。だからといって、「生きてるとしか思え」ないものの眼球をつつくのはどうなんだろう、と雪乃は思った。

「股間がつるっとしてる生き物なんていないでしょう」

「先輩は河童の交尾を知ってるんですか。お皿とお皿を合わせるのかもしれないじゃないですか」

「そうだとしても、排泄はどうするの。うんちも、お皿のうえにポコッと出現すんの？」

雪乃と多恵美のせいで、どんどん話の軌道がずれていく。佐知はじれったくなり、

「いまはそういうこと、どうでもいい！」

と一喝した。「お母さん。なんでミイラが、うちの『開かずの間』にあるの」

「いやがらせかしらねえ」

とつぶやいたきり、肝心の鶴代は言い渋っている。

これではなかなか真相にたどりつけないので、新たな人物にご登場願おう。人物というか、カラスだ。しかしこのカラス、ただの鳥類ではない。

牧田家にほど近い善福寺川、そのほとりに立つ大ケヤキをご存じのかたもおられるだろう。一番太い部分で、幹の直径が一・五メートルはあろうか。堂々たる枝振りの巨木で、樹齢は二百年とも言われている。

この木をねぐらにするのが、カラスの善福丸《ぜんぷくまる》。翼を広げれば一メートルにもなる大ガラスで、羽根はつやつやと黒光りし、日の当たり具合によっては深い緑にも青にも見える美丈夫だ。太いくちばしも真っ黒で雄々しく、きらめく目には知性を宿す。

それも当然で、善福丸はこの地域の人々の暮らし、ペット事情、花壇でなんの花が咲きそめたか、プリウスを所有する家が何軒あるかから、川に泳ぐ鯉《こい》の恋愛模様まで、ありとあらゆることを知悉《ちしつ》した偉大なカラスなのである。

むろんのこと、牧田家の歴史にも詳しい。鶴代の子ども時代はもとより、結婚生活についても把握している。

「カラスの寿命が人間より長いということはないはずで、それはおかしいではないか」との疑問が生じるだろうが、善福丸は一般的な意味での一羽のカラスではない。カラスの集合知、あるいはカラスのイデアとも言える、完全なるカラスだ。実体はあり、ひとの目で見ることもできるが、同時に時空を超えた存在、「カラスそのもの」でもあるのだ。

よって善福丸は、過去も未来も今日この瞬間も、町で生じるすべての事象を、大ケヤキのてっぺんから黒い目で眺めているのだった。

そこで、鶴代にかわって善福丸に、「開かずの間」に河童のミイラが眠っていた理由、鶴代と夫になにがあったのかを語ってもらうことにする。


我らは善福丸である。これまで善福寺川周辺で生きて死んだすべてのカラス、これから善福寺川周辺で生まれて死んでいくすべてのカラス、その知と経験の集積が善福丸なので、「我ら」と複数形の自称を使っているのだとご承知おきいただきたい。

牧田家では現在、鶴代を筆頭に四人の女がリビングに集《つど》い、なにやら深刻そうな顔で話をしておる。佐知や雪乃が手を替え品を替えて質問を繰りだすも、鶴代は言を左右にしてなかなか真相を語りだそうとせぬ。多恵美は刺繡教室に出したクッキーの残りを食っているようだ。あの娘は呑気に過ぎる。

このぶんでは、鶴代がすべてを明らかにするころには、時計の針が真夜中を指しそうだ。我らがちゃちゃっと説明して進ぜよう。

鶴代は幼いころから、清楚な感じのするなかなかきれいな女子《おなご》だった。牧田家もまだ裕福で、鶴代は将来、婿を取って家と土地を継ぐのを至上命題として育てられておった。つまり、お嬢さんの手習いとしてお茶やらお花やら日本舞踊やらに通うばかりで、「生活」というものとは隔絶した暮らしだった。

けれど我らはわかっていたよ。鶴代のなかに、マグマのごときたぎりがあることを。いつか迸《ほとばし》って、なにもかもを飲みつくす危険な激流が逆巻いていることを。

当時の女子としては少数派だったろうが、鶴代は四年制の大学へ行った。鶴代の父親はぼんくらで、娘に優秀な婿をもらって自分は早く楽隠居したいという思惑があったようで、大学進学には反対しておった。しかし、存命だった鶴代の祖父が、鶴代の好きにさせてやれと言った。鶴代はどちらかというと、覇気なくふらついた父親よりも、剛毅な祖父になついていたし、祖父も鶴代を猫かわいがりしていたからな。

む、いかん。我らとしたことが、猫などとおぞましく残虐な輩《やから》の名を出してしまった。

とにかく、鶴代は祖父と結託し、父親の意見を退けた。だが、この件に関しては、もしかしたら父親の言うことが正しかったかもしれんなあ。大学はときあたかも、学生運動のまっただなか。七〇年安保闘争の前哨戦といった様相を呈しておった。安保闘争を知ってるか？　あ、そう。我らはよく知らん。善福寺川にデモ隊が押し寄せることなどなかったから。どれだけ知恵と経験があっても、近所のことしか把握できないのが、カラスの悲哀なのだな。

とはいえ、あのころは大騒ぎで、新宿騒乱事件が勃発し、命からがら杉並まで飛んできたカラスも多かった。まさに尾羽打ち枯らしたといった様子で、羽根に艶《つや》がなく、疲労困《こん》憊《ぱい》した朋輩が、だが興奮した口吻《こうふん》でいろいろ話して聞かせてくれたものだよ。新宿（我らは行ったことがないが）のど真ん中で火炎瓶が投げられたなどと、去勢されたマルチーズの群れのごとき若者ばかりとなったいまでは、信じられん話じゃないか。

いや、我らもちゃんとわかっている。火炎瓶を投げればいいというものではない。去勢しきることのできぬ情熱、純情をうちに秘めているのが若者だ。それはいつの時代も変わらない。おとなしいお嬢さんのように見えた鶴代のなかに、思いがけぬ奔流があったように。

鶴代は大学で、同級生の男と恋に落ちた。「ブント」に入っているとか聞いた気がするが、それがなんなのか我らは知らぬ。火炎瓶を投げたり、機動隊に突入していって前歯をへし折られたりする若者だ。血気盛んというやつだ。

いままで近くにいたためしのない種類の男に出会い、マグマをまんまんとたたえた鶴代という山は、ついに噴火のときを迎えた。ほかの男などまるで目に入らず、たまに意中の相手が大学の講義に出席すると、鶴代はやつに寄り添って座った。講義を聞いているのか、机の下で互いの手を絡めあっていちゃいちゃしているのか、わからん状態だ。

なぜ我らが、大学内での鶴代の行動まで把握しているかというと、鶴代が自宅の窓辺で日記をつけていたからだ。覗き見したのだ。鶴代の通う大学は、さすがに我らの千里眼をもってしても見ることができなかったのでな。何度も言うが、我らの勢力圏は善福寺川周辺に限られる。

ちなみにその大学は、比較的裕福な家の子女が通うところで、それってそもそも左翼運動と矛盾してはおるまいか、とカラスの身ながら思う我らだ。案の定、ノンポリ学生が多かったらしく（これは近所の噂話で聞いた）、鶴代の恋人は活動に熱心だったがゆえに、学内では浮いた存在だったようだ（これは鶴代の日記を覗き見て知った）。

我らが思うに、鶴代の恋人も本当はノンポリだったのに、あとに引けなくなった面もあろう。清楚でうつくしい鶴代が、活動家たる自分に尊敬と愛に燃えた目を向けてくるのだ。心の底では、火炎瓶を投げたくないし、前歯をへし折られたくもないと思っていても、恋人に失望され軽蔑されたくないがゆえに、ついついマルクスなぞ読みつつ機動隊に突撃してしまうのが人情というものである。恋はひとを見栄っ張りにする。そう考えれば、あの男も愚かで気の毒なやつだったな。

男が中途半端な部分を露呈したのは、そろそろ大学も卒業というころであった。

鶴代は自分を常識人だと考えている節があり、しかし実のところはかなり素っ頓狂で世間から乖離《かいり》した感覚の持ち主だということは、彼女とそれなりに親しく接したものならば、痛感させられた経験が多々あるだろう。

我らは生ゴミの日をちゃんと把握しており、ご馳走にありつかんとゴミ袋の中身を検分するのを常としているが、そのさまを鶴代に発見されたら一大事だ。鶴代は竹箒《たけぼうき》をふりかざし、我らに向かって激走してくるのだ。そりゃあ、我ら一族を嫌う人間が多いことは知っている。だが、大の大人がわざわざ、鬼の形相で激走してくるようなことであろうか？　それを目撃した近所の岡本《おかもと》さん（六十代女性）も、ドン引きだったことだ（いまふうの言葉も知悉した我らだ）。

ことほどさように、鶴代は常識人を気取るわりには自由奔放な精神の持ち主で、我らはそこを愛でてもおり、だからこそ日記を盗み見ていたわけだが、その反面、妙に真面目というか教条的というか、お堅いところも保持しつづけているのが、鶴代のますます妙なところだ。

大学四年生になった鶴代は、卒業論文の執筆に取りかかっておった。前歯へし折られ男はといえば、留年が決まっていたようだ。当時は学生運動の煽りを食らい、まともに講義が行えないこともあったらしいし、講義に出席する輩など軟弱なアホだと思われる風潮もあったのだろう。というような事情も、我らはすべて鶴代の日記を通して知り得たのであるが、鶴代はといえば淡々と大学に通い、講義にもきちんと出ていた。時流に翻弄されない姿勢は潔いといえば潔いが、謹厳実直を自身に課しすぎて身動きが取れなかっただけではないか、という疑念も生じる。

そういう鶴代の危うさを、いまに至るまで我らは感じ取っておるよ。そこが鶴代の魅力でもあるのだが。

鶴代は深夜まで、窓辺の机に向かって原稿用紙の枡目《ますめ》を埋めておった。資料も机に山積みにしておった。日本文学科に在籍していた鶴代は、卒業論文の題材に三島由紀夫を選んでおり、そんな「売れっ子の現代作家」を卒論で取りあげることが、よく許されたものだなと我らは不思議にも思う。むろん、我らには読書の習慣はないから、詳しいことはわからぬが、三島由紀夫作品は存命中にすでに、文学の研究対象として認められていたということであろうか。

三島由紀夫は、鶴代が大学を卒業した翌年に自決した。その報に接し、「こうなるような気はしていた」と鶴代がつぶやいたことも、我らにとっては印象深い思い出だ。なぜ、

「こうなるような気はしていた」のか、我らは関知しておらん。作品に不穏の陰があったということでもあろうか。

さて、鶴代は着々と卒論をものしていき、ゼミの教授の指導をしばしば仰いでいたようだ。ところがここに問題が出来《しゅったい》し、教授と鶴代の仲がただごとならぬのではという噂が学内にひそかに蔓延したようである。と伝聞体でしか語れぬのが我らのつらいところで、鶴代はそのあたりを日記に明確に書かなかったのだ。

「A先生のご指導を受ける」「A先生の明晰さといったら、私には神としか思われない。やはり学究の道は自分には無理だと思い知らされることばかり」「A先生にご指導いただいたのち、夕飯をご一緒する」「A先生とのくだらない噂があるとB子から聞く。言いたいひとには言わせておけばいい」

こんな程度しか記述をせず、「ええい、もちっと具体的に書かんかい」と我らは歯嚙みしたものだ（我らに歯はないが）。しかし、やけにA先生の登場率が高いのはたしかだ。どうなることやらと羽を震わせておったら、案の定、事件が勃発した。卒論の面接試験の日、前歯へし折られ男（といっても、折られた前歯は接着剤で修復ずみであった）がゲバ棒片手に教室へ乱入してきたのだ。教授はたじろいで立ちあがり、面接官として同席していたほかの教師は、なにごとかと前歯へし折られ男と教授とを見比べ、面接官らと対面して座っていた鶴代は、教室の戸口を軽く振り返った。

前歯へし折られ男はゲバ棒を振りあげ、

「なんで俺がここに来たかわかってるだろう！」

と怒鳴った。教授は腰を抜かさんばかりであったが、

「わかんないわよ！」

と鶴代が怒鳴り返した。「なに考えてんの、神田《かんだ》くん」

言い忘れておったが、前歯へし折られ男は神田くんというのだ。

「だって鶴ちゃん、きみは俺というものがありながら、そんな、そんな……」

ゲバ棒で教授を指す神田くん。

「ばかね」

鶴代は椅子から立ちあがると、神田くんに近づいていった。突きだされていたゲバ棒を握手するように握り、子どものお遊戯のごとく、鶴代はそれを軽く上下させた。

「私が好きなのは神田くんだけ」

「……本当に？」

「知ってるでしょ」

恥じらって頬を染めた鶴代を見て、

「失礼しました」

と神田くんは教授らに頭を下げ、すごすごと教室から退散した。神田くんを「中途半

端」と我らが称するのは、こういう部分に起因する。

静けさを取り戻した教室で、鶴代は教授陣に向き直った。

「さ、つづけてください、先生」

その日の出来事を、我らはいつもどおり鶴代の日記を通して把握したのであるが、項の末尾にはこう記されておった。

「ああ、なんてばからしいのかしら。なにもかもすべてが！」

頬を染めて神田くんを懐柔したのが本心からの行いであったのか、本当にA先生とはなにもなかったのか、真実は藪のなかというものだ。

鶴代の卒論に対する評価は「優」であった。

大学卒業後、鶴代は就職をせず、いわゆる「家事手伝い」の身となった。いまでは奇異に感じられるやもしれぬが、当時はそういう女子はわりと存在した。特に鶴代の場合、祖父も父もまともに働いていなかった。働く必要がなかったのだ。家屋敷のほかに、貸家や貸畑がいくつもあり、それらの不動産収入と株やらなんやらの運用で、日々の生計はなんとでもなったためだ。

だが、それが牧田家の没落のはじまりでもあったのではなかろうかと、いまとなっては思う我らであるよ。ひとというのは不思議で、持てば持つほど、失うことを恐れるようになるものだから。それに引き替え、その日暮らしの我らは気楽なものだ。だからこそ、ご馳走にありつける可能性が高い日には、渾身の力でゴミ袋を破きまくっているだけだというのに、激走してくる鶴代はまったくけしからんやつだ。

それはともかく、鶴代は祖父や父の面倒をよく見て、家庭内のこまごましたことを一手に引き受けた。あ、そうだ。いま、守衛小屋に住んでいる山田くん。あれは当時も牧田家の離れにいて、毎朝決まった時間に会社へ出勤し、決まった時間に帰宅する毎日を送っておった。山田くんの両親はすでに物故《ぶっこ》し、同僚と酒を飲むでもなく、ましてや女性と歓楽にふけるでもなく、なにを張りあいとしていたのやら、不可思議な男である。休日には御用聞きよろしく母屋に顔を出し、たまに鶴代とともに庭仕事に勤《いそ》しんだ。花壇を作ったり、庭木の剪定をしたりといったことだ。二人のあいだに、あまり会話があるようには見受けられなかったが、幼いころから気心は知れているためだろう。兄妹に似た、素っ気なさのあいだに通いあう親しさの温度を感じたものだ。

鶴代は神田くんとの交際をつづけていた。神田くんは、二留してもあいかわらず卒業の目処《めど》が立たず、そうこうするうちに七〇年安保にまつわる熱狂も過ぎ去り、いよいよ切羽詰まっておったようだ。神田くんの行く末を憂い、神田くんの不甲斐なさを恨む言葉が、鶴代の日記には増えた。我らは固唾《かたず》を呑んでなりゆきを見守っておった。まあ、我らはたいてい、なんでも丸呑みするのであるが。

鶴代はしかるべき婿を取り、牧田家の跡取り娘として、地所を管理していく宿命にあっていた。ほうぼうから見合い話も持ちこまれたようだが、鶴代は言を左右にしてこれを断っていた。鶴代の祖父は当然ながら、なにゆえ結婚に「うん」と言わぬのかと孫娘を問いつめた。鶴代の父はぼんやりした性質の男だったから、善福寺川へ散策に出かけて留守だった。

「母親を早くに亡くしたおまえを、不憫《ふびん》だとも思い、俺はずいぶんかわいがってきたつもりだ。それなのにこうも強情を張られては、俺としても立つ瀬がない。いったいなにが不満なのか、俺にだけは言ってくれまいか。紹介してもらった相手はみな、まっとうな男だと思うが」

「おじいさん、ごめんなさい」

鶴代はしくしく泣くばかりである。だが我らは知っている。その晩、鶴代は日記にこうしたためた。

「まっとうな男ほど退屈な存在はない」

ところで、我らは鳥目なのではないか、なぜ夜間に活動し、窓越しに日記を盗み読むことができるのか、と不審を覚える向きもあるかもしれぬが、忘れてもらっては困る。我らはカラスのなかのカラス。我らの翼は夜の闇そのもの。目は暗い夜空に輝く星そのもの。そしてまた、日に照らされて生じるすべての影は我らの色。善福寺川周辺の夜と昼を司るのは我らだ。

のらりくらりと縁談をかわしつづけ、早数年が経った。神田くんは卒業はもとより就職もかなわず、日雇いで肉体労働に従事しておったようだ。そのわりに、なぜか青びょうたんのままだったのは、この近隣のカラスのあいだで語り伝えられる七不思議のひとつである。

鶴代の祖父は、そのころ寝つくことが多くなり、一階の和室に床《とこ》をのべていた。鶴代は甲斐甲斐しく祖父の看病にあたったが、結婚へのプレッシャーをますます感じていたことだろう。

鶴代が神田くんといかなる話しあいをしたかは知らぬ。わかっているのは、二人が結婚の意思を固めたということだけだ。本来の意味での愛がそこにあったのか、我らには判断がつかぬし、我らがどうこう言う領域でもあるまい。長年つきあってきたのだから、という惰性もあったかもしれぬ。財産を守るためだけに「まっとうな男」と結婚するという選択に、鶴代は美を見出さなかったのかもしれぬ。また、神田くんは神田くんで、かつてはゲバ棒まで持ちだして教授と相対したほど恋うた女と、とうとう結婚できることにロマンを感じたのかもしれぬ。肉体労働は疲れるし、このあたりで土地持ちに婿入りするのも決して悪い選択ではないと算段したのかもしれぬ。

真実はこれまた、藪のなかだ。だが、我らはよくわかっておるよ。ひとの心のなかは藪だらけだ。拓《ひら》けて清明な土地などない。それがひとだ。だから我らはひとを愛する。窃視《せっし》者《しゃ》の汚名を着ようとも、観察し日記を覗かんと、きみらの窓辺に立ち寄るのだ。

ある冬の午後、神田くんははじめて牧田家にやってきた。その日は曇りがちで、昼ごろには雨もそぼふっていたのだが、神田くんが駅に降り立ったころにはそれもやみ、薄日が差しはじめておった。黒い傘を畳んで手に持ち、もう片方の手にはなけなしの金で買ったとらやの羊羹《ようかん》を提げて、神田くんは駅から牧田家までの短いとは言えぬ道のりを歩いた。

雨を避け、大ケヤキの枝陰で羽を休めていた我らは、そのさまを興味深く見守った。神田くんは一張羅の背広を着ておったが、紺色でぺらぺらなものだから、紙製なのかと我らは思わず身を乗りだしたものだよ。よーく眺めたところ、布製だと判明したが。それにしても、あんなに背広が似合わぬ男もめずらしい。痩せて胸板が薄く肩幅も狭く、一言で表現するなら貧相だ。ただ、目がよかったな。視力のことではないぞ。優しく、未来を信じる明るさに満ちておった。

かつてはゲバ棒を握り、機動隊に前歯をへし折られた神田くん。その行いも甘っちょろいと言えば甘っちょろいが、未来への希望が行動に表れたのだとも解釈できる。そういう若者特有の純粋さ、曲げられることもたわめられることもなく育った明朗さを、鶴代は好ましく感じたのやもしれぬ。

それを「まっとう」と言うのではないかって？　ふむ、そのとおりだ。そう考えると鶴代は、まっとうさとはなんなのかを正確に把握できなかったがゆえに、結婚生活の維持に失敗したのかもしれんな。

神田くんはまっとうな部分をたしかに宿しておったが、鶴代はまっとう嫌いであったから、生活のなかでその美点を愛しつづけていくことができなかった。たしかに退屈と表裏一体ではあるが、本来ならば、まっとうさとは非常に大切なものであるはずなのに。また、神田くんはさすがに鶴代のおめがねにかなっただけあり、まっとうではない部分も多分に併せ持っていた。それゆえに結婚生活が破綻した面もあり、いずれにせよ鶴代はまっとうさを軽んじたがために、手痛いしっぺ返しを食らったと言えるだろう。

さて、羊羹をぶらさげた神田くんは牧田家を目指す。たまに傘を小脇に挟み、ぺらぺらの背広のポケットから、あらかじめ鶴代に渡された手書きの地図を取りだして道順を確認する。鶴代の地図はわかりにくかったので、神田くんは何度か折れる角をまちがい、引き返したり道行く近隣住民に尋ねたりしつつ、約束の午後二時を少し過ぎて牧田家に到着した。

客人を迎えるにあたり、牧田家のほうでは準備万端整えていた。鶴代の祖父は、その日ばかりは床を上げ、朝から風呂に入ってヒゲもきれいにあたっていた。鶴代の父も、雨上がりの善福寺川の散策を断念し、ちゃんと在宅しておった。男二人はぺらぺらではない背広を着て、ダイニングテーブルに向かって座った。

客に応対するなら、リビングのソファのほうが適している。鶴代も当然、ソファセットのテーブルに紅茶と菓子の用意をしていた。ではなぜ、祖父と父はダイニングにいるのか。

茶の用意を終えた鶴代までもが、いそいそとダイニングの椅子に座ったのか。

実はその日、グアムのジャングルから、元日本兵の横井庄一氏が帰国したのである。NHKは二時から特別番組を放送し、羽田空港へ降り立つ横井氏の姿に、日本じゅうの人々がブラウン管を通して見入っていた。

なんとも間の悪い男だ。むろん、横井氏がではなく、神田くんがだ。

神田くんは玄関ドアの横についた呼び鈴を鳴らし、出迎えた鶴代によって、牧田家のリビングへ通された。

神田くんはソファに座るまえに、

「はじめまして、神田幸夫《さちお》と申します」

と、鶴代の祖父と父に向かって挨拶したのだが、肝心の相手は、

「やあ、どうもどうも」

と言いながらも、ソファに移動することもなく視線はテレビに釘づけであった。リビングのカーペットに膝をつき、神田くんのカップにポットから紅茶を注ぐ鶴代でさえも、顔はテレビのほうを向いていた。おかげで、茶色い液体がソーサーに盛大にあふれだしたほどだ。

つまり、結婚の許諾を得にきたというのに、神田くんはほぼ無視されておった。それもいたしかたあるまい。ジャングルに潜伏しつづけた横井氏と、青びょうたんの神田くん。

「恥ずかしながら帰ってまいりました」というキラーワードを放った横井氏と、「おじょおじょおじょうさんと、けけけけっこ」などと要領を得ない神田くん。居合わせた人々の注目がどちらへ集まるかは、言うまでもないことである。

しまいには神田くんもダイニングテーブルへ席を移し、四人は打ちそろってテレビを眺めた。番組が一時間で終わると、めいめいは感想を述べあった。「たいしたひとがいるものだ」とか「戦争はちっとも終わってなどいなかったんですねえ」とかいったように。

我らが見るところ、しゃべっていたのは主に鶴代と祖父で、父親と神田くんは微笑とともにうなずくのがもっぱらであった。この光景は、のちのなにかを象徴していたように思う。率直に言えば、うなずくだけであるなら、赤べこ人形を相手に話すのと変わらない、ということだ。赤べこ人形ならば無駄口を叩かぬが、神田くんはたまに鶴代の神経を逆撫でするような発言をする男だったので、なおさら質《たち》が悪い。

我らはしかし、わかっておるよ。女の神経を逆撫でしない男はおらんし、男の神経を逆撫でしない女もおらん。人間は言葉があるがゆえに、互いに通じあえるかのような幻想を抱くが、男女のあいだに対話が成立することはまれだ。奇跡だ。いま、我らはきみらに合わせて、ひとの言葉で語っておるが、高貴なる我ら一族は、ふだんは言葉など不要なのだ。翼やくちばしの色つや、羽ばたきが起こす微細な風の加減で、気持ちや意図を伝えあうことができるからな。だがそれでも、我らとてたまに、かわいこちゃんな雌《めす》カラスにつつかれる。ときには美々しい雄カラスにもつつかれる。我らには性別はないのだ。カラスのなかのカラスである我らにとっても、意思の疎通は至難の業だ。いわんや（言葉などという余計な道具を持つ）人間をや、だ。テレビ視聴と感想大会を終え、人心地ついた牧田家の面々は、そこでようやく、神田くんという珍客の存在に意識を向けた。

「それで？」

鶴代の祖父がことさら重々しく切りだす。「きみは鶴代と結婚したいと、そう言うのか」

「はい」

それまでテレビに夢中になっていたくせに、思い出したように緊張する神田くん。鶴代さんのことはぼくが幸せにします、とでも言ってみせんか、と我らは気を揉んだものだ。

「神田くんといったか。きみのところは、ご兄弟は」

「兄と弟が一人ずつです」

「それならいいか」

拍子抜けするほどあっさり、鶴代の祖父はうなずいた。「鶴代から聞いていると思うが、婿入りするなら、結婚を許そう。なあ」

と同意を求められたのは、鶴代の父親だ。彼は元来おとなしいというか、覇気と気骨に欠けた男だったので、

「ええ」

と従順ににこにこしている。婿が来て自分が楽をできるのなら、なんだっていいやと思っていたのだろう。心は早くも善福寺川沿いの散策路へと飛んでいるらしかった。

こうして鶴代の結婚は、コンニャク程度の歯ごたえですするすると決まったのだった。みんなが横井氏に気を取られていたので、うやむやのうちに結婚の許可が下りたとも言えよう。神田くんは横井氏に感謝したほうがよい。

いや、横井氏が帰還するのがあの日ではなかったなら、鶴代の祖父や父ももう少し神田くんについて吟味したかもしれず、そうなれば二人の結婚はなしになって、のちの悲劇も避けられたのかもしれぬ。しかしもう、すべては終わったことだ。いかに我らといえど、運命のすべてを見通すことなどできぬし、見通せたところで、人間の選択に介入はしない。我らが自由に羽ばたくのと同様、ひともまた、回転する運命の輪のなかで、心のままに生きるしかない存在なのだから。

結婚式を挙げることもなく、鶴代と神田くんは牧田家で暮らしはじめた。挙式をしなかったのは、神田くんのゲバ棒的意地であったのではないかと我らは推測している。左翼と結婚式とは、いまいちそぐわないものだからな。鶴代も、特に異議は唱えなかったようだ。小さいころから変わった子で、女子らしい憧れを抱くということがなかったから。なにしろ鶴代の夢は、「不動産をぬかりなく維持していけますように」だった。初詣の際、近所の神社で毎年そうお祈りしてきたのを、我らは知っておる。

結婚生活は、最初のうちはうまくいっていた。牧田幸夫となった神田くんは、牧田家が所有するアパートの管理人という名目を得て、牧田家の不動産収入のなかから給料をもらった。ま、内実は無職というか、ヒモだな。しかし神田くんは根がまっとうな男だったので、アパートに足繁《あししげ》く通っては樋《とい》の修理やら庭の雑草抜きやらをきちんとしておった。

鶴代は日々、祖父の看病と家事で忙しかった。いまや鶴代の肩には、祖父、散策が趣味の父、かぎりなくヒモに近い夫の生活がかかってきていた。鶴代はこまねずみのように一日じゅう家のなかを動きまわり、料理洗濯掃除に励んだ。そのかたわら、不動産の収支についての帳簿もつけた。自宅の広い敷地にまでは、到底目が行き届かなかったので、週末になると山田くんが庭仕事を助けた。

鶴代の結婚および神田くんについて、山田くんがどう感じていたのかはわからぬ。山田くんは無口なだけでなく、内心も「……」と空白なことが多い。ただ、鶴代と山田くんは、花の苗を植えたり、柿の枝を払ったりと、二人で仲良く作業をしておったよ。我らには兄妹のようにしか見えなかったが、神田くんにはまたべつの感想があったのだろう。「ずいぶん親しいんだね」と鶴代にあてこすったり、ときには鶴代を軽く責めることすらあった。

だがそれも、夫婦のあいだのスパイスというものだ。鶴代は笑って、神田くんの嫉妬には取りあわなかった。少なくとも、昼間は。ご存じのとおり、夜には夜の世界が広がっている。のちに「開かずの間」となった夫婦の寝室。そこでの鶴代と神田くんは、なんともお熱い仲だった。ずいぶん長くつきあってきて、もはや惰性と化したかに見えた二人の関係は、山田くんという触媒を得て再び燃焼しだしたのであった。

けれど、しばらく経っても子どもはできなかった。これには鶴代の意向が働いていたように思う。祖父、父、神田くんに、幼子まで加わってしまったら、鶴代の家事能力を超えるからな。鶴代はオギノ式を活用して周到に排卵日を把握し、そのうえで妊娠の可能性が低い時期のみ神田くんに応じていた節がある。神田くんは神田くんで青びょうたんの間抜けなので、排卵日云々にはまるで詳しくなく、「そのうちできるよ」と呑気に構えておった。

そうこうするうちに、鶴代の祖父が死んだ。鶴代にとってはほとんど唯一と言っていい、中身のある会話ができる相手だったから、嘆きと悲しみはひとかたならぬものがあった。

鶴代の祖父は、相手の性別や年齢に関係なく、個人対個人として語らう公正な人間だった。女子というのは、公正さを重んじるところがあると思わないかね？　潔癖とも融通が利かぬとも言えるが、なぜ女子が公正さを重んじる傾向にあるのか、我らは熟考してみたことがある。なにしろ時間だけはある我らなのでな。かわいこちゃんな雌カラスに、必要以上につつかれぬよう、対策を練るのに怠りはない。

その結果、我らは思うのだが、女子が公正さに敏感なのは、公正に取り扱われていないと感じる局面が多々あるからではなかろうか。女子だと見て、あるいは若いからといって、侮った言動に出る輩のことを、女子は表情も変えずに、しかしよく観察して末代まで忘れずにおるよ。だから我らもたまに、腹に据えかねたかわいこちゃんな雌カラスにつつかれてしまうのだが。

鶴代の祖父には、そういったところがほぼ皆無であったから、鶴代も祖父とは忌憚《きたん》なくなんでも語りあう仲だった。祖父の亡骸をまえに、鶴代は静かに涙を流しておったよ。神田くんは、そんな鶴代の肩を優しく抱いていた。鶴代の父親は、「やはり葬儀が終わるまで散歩は控えるべきだろうか」と考えていた。

そう、鶴代の祖父という重石がなくなり、変化したのは牧田家の男たちだった。鶴代の父親も、神田くんも、途端にのびのびしはじめたのだ。男にとっては、鶴代の祖父のような存在は少々煙たく、扱いにくいものだった。公正であるがゆえに、ひとづきあいに「なあなあ」を許さなかったからな。個人間の対話をいちいち求められるのだ。たまったものではないと思うのも、むべなるかなだ。たいがいの男が一番苦手とするものは、社会的な立場や役割に基づかぬ対話だからな。

鶴代の父親は散策からそのまま遊びにいくようになり、不動産管理にはますます身が入らずにいた。神田くんも、アパートへ通う頻度が下がり、かわりに骨董品を蒐集《しゅうしゅう》しはじめた。むろん、鶴代は父親にも夫にも苦言を呈したが、重石が取れてのびのびした男たちはほとんど聞く耳を持たなかった。鶴代は庭の草取りをしながら、愚痴をこぼしておったよ。隣で山田くんも作業にあたっていたが、生来無口な男だから、相槌も打たずに耳を傾けるだけだった。

畢竟《ひっきょう》、鶴代の愚痴は独り言となった。雑草を引き抜くたび、こぼれる愚痴。マンドラゴラという植物は、人型をしており、抜かれるときに悲鳴を上げるそうだ。その声を聞いたものは絶命してしまうとか。牧田家の庭には、引き抜かれる際に愚痴を言う種類のマンドラゴラが生えているのではあるまいか、と我らはあやしんだほどだ。愚痴には、適当でいいから相槌を打ってやってほしい、と切に願いもする我らだ。そうでないと、愚痴は大変不気味な響きと化してしまうのでな。

神田くんは、骨董を求めて旅に出はじめた。一週間、ときには一カ月帰ってこないこともあった。旅先から送られてくる、得体の知れぬ書画や陶器。ほとんどが偽物だ。骨董などという趣味を持たぬ我らにも一目でわかったほど、偽物ばかりだった。夫婦の寝室はエセ骨董であふれた。かわりに、牧田家の財産は目減りしていった。どこから聞きつけるのか、あやしげな骨董屋が頻繁に訪ねてきもした。

鶴代はよく耐えておったよ。神田くんが留守のときは、骨董屋を丁重に追い返した。旅先から神田くんが買った謎の物品が送られてきたら、中身をちゃんと風に当てたのち、箱を丁寧に夫婦の寝室に積みあげた。たぶん、鶴代はわかっていたんだろう。神田くんが、牧田家での暮らしに飽きたのだと。

まっとうな精神を持つ神田くんには、妻の生家の不労所得で生計を立てる毎日が不毛に感じられたのだ。かといって、働くだけの体力も気力も実力も備わっていないのが、神田くんのアンバランスなところだ。持ちまえのまっとうな精神が、神田くんを苦しめたと言える。その苦しみを、無為としか表現しようのない骨董漁りにぶつけたのだ。

そんな神田くんを鶴代が許していたのは、やはり情があったからだろう。神田くんのまっとうさ、言い換えれば小心さを退屈と感じる一方で、過剰かつ過激にエセ骨董を蒐集する神田くんのアンバランスさを愛してもいたのだ。旅先から戻った神田くんと、鶴代は交歓した。大ケヤキで眠る我らの羽を震わせるほど、激しく。同じ屋根の下におる鶴代の父親はというと、散策と遊興に疲れて目を覚ます気配はなかった。

神田くんが骨董に魅せられて一年ほど経過したころ、鶴代は身ごもった。子どもが生まれれば、神田くんも少しは落ち着くのではないかと、鶴代は期待したと思う。

だが、神田くんは変わらなかった。鶴代が出産したその日も、出羽《でわ》のほうへ骨董を買いにいっておった。そして、誕生祝いと称し、河童のミイラを送ってきたのだ。

いつものように箱を開け、内容物を風に当てようとした鶴代は、息を吞んだ。箱に添えられた神田くんの手紙には、「無事に子どもが生まれてうれしい。これはお祝いです。もうすぐ帰ります」と書いてあったが、箱の中身はといえば禍々《まがまが》しき干物だ。

なんのいやがらせか、と鶴代は思ったのだろう。よりによって、こんなものを送りつけてくるなんて、と。たしかに誕生祝いとして、河童のミイラは一般的ではない。入り婿の神田くんが、溜まりに溜まった鬱憤《うっぷん》を炸裂させて選んだのが、この干物なのではあるまいか。もしくは、「俺は今後もロマンを求めて自由に旅をする。おまえはせいぜい不動産維持に汲々《きゅうきゅう》としつつ赤ん坊の面倒を見ればいい。へへへーんだ」という嫌味と皮肉に満ちた品ではあるまいか。鶴代が実際にそう言ったわけではないが、まあ概ね、右のごときことを考えたのではないかと推測する我らであるよ。

ちょうど泣きだした赤ん坊を抱き、乳をやりながら、鶴代は離婚を決意した。「なにかが切れた」と、その晩鶴代は日記に書いた。

「堪忍袋の緒なのか、神経なのか、愛情の細い糸なのかわからないが、私のなかで音を立てて切れたものがある」

乱暴に綴《つづ》られていく文字を、我らは窓越しに身震いしながら見守ったものだ。

決意したあとの鶴代の行動は早かった。生まれたてで首もすわらぬ赤ん坊を抱いて役所へ行き、もらった離婚届に判をついた。赤ん坊をベビーベッドに寝かせると、夫婦の寝室に山積みになった骨董の箱を、祖父が死んで空いていた一階の和室へと運びだした。産後いくばくも経っていないというのに、鶴代は流れる汗をぬぐいもせず、一人で廊下を何往復もした。未練や迷いを振り捨てんとするような、鬼気迫る風情であった。鶴代の父親はというと、娘の変心にはなにも気づかぬまま、善福寺川沿いを散策していた。

河童のミイラが届いてから一週間後、神田くんは充実した表情で夜遅くに帰ってきた。はじめて娘と対面した神田くんは笑顔になり、小さな指に生えた小さな小さな爪に感嘆の声を上げた。

鶴代は夫のために風呂を沸かし直し、心づくしの夜食を準備した。そして、しじみのみそ汁をうまそうに飲む夫に向かい、

「離婚して」

と言った。神田くんはみそ汁の椀をテーブルに取り落としたが、もうほとんど飲み干しておったので、汁気を溜めたしじみの殻が二、三粒転がりでただけだった。

「どうして急に」

「急だと思うの？　本当に？」

鶴代の冷たい怒気に触れ、神田くんは黙りこむほかなかった。身に覚えがありすぎるほどあったからだ。一方で、不満があるならそのつど言ってくれればよかったのに、と感じているのも伝わってきた。しかし賢明なことに、神田くんはその思いをぐっと飲みこんだ。言葉にしたところで、「何度も言ったじゃない！　あなたがちゃんと聞いてなかっただけ」と反論されるとわかっていたためだろう。ダイニングの掃きだし窓からそっと推移を見守っていた我らは、「いまの局面、よく耐えたぞ神田くん」と称賛を送ったものだ。

だが考えてみれば、神田くんは無理をして言葉を飲みこんだのではなかったのかもしれないな。なんといっても、結婚の申しこみのときにすら積極性を発揮できず、その後も骨董蒐集以外に関しては己れの意思を微塵も表明せぬままだった神田くんだ。優しく穏やかなのは事実だろうが、そもそも、表明すべき意思そのものが希薄な人物ではあるまいかとの疑問は払拭しきれぬ。

我らは窓越しの観察を続行した。

「とにかく私は、もういやになった。家に居着かない夫が、たまに家にいてもろくに会話のない夫が、せっかく娘が生まれたのに河童のミイラを送ってくる夫が！」

鶴代は畳みかける。神田くんはひっくり返した椀をもとに戻し、こぼれた殻を箸でつまんで椀へ入れた。

「わかった」

と、神田くんはおとなしく鶴代の申し出を受け入れた。開け放たれたままの寝室のドアから、ベビーベッドで泣く嬰児《えいじ》の声がした。鶴代は赤ん坊のおむつを替えにいき、ダイニングに残された神田くんはうつむき加減に座っていた。

いつかこうなるだろうと、神田くんには予期するところがあったのかもしれない。ほっとしているようにも見受けられた。解放された、と。

神田くんはその晩、寝室に入れてもらえず、骨董が入った箱にうずもれて和室で眠った。

翌日、自ら赤帽に電話をかけ、荷物を運びだすトラックを手配した。

離婚届にサインし判をついた神田くんは、

「じゃあ」

と言った。「元気で」

「あなたも」

と鶴代は言い、輪ゴムがはまったような赤ん坊の手首を軽くつかんで、バイバイさせてみせた。神田くんは鶴代の手ごと娘の手を包みこみ、しばらく目を閉じていた。やがて身を翻し、振り返らずに牧田家の表門を出て、いずかたへともなく去っていった。

ようやっと起きだした鶴代の父親が、二階から下りてきて言った。

「あれ？　神田くん、またどこかへ出かけたのか」

「ええ」

と鶴代は答えた。

神田くんと牧田家のつながりは、こうして途切れた。しかし、我らは見ておったよ。和室に運びだされた骨董のなかから、神田くんが河童の箱をそっと選《よ》りだし、寝室の着物やら花瓶やら日用品やらが入った桐箱のあいだにひそませたのを。

河童のミイラは神田くんにとって、いやがらせでもなんでもなかったのだ。生まれたばかりの娘と、娘を生んでくれた妻のことを真実思って選んだ、大切な品だった。真実思って選ぶと、どうして誕生祝いが河童のミイラになるのか、それはカラスのなかのカラスである我らにもわからん。神田くんも、うまく説明はできなかっただろう。お守りになるとでも考えたのかもしれない。河童のミイラに旅情をかきたてられ、異界へのロマンを感得したのかもしれない。いずれにせよ、妻子に対する願いがこめられていた。だから、牧田家にこっそり残していくことにした。

神田くんは、月山《がっさん》の麓のさびれた骨董店で河童のミイラを見た途端、「これだ」と感じたのである。和室で最後の夜を過ごしながら、「『これだ』と思ったんだけどなあ」と神田くんがひとりごちるのを我らは耳にしたから、まちがいない。

聞くところによると、出羽三山《さんざん》は修験の山々で、我らがカラスの親玉、ヤタガラスとも所縁《ゆかり》が深い。それで我らも、たまに一族の情報網を通じてあちらの様子をキャッチすることがあるのだが、出羽三山には天狗《てんぐ》はおれども、河童は特におらんそうじゃないか。即身成仏した僧侶のミイラは何体も現存しとるらしいが、そのように貴いミイラを月山の麓で売るバチ当たりもんがいるはずもない。宗教的にも社会的にも犯罪である。

畢竟、自称「河童のミイラ」は偽物の可能性が高いが、わざわざ調べてロマンの芽を摘む必要もなかろう。神田くんが「これだ」と感じた。その事実だけが肝心だ。

鶴代は、神田くんともっと話しあえばよかったのだ。神田くんの真意を問い、打ち解けて腹の底を見せあえばよかった。けれど、いまさら言っても詮《せん》ないこと。思いをすべて言葉にできた人間も、聞きたい言葉のすべてを相手から引きだせた人間も、これまで一人もおらんのだから。

神田くんと別れた鶴代は、書きつづけてきた日記を全部庭で焼いた。寝室からベビーベッドを運びだし、一階の和室へ娘とともに引っ越した。日記は白い煙となって雲に溶けていき、夫婦の記憶が詰まった寝室は鍵をかけられて「開かずの間」となった。

鶴代は娘を育て、父親を看取り、不動産を切り売りしつつ管理して、淡々と年を取った。鶴代の喜びや楽しみや苦しみや悲しみがなんであるのか、それは我らも詳細には把握しておらん。元来、淡々とした性格だったしな。鶴代が燃えるような情熱をたぎらせたのは、たぶん生涯で一時期のみ。卒論の面接試験が行われている教室にゲバ棒を持って乱入してくる直前ぐらいまでの、神田くんに対してのみだろう。

ついに発せられることのなかった言葉や、表明されなかった思いは、どこへ行くのであろうなあ。きみら人間を観察していると、我らはそれについて考えずにはおられん気持ちになる。虚空に消え去り、二度と甦《よみがえ》らぬ思いや言葉は。

きみらにはおかしな風習というか癖があって、たとえばこの世から去った人間を「星になった」と言ったり、花や海や山や月を眺めては、もう会えぬひとを思い浮かべたりするだろう。我らはそんなきみらを目にするたび、「星は星、花は花、海は（以下略）にすぎんぞ」と忠告したくなるのだが、しかし興味深い心の働きであるのはたしかだ。うつくしいと感じるなにかに、大切なひとの姿や思い出を仮託するとは。

そう考えれば、虚空に消え去った言葉や思いを嘆くこともないのかもしれないな。それらは実は消え去ってなどおらず、暗闇のなかで瞬く銀の星のように、微弱な電波を発しながら、きみらの心のどこかで輝きつづけておるのやもしれん。遠い未来、何億光年も離れた場所で、今度こそだれかの心に届く瞬間を待って。

牧田家所蔵の河童のミイラについて、また、当時の牧田家に起きたあれこれについて、我らが知っていることは以上だ。長々とよくしゃべるカラスだなと思ったかもしれんが、それは事実誤認というもの。我らはカラスのなかのカラス、善福丸だ。その気になれば、この程度の情報などビビビッと一瞬できみらの脳に伝達することも可能なのだが、きみらはそういうのに不慣れでパニックに陥ってしまうだろうから、わざわざ言語に変換してやったのである。

ふだんはきわめて無口な我らなのだ。

ではの。


語りに語った善福丸は、ねぐらの大ケヤキに帰っていった。しかしもちろん、牧田家に住む四人の女の耳には、善福丸の言葉は聞こえていない。

「夜だってのに、やけにカラスが騒いでるわねえ」

と鶴代が顔をしかめ、

「あったかくなってきたからじゃない」

と佐知が応じることですまされてしまった。

時刻はもう深夜に近い。伊勢丹から帰宅してすぐ、佐知、雪乃、多恵美に取り囲まれた鶴代は、かつての夫との暮らし、河童のミイラが牧田家へやってきたいきさつについて、言を左右にしつつも少しずつしゃべった。

途中でお茶を飲んだり、鶴代が買ってきた惣菜を夕飯に食べたり、尻が痛くなってきたのでダイニングからリビングのソファへ座を移したりもしたため、鶴代から有益な情報をすべて聞きだすまで、かなりの時間がかかった。

さらに鶴代は、しょっちゅう「おしっこ」とトイレに立ったり、「洗濯物は取りこんでくれた？　じゃ、畳まなきゃ」と二階へ行こうとしたりと、隙を見て何度も脱走を試みた。そのたびに佐知、雪乃、多恵美のうちのだれかがぴったり鶴代に張りつき、ぬかりなく監視せねばならず、駆け引きを繰り広げた四人の女は、いまやぐったりと疲れはてていた。

「……じゃあ」

佐知は番茶の入った湯呑みを手に、まとめに入った。要領を得ぬ鶴代の話に根気強く耳を傾けながら、紅茶コーヒー緑茶こぶ茶など、ありとあらゆる水分を午後からいまに至るまで摂取しつづけたので、佐知の腹は水風船のようになっている。

「河童のミイラは、私の父が買ってきたもので、偽物なのね？」

「そりゃそうでしょう」

鶴代はうなずく。「本物だったら、とっくに博物館に持ちこんでます」

「でも」

と、クッキーを一缶空にした多恵美が口を挟む。「鶴代さんは、河童が『開かずの間』にあることを知らなかったんですよね」

「ええ。てっきり、あのひとが持っていったとばかり思ってた。とはいえ、あれは揺るぎなく偽物のはずだから安心してちょうだい。あのひとに骨董を見る目なんてなかったもの」

「佐知のお父さんは、どうして河童を？」

雪乃の疑問に、鶴代は「さあ」と首をかしげた。

「当時はいやがらせかしらと思ったものだけど……。聞かずに追いだしたから」

「お父さんがどこでどうしてるか、お母さんはなにか知ってる？」

佐知は真剣な声で尋ねた。

「いいえ。亡くなったという話を、ずいぶんまえに風の噂で聞いたけれど、私にはなにも連絡がなかったから、正確なところはわかりません」

ソファに背筋をのばして座っていた鶴代は、隣にいる娘の手を軽く握った。「ごめんね。

戸籍を調べれば、生死はわかると思うけれど」

「ううん、いい」

顔も覚えていない父親が、すでにこの世のものではないかもしれないと知っても、佐知は不思議なほど衝撃を受けなかった。それよりも、佐知が内心で最も聞きたいと願っていることは、はたして両親は一時でも互いを愛していたのだろうか、自分が生をうけたのはその結果なのだろうか、という点だ。

佐知はずっと、寄る辺ない思いが心のどこかにあった。生まれてすぐの子どもを残し、従容《しょうよう》と家を出ていく父親も父親だし、追いだす母親も母親だ。だが、そのあたりを鶴代につっこんで聞くことはできなかった。大人になったら、なおさらに。石を飲みこみ、胃に溜めたその石で食べ物をすりつぶすワニみたいに、佐知はいろんな感情を石のような寄る辺なさで消化してきたのだった。

佐知のそんな思いを、雪乃は敏感に察した。しかし、その場では鶴代を憚《はばか》り、なにも言わずにおいた。

「そろそろ寝ましょうか」

話し疲れた鶴代が提案する。「まったく、どこまでも迷惑な河童だわね」

食器類を片づけた一同は、戸締まりを確認し、台所の電気を消した。鶴代は、「風呂は明日の朝にする」と言い、自分で自分の肩を叩きながら、一階の和室へ入っていった。佐知、雪乃、多恵美は、一列になって階段を上った。

三人のなかで最後に湯を使った雪乃が、風呂場の掃除を終えて佐知の部屋へ行くと、そこには多恵美もいた。敷いておいた雪乃の布団に座り、ベッドに腰かけた佐知を見上げておしゃべりしている。洗面所でちゃんと髪を乾かさなかったらしく、肩にかけたタオルが湿ってしまっている。

「あ、先輩」

と振り返った多恵美の頭をつかみ、顔を正面に向けさせる。雪乃は多恵美の背後で膝立ちし、持っていたバスタオルで髪の毛を拭いてやった。佐知はその様子をにこにこと見守る。

雪乃のされるがままになりながら、多恵美は口を開いた。

「いま、佐知さんにも言ってたんですけど、河童をプレゼントしてくれるお父さんなんて素敵ですよね」

そうか？ と雪乃は思った。「そうかな」と、佐知が実際に声に出して反論した。

「あんまり素敵じゃない気がする。何十年もあとに、こんな騒ぎになってるし」

「夢があるじゃないですか」

多恵美は少し顔を仰向かせた。うっとりと中空を見ているようだ。だがすぐに、「いたた、先輩もっと優しく、いたたた舌嚙んだ」と抗議してきた。雪乃はバスタオルをハンガーにかけ、ぐしゃぐしゃになった多恵美の髪を撫でつけた。ついでに、黙ってしまった佐知にかわって、多恵美の無邪気さをたしなめる。

「夢だけあってもしょうがないでしょ」

「そうですか？　どうして？」

「どうしてって、生活をともにするんだから」

「私は全然かまわないですよ」

と、多恵美は首を振ってみせた。まだ少し湿り気を残した髪が、水浴び直後の犬の毛みたいにぱさぱさ揺れる。この子、ちゃんとトリートメントしてるのかしら、と雪乃は気を揉んだ。

「夢のない生活なんて、障子紙を貼ってない障子みたいなもんじゃないですか」

「……えっと、ごめん。どういう意味？」

「枠だけですかすかってことです。見通しがよすぎて落ち着かないし、通行人からも家のなかが丸見えで、『あそこのおたく、退屈な暮らししてるわねえ』なんて言われちゃうし。しかも、風とか蚊《か》とかどんどん入ってきて、不便！　すぐにダメになりますよ、そんな生活」

「すごくわかりにくい比喩だけど、『夢とは、外界からの視線や風を防ぐ膜。つまり障子紙のようなもの』って言いたいの？」

「そうです」

多恵美は胸を張った。「破れやすいから慎重に扱わなきゃいけませんし、破れたらすぐ貼り替えるマメさと経済力も必要です。でも、夢という障子紙を維持してこそ、生活は充実するんです！」

力強く断言され、雪乃は「なるほど」と納得しかけたが、すぐに「いや待てよ」と思い直した。

「そうは言っても、やっぱり夢見がちなだけのひととは暮らせないでしょう。障子紙以外のものも、生活には必要だと思うんだけど」

「そこは私が補うからいいんですぅ」

多恵美は乱れた髪の毛を手で整えながら、ちょっと唇を尖らせてみせる。「先輩も知ってますよね。私、わりと勤勉なんですよ。コツコツ働くのが苦にならないし、最近は貯金だってそれなりにしてるし、実務にも長《た》けてるほうだと思います」

「……そうなの？」

と、佐知はおそるおそる口を挟んだ。段ボールだらけの多恵美の部屋を思い浮かべたためだ。

「まあね」

会社での多恵美を見ている雪乃は、後輩の名誉のために請けあった。「整理整頓はアレだけど、多恵は仕事はできるほうだと思う。事務処理能力が高いし、ひとあたりもいいし」

「やだあ、先輩。照れる」

と言いつつ、多恵美は再び胸を張った。「でも、唯一苦手なのは、夢を思い描くことなんですよ。それって味気ないじゃないですか。いくらお金貯めたって、仕事をがんばったって、やりたいことが自分のなかにはなにもないんですもん。だから私は、夢見がちな男のひとが好き！　生活ならいくらでも私が支えるから、夢を見させてほしい！」

そのせいであんたはヒモ男にばっかりひょいひょい引っかかるんだよ、と佐知と雪乃は内心で同時に思ったのだが、どちらも口には出さなかった。「蓼《たで》食う虫も好き好き」と言うし、好みばかりは他人がいくら忠告しようと容易に変えられるものではないので、二人にできるのは多恵美の幸せを祈ることしかない。

「多恵ちゃんは甲斐性があるね」

佐知は感服して言った。

「あ、鶴代さんをディスったわけじゃないですよ」

慌てたように手を振る多恵美に、「わかってる」とうなずく。

「私はどっかで、『男は稼ぎがあって当然』と思ってたのかも、と思った。もしかしたら、母も」

「そっかー。私は働くの得意だから、稼ぐほうを担当しようかなって、単純に思っただけで」

多恵美はあくまでもほがらかだ。「じゃ、おやすみなさーい」

「もう寝るの？」

「明日は日曜なんだし、もう少ししゃべろうよ」

佐知と雪乃は引きとめたのだが、

「朝から友だちとバーベキューなんです。多摩川で。晴れるといいなー」

と、多恵美は上機嫌で自室へ引きあげていった。

「まだ肌寒いのに、バーベキュー」

「あの子、人生謳歌してるわよね」

残された二人は、多恵美の若さと明るさに目をしばたたかせたのだった。

雪乃は自分の布団を剝ぎ、シーツのうえでヨガのポーズを取った。本日は「鋤《すき》のポーズ」だ。仰向けに寝て、腰から下を天井へ向かって直立させ、そこから徐々に両脚を顔のほうへ倒していく。両の爪先が頭の上方のシーツに着いたところで静止し、ゆっくりと呼吸を繰り返した。横から見ると、体が「つ」の字みたいになる形だ。

そのままの体勢で、雪乃は言った。

「多恵がああいうふうに考えてるなんて、知らなかった」

「うん」

佐知はベッドであぐらをかき、雪乃の柔軟性をいつもながら感嘆の思いで眺める。「ポーッとしてるようで、案外しっかりしてたんだねえ」

「夢を見る能力が自分にないから、地に足がついてない男を選ぶ、か。一理あるよ。そうだとしたら、多恵をストーカーのヒモ男と別れさせたのは、おせっかいだったのかも」

「いやいやいや、多恵ちゃんがいいなら、ヒモだってかまわないけど、DVはまずいでしょ。それは別れて正解だって」

雪乃は河童騒動を起こした責任を感じており、「あれこれ首をつっこんでは余計なことをしてしまいがちなのよね」と自身の来し方をも反省しているところだった。だから、佐知に「正解だ」と言ってもらえて、少し気が楽になった。

「それにね」

と佐知は言葉をつづけた。「やっぱり男のひとにもプライドがあるんだと思う」

「どういう意味？」

「……その恰好、苦しくない？」

「まだ大丈夫。つづけて」

「どうしても、『男たるもの、働くのがあたりまえ』って考えが、まだ残ってるでしょう。もちろん多恵ちゃんみたいに、『向いてるひとが稼げばいいんじゃない？』というひとも増えてるとは思うけど、『そうは言っても、ちょっとは甲斐性を見せてほしい』と期待する女性も多いだろうし、なによりも男性が、『俺は男なんだから、家族をそれなりに養わねば』ってプレッシャーをかなり感じるものなんじゃないかと思う」

「それはあるだろうね」

男性の同僚の顔をいろいろ思い浮かべ、雪乃は同意の印に脚をちょっと揺らしてみせた。

「そうすると、『女が稼ぎ、男は夢を追いかけつつ家事などを適宜する』という生活も、最初はうまくいっても、だんだん男性のほうにあせりやコンプレックスが芽生えたり、女は女で、『もうちょっと家事をちゃんとやってよ』とつい思っちゃったりで、関係がギスギスしてくるひとたちも、なかにはいるんじゃないかと思う。多恵ちゃんがつきあってたヒモ男も、暴力を振るうのは第一にそのひとの性格というか癖なんだろうけど、もしかしたらあせりを暴力って形で表してたのかも。だからって、情状酌量の余地はないけどね」

「そうだね」

さすがにつらくなってきたので、雪乃は「鋤のポーズ」を解いて脚を下ろし、敷布団のうえで大の字になった。「でも、じゃあ女も男も、どういう関係を目指すのがベストなんだろ」

「そりゃあ、お互い『こうしないと』とか『こうしてほしい』って考えをやめて、自分と相手に対して広い心を持つのがベストでしょうね」

「むちゃくちゃむずかしくない？」

「ふふ。ま、私なんて、男のひとにあせりを感じてもらえるほどの稼ぎがないから、所詮は『捕らぬ狸の皮算用』なんだけど」

ちょっとちがうか、「杞憂《きゆう》」のほうが合ってるかな、この場合。などとぶつぶつ言う佐知を、雪乃は寝そべったまま顔を横に向けて眺めた。

「もうひとつ、適切な距離感と関係性を保ついい方法があるよ」

と雪乃は言った。「だれともセックスしないようにする。恋人とか夫婦とか、個人的な一対一のパートナーシップは結ばないようにする。そうすれば、過剰に期待して裏切られることもないし、相手の要求に応えられないことに苦しむ必要もない」

佐知はびっくりして、横たわる雪乃を見下ろした。雪乃は両腕を翼のように広げ、天井に視線をやっていた。

「でも、それじゃなんだかさびしくない？」

佐知のささやきに、雪乃は小さく笑った。

「そうかもね。だけど、全部を手に入れることなんてできないもん。なにを選ぶかは、そのひと次第だよ。選んだつもりはなくても、気づいたらそれしか手のなかに残ってなかった、ってこともあるだろうし。そういう意味では、だれだってさびしい。恋人がいようといまいと、結婚してようとしてなかろうと」

ひとの数だけある、いろんな種類のさびしさのなかから、あなたはだれともつがわないさびしさを選ぶの？　それってかなり特殊じゃないかな。と佐知は思ったのだが、考えてみれば自分も、もう何年もだれともつがってなどいないのだった。

あらま。けっこうよくあることなのかしら。それとも「類は友を呼ぶ」方式で、特殊事例がたまたまここに集結しただけ？

「なんか私たち、思春期みたいな会話してるね」

と佐知は言った。

「思春期の会話なんて忘れちゃったよ。どんなだったっけ？」

「『セックスってどんぐらい時間かかるものなんだろ』とか『だれも私をわかってくれなくてむなしい』とか、つまりは人生について話すのが思春期だったと思う」

「えー、そう？　私はセックスについてなんて、友だちと話さなかった。田舎の学校だったからかな」

「地域は関係ないって。絶対に忘れてるだけだよ、それ」

佐知と雪乃は視線を合わせ、同時に噴きだした。中年と言われてもあまり反論できない年齢になって、こんな会話をする相手がいることを、両者とも口には出さなかったが、なんとなく幸せだと感じた。

「きっと第二の思春期なんだよ、私たち」

と雪乃は言った。

「更年期のまちがいじゃなくて？」

と佐知は笑った。

「似たようなもんでしょ。ねえ、佐知」

「なあに」

「さっき、鶴代さんの話を聞いてて思った。あなたの名前、お父さんの幸夫さんから取ったんだね」

佐知は黙っていた。ベッドに横になり、布団を引っ張りあげる。

「電気消して」

雪乃は言われたとおり、立ちあがってドア口にあるスイッチを押した。暗くなった部屋のなかをそろそろと戻り、手探りで床の布団に横たわる。

目が慣れてくると、佐知がこちらに背中を向けているのがわかった。怒ったかな。まさか泣いてるんじゃないよね。心配だったが、とにかく心身ともに疲弊する一日だったため、雪乃のまぶたはだんだん重くなってきた。睡魔の尻尾が、首もとに絡みつかんと近寄ってくる。するとそのとき、

「雪乃」

と小さな声で呼ばれた。

「うん？」

「ありがと」

佐知も雪乃も満たされた思いで、それぞれの眠りのなかへ別れていった。

内装業者がやってきて、壁紙の貼り替えがはじまった。

見積もりの男を、佐知は営業部員なのだろうと思っていたのだが、実際の作業も彼が行うようだ。男は先日のスーツ姿とは打って変わり、ベージュ色の作業着を着て、朝の八時に牧田家を訪れた。胸ポケットに、オレンジの糸で「梶《かじ》」と名前が刺繍されている。見積もりの際にもらった名刺を必死に思い浮かべ、やはり同一人物だ、と佐知は判断した。

「見積もりも、壁紙を貼るのも、両方おやりになるんですか」

佐知が尋ねると、梶は表情筋を動かさずに、

「家族経営の小さな店なので」

と答えた。「これは甥です。今日は私たち二人で作業にあたらせていただきます」

梶のうしろに立っていた若い男が、軽く頭を下げた。まだ十代かもしれない。ひょろっとした体型で、梶に似て端整な顔立ちだ。この内装業一家は、表情筋を酷使せぬ方針なのか、やはり無愛想である。とはいえ、この顔で、寡黙で、職人さん。二人ともモテるんだろうなあ、と佐知は思った。

梶の指示に従い、甥は門前に停めたバンから、筒状に丸めた壁紙やら、なにに使うのか佐知には見当もつかない道具類やらを、屋内に運び入れた。そのあいだに梶は、雪乃の部屋の猫足のライティングデスクを廊下へ担ぎだし、ラグとベッドは部屋の中央へ移動させた。廊下の床が傷つかないよう、ちゃんと古毛布を敷いて、養生も万全だ。

ベッドをよけた跡地に、埃や髪の毛が溜まっているのを発見し、佐知は大慌てで掃除機をかけた。かけ終わるのを待って、梶がフローリングにシートを敷いた。

梶と甥は、壁紙を端から剝がしはじめる。隣室で作業をされると気が散るので、佐知は刺繡道具を持って一階のダイニングへ向かった。テレビを見ている鶴代のかたわらで、本日の仕事に取りかかる。

「若い子も来てるみたいね」

と、鶴代が朝の情報番組を見ながら言った。

「うん。見積もりに来てくれたひとの甥っ子なんだって」

壁にこびりついた糊《のり》をこそげ落としてでもいるのか、二階からはときおり、ゴリゴリという音が降ってくる。このぐらいは許容範囲内だ。佐知は水色の糸でメリーゴーラウンドの馬を刺繡する。

「十時と三時、どうするの」

「昨日、お茶請けを買っておいたから大丈夫。私が出すよ」

「そうね、イケメンだもんね」

そう言われて佐知が横目でうかがうと、鶴代はにやにやしている。もうすぐ古稀《こき》だっていうのに、「イケメン」なんて単語を放って、恥ずかしくないのかな。佐知はいらつく。鶴代は佐知がそばにいると、仕事中なのにもおかまいなしで、くだらない話を振ってくるのだ。

娘がイケメンとお近づきになりたがっていると、さらにはうまくいくかもしれないと、鶴代は本気で思っているのだろうか。佐知はもう、たとえそれを望んだとしても、かなうはずもない年齢なのに。イケメンにかぎらず、おおかたの男性は若くうつくしい女を好むものだ。イケメンならばなおのこと、特にパッとしたところもない四十近い女を、わざわざ選ぶはずもあるまい。

娘に対する期待と希望をいつまでも捨てない母親が、佐知にはなんとなく哀れで愛おしく感じられもするのだった。

それはそれとして、鶴代はやはり、しきりに話しかけてきた。「ねえ、ちょっと、そっちのおせんべい取って」とか、「この司会者、どんどん日に焼けてってるわよねえ。ゴルフのしすぎなんじゃない」とか、人類史上まれに見るくだらない用件で、だ。

耳もとで作業音にさらされるのと、鶴代の相手をするのと、どちらがましな選択だったのだろう。佐知は「ふんふん」と適当に受け流していたのだが、とうとう辛抱たまらなく

なり、

「ちょっと静かにしてよ、いま仕事してるんだから」

と言った。鶴代はきょとんとし、

「仕事って、そのチクチクのこと?」

と、針と布を持つ佐知の手もとを指す。「しゃべりながらでもできるでしょ、手を動かせばいいんだから。お母さん退屈なのよ」

なんという自分勝手な理屈だ。注意深く針を運び、糸を留め、色を選ぶには、高度な集中を要求されるのだ。退屈しのぎのお相手が務まるほど暇じゃないのだ。

そう抗議したかったが、言ったところで通じないのはわかっていたので、佐知は諦念とともに「ふんふん」を再開した。

結局のところ、刺繍という、在宅でできる仕事を選んでしまった自分がいけない。

鶴代は、自身の父親も別れた夫も会社員ではなく、ぷらぷらするのをもっぱらとしていた男たちであったためか、「自宅および自宅周辺でぷらぷらすること」に対して、非常に見る目が厳しい。「毎朝きちんとどこかへ働きに出かけてこそ、仕事をしていると言える」と頑なに思いこんでいる節がある。佐知は真剣に刺繍に取り組み、実際、それによって対価を得ているのだが、鶴代には「趣味の手芸に毛が生えたようなもの」に思えるらしい。それで、「仕事中だ」と佐知がいくら言っても聞く耳を持たず、いまもまた、「お茶飲みたいからお湯沸かして」と娘をパシリに使うのであった。

鶴代の要請に応えて、佐知はため息をつきつつ針を置き、台所に立った。ヤカンを火にかける。やっぱり、二階の自室のほうがましだったかもしれない。作業音は話しかけてこないから。

もう一回、「はあああ」と大きく息を吐いてやったものの、鶴代はもちろん気にしない。テレビのリモコンをちゃかちゃか押し、「ワイドショーの司会者って、やってるうちにみんなだんだん人相悪くなってくと思わない？」と言う。知らねえよ！　と佐知は叫びたかったが、なんだかんだで世間擦《ず》れせず、おっとり育った身ゆえ、咄嗟《とっさ》に汚い言葉を吐いたり喧嘩腰になったりといったことができない。そういう意味では、似たもの母娘なのであった。

玄関のドアを、なにものかが叩く音がした。なにものか、というか山田だ。来客や宅配便などの業者だったら、ドア横の壁に設置された呼び鈴を鳴らす。山田は呼び鈴が目に入らないのか、なぜかいつも、いきなり玄関のドアを叩くのだった。

「佐知、出て。お母さん忙しい」

退屈なんじゃなかったのか、と思ったが、湯の沸いたヤカンとお茶のセットが載った盆とをダイニングテーブルに運んだその足で、おとなしく玄関へ向かった。

ドアを開けると案の定、山田が立っていた。グレーの作業服を着た山田は、本日も背筋がのびている。

「佐知お嬢さん、おはようございます。なぜ自分を呼んでくれなかったのですか」

「なぜって……。え、なぜ？」

佐知は混乱し、質問に質問で返してしまった。山田は少々恨みがましげな目で、佐知を見上げてくる。

「業者が来とるでしょう。自分が見張ります」

「なんで。なにを」

「壁紙の貼り替えにかこつけて、盗聴器やら隠しカメラやらを仕込まれたらどうするんです」

「まさかぁ」

突拍子もないことを言いだす。佐知が笑うと、山田は「やんぬるかな」とでも言いたそうな表情になった。

「この家には、女性ばかりが四人も住んでいるのですから、警戒しすぎるということはありません。失礼」

山田は靴を脱ぎ、さっさと二階へ上がっていった。数拍置いて、佐知も足音を忍ばせて階段を上った。階段の上部に身をひそませ、目からうえだけを二階の廊下へと突きだして様子をうかがう。

雪乃の部屋のまえで、山田が仁王立ちしていた。

「うおっ、びびった」

と、室内から梶の甥の声が聞こえた。ふと気配を感じて振り返ったら山田がいた、といったところだろう。

「作業を拝見させていただきます」

山田は仁王立ちのまま眼光鋭く宣言した。

「どうぞ」

と梶の声が答えた。壁紙を広げてでもいるのだろうか、シュッシュッとなにかがこすれる音がする。

佐知は山田に気取られぬよう、静かに階段を下りた。いったい、梶たちは山田をどういう立場のものだと思っただろう。いまのところ、梶とその甥が牧田家で姿を目撃したのは、佐知と山田だけである。父親と娘？　祖父と孫？　もしや夫婦と思われてはいるまいな。佐知はぶるぶると震える。

しかし実のところ、山田は単に、牧田家の敷地内に居住しているだけなのだ。さしたるいきさつも理由もなく、ただなんとなく。正月だから餅でも食うかとか、クリスマスだから浮かれ気分にでもなってみるかとか、そういった習慣と同様に、気づいたら山田は住んでいる。そんなひとを、「こういう間柄です」と、だれかに言葉で説明できるはずもない。

山田がなんなのか、佐知にすら不明だし謎なのだから。

山田も山田だ、と佐知は思った。いきなり無愛想に登場して、作業をつきっきりで監視するなんて、業者に対して失礼ではないか。それとも昨今では、個人情報の取り扱いにうるさいし、警戒するのがふつうなんだろうか。壁紙の貼り替えが個人情報とどうつながるのか、いまいちわからないが。

佐知ももちろん、コンセントの差しこみ口やら観葉植物の鉢やらに盗聴器が仕掛けられることがある、とテレビ番組で見て知っている。だが、地元密着型の内装業者が、この近隣にわざわざ盗聴器を仕掛けてまわっているとは思えないし、牧田家に仕掛けたっておもしろいことなどなにもない。

ダイニングに戻った佐知は、ありあわせの紙に数字を書いて計算した。牧田家に住む四人の女の平均年齢は、四十二歳だった。たった一人、二十代である多恵美が、平均年齢引き下げに貢献している。多恵ちゃん、ありがとう。と佐知は思った。しかしそれでも、四十二歳だ。

山田が、「女性ばかりが四人も住んでいるのですから」と言ったとき、佐知は気恥ずかしさとも憤《いきどお》りともつかぬ感情がこみあげたのだが、それはつまり、梶たちに自意識過剰と取られるのではという恐れだった。鶴代と同様に山田も、佐知をいつまでも若く、悪い虫がつかぬよう警戒せねばならぬお嬢さんと認識しているのかもしれないが、警戒された殿方からすれば、「そんなおばはんに手なんか出さねえよ」といったところにちがいないのであり、つきっきりで作業を監視するなんて本当にやめてほしい、と佐知は切に願うのだった。

とはいえ、もしも山田と夫婦だと思われたなら、その誤解をぜひとも解きたいという見栄、もとい、野望も抑えがたい。そこで、年齢からいっても山田の妻候補として適任の鶴代に、梶たちに十時のお茶を出してくれないかと頼んだのだが、

「いやよ。私はドラマの再放送を見なきゃならないんだから」

とけんもほろろに断られてしまった。

しかたなく佐知は、個包装のせんべいと饅頭《まんじゅう》を皿に盛って、茶器とともに盆に載せ、腕には魔法瓶の取っ手を引っかけて、二階へ運んでいった。山田はあいかわらず、廊下で仁王立ちしていた。

佐知は雪乃の部屋を覗き、

「そろそろ休憩なさってください」

と梶たちに声をかけた。夫でもなく血縁および姻戚関係でもないことを強調すべく、

「山田さんも」とついでに誘う。

「ありがとうございます」

と、梶と梶の甥と山田は答えた。

「一応、お茶を持ってきましたけれど」

佐知は盆と魔法瓶を、ちょっと掲げてみせた。「よろしかったら、一階にいらしてください。ソファがありますから」

「いえ、汚してはいけませんので、ここで」

梶は折り目正しく誘いを固辞した。「遠慮なくいただきます」

盆を受け渡す際、梶の指さきが佐知の手にかすかに触れた。乾いて硬く、冷たい皮膚をしていた。梶の甥がぴょこんと頭を下げ、魔法瓶を持つ。

梶と梶の甥は、雪乃の部屋に敷いたシートのうえに座りこんで、お茶を飲み、菓子を食べはじめた。佐知はドア口に立ったまま室内を見わたす。

壁板の糊を落とす作業に手間取ったのか、新しい壁紙はまだ一部にしか貼られていない。そこだけ蘇《よみがえ》ったように、小花模様が控えめに、しかし生き生きと息づいている。窓は開け放たれ、くぐもったような春の風が部屋のなかを撫でていく。

気がついたら、山田がいなくなっていた。監視を佐知とバトンタッチしたつもりになって、一階へ行ったのだろう。

「奥さん」

梶に呼びかけられ、廊下を振り向いていた佐知は一瞬、反応しそびれた。

奥さんって、私？

佐知の胸にきざしたのは、不思議なことに、「奥さんなんかじゃない」という反発心でも、「まさか山田さんと夫婦と思われてるのでは」という絶望感でもなく、「私、結婚してるように見えるんだ」という喜びだった。梶さんには私が、「結婚していてもおかしくない女」として映っている！　それは佐知にとって、「こんな女じゃ、そりゃ結婚できねえよな」と梶に思われるよりは、ずっとずっとましだし救いなのであった。

「はい？」

佐知はギギギとぎこちなく首を動かし、再び室内に向き直った。梶はゆるくあぐらをかき、湯呑みを男らしくつかんで口もとへ運んでいた。

「山田さんからうかがったんですが、奥さん、刺繍の先生だそうですね」

山田は佐知を、だれの奥さんだと説明したのだろう。中途半端に無口な山田を佐知は恨んだが、梶に話しかけられたことは、やはりうれしかった。

「いえ、先生だなんて、そんな」

佐知はぱたぱたと手を振る。「刺繍に興味がおありなんですか」

梶は少し恥ずかしそうに、「ええ、まあ」と言った。梶の甥が口を挟む。

「興味ありありっすよ。おじさん、タペストリー展とかあったら、絶対行くっすから」

「黙ってろ」

と梶は厳命した。「タペストリーは刺繍じゃなくて織物だ」

甥は黙った。佐知が用意した饅頭を一口で頰張ったところだったので、しゃべりたくても不可能だったのかもしれない。

もしや、もしや。佐知は柄にもなく胸がときめくのを感じた。梶さんと刺繡の話ができるかもしれない。

なにしろ実の母親ですら、刺繡を趣味の延長程度にしか考えていないのである。張りあいがないことこのうえない。作品を見せても、雪乃の感想は「目が疲れそうだね」だし、多恵美の感想は「わー、すごい！　きれい！」だ。

そうじゃなく、と佐知はじれったくてたまらなかった。「なるほど、生地の厚さに合わせて、糸の密度を変えているんですね」とか、「ここの技法はなんですか」とか、「この糸、もしかして限定色ですか」とか、通り一遍ではないコメントがもうちょっとなにかあるだろうと思ってしまう。だが、世の中には刺繡にそこまで身を入れていないひとが大半だとわかってもいたので、もはや諦めの境地に到達し、日々ひたすら「チクチク」に一人で打ちこんでいる。

つまり、佐知はさびしかった。ほとんど全身全霊をこめて刺繡に取り組んでいるからこそ、「本当に私の刺繡をわかってもらえているのか」と常に不安だった。ハンカチやブラウスやバッグのワンポイントとして、ただ単に「あら、かわいい」ですまされてしまうのは、佐知にとってときに耐えがたいのであった。そのワンポイントに、どれだけの時間と思考と情熱を傾けたか、だれか一人でも想像してくれるひとはいるのだろうか。

むろん、おおかたの場合、佐知は納期にまにあうよう必死に作品を仕上げ、「気に入ってくれるひとがいるといいな」とおおらかに構えている。だが、たまに——弱気になったときなど——叫びたくなる。私は遊びも恋も放擲《ほうてき》して、毎日チクチクやっている！　その気力と根性にちっとも気づこうとせず、「あら、かわいい」「オシャレ」などと気軽に刺繡を消費し、あまつさえ私の刺繡で身を飾って、街歩きやらデートやらを満喫するのか、おのれらは！　一針一針に我が情念をこめて、おのれらの魂に直接刺繡してやりたい。おのれらの魂から噴きだす血潮で白糸を朱に染め、ものすごくリアルな髑髏《どくろ》を刺繡してやりたい！

と思っても、そんなことは叫べないし口に出して言えないのが佐知なのであるが。

佐知は認めてもらいたいのだった。あなたの刺繡は、あなたの魂そのものだ、と。そして、刺繡の喜びと苦しみについて、だれかと思いきり語りあいたいのだった。

これまで佐知がつきあった男たちは、鶴代と同様、佐知の刺繡を「趣味の延長」と考えている節があった。佐知が実家暮らしなのも、よくなかったのかもしれない。実家で暮らしていると、なぜか「自立していない」と受け取られる傾向にあり、しかも佐知が家にこもって行っているのが「刺繡」なものだから、ますます「お嬢さんが趣味の刺繡でお小遣いを稼いでいる」と思われてしまう。

ちがうのに。佐知は何度も、悲しく悔しい気持ちに襲われてきた。どうしても仕事がまにあわず、デートの約束をキャンセルすると、「なんで？」と相手は言う。理由を告げて謝っているのに、刺繡が原因でデートできないというのが理解できないらしい。その言葉、「結婚しても、家事の合間に刺繡するのは全然かまわないよ」と言った男もいた。そっくり返す。「結婚しても、家事の合間に会社に行くのは全然かまわないよ」。しかしもちろん、佐知は黙って微笑むにとどめ、「だめだ、このひと」と内心で大きなバッテンをつけたのであった。

そんなこんなで、もう何年もチクチクのみに励む生活を送ってきた佐知にも、ひさかたぶりに春の訪れの予感がするではないか。

期待と緊張で掌ににじんだ汗を、佐知はスカートの体側部分でさりげなく拭いた。梶は茶を飲み干し、

「いや、その」

と軽く咳払いした。「似合わないのはわかっているんですが、好きでして」

まあ、似合わないなんてことありません。私も好きです。刺繡を好きな男性が好きです。内心の声がほとんど口からあふれそうになったが、佐知は当然ながら、慎重に推移を見守った。いきなり好意を打ち明けて許されるほど、自分が魅力的ではないことは、経験則として知っていたからだ。

案の定、「織物や刺繍が」と梶はつづけた。あらやっぱり。私を好きなんじゃないんだわ。そりゃそうか、ははは。と佐知は思った。余計なことを言わなくてよかった。今度は冷や汗が掌に噴出し、またスカートでぬぐう。それを誤魔化すように、

「壁紙には、織りや刺繍の入ったものもありますもんね」

と言ったら、梶はあぐらから正座に姿勢を変え、

「そう、そうなんです」

と、まえのめりの反応を見せた。「タペストリーや、刺繍入りの布張りの壁があるのは、貴族の家ぐらいでしょうから、自分は扱ったことがありません。しかし、刺繍風のパターンがプリントされた壁紙は多いですし、展覧会などをやっていると、つい見にいってしまいます」

無口だとばかり思っていたが、梶は壁紙に関することとなると、舌がなめらかに動くようなのだった。壁紙オタク。通常であれば「残念」と評されそうだが、刺繍オタクとして人後に落ちぬ佐知には、好ましく感じられた。決してメジャーではないものを愛好する同志として、梶となら存分に語らうことができるのではないか。

「あの、よろしかったら、あとで刺繍をご覧になります？」

「ぜひ」

と梶は笑顔になった。

十時の休憩が終わり、佐知は心を弾ませながら、使った茶器などを台所で洗った。一階のダイニングでは山田が鶴代と並んでテーブルに向かい、再放送の恋愛ドラマを見ていた。二人とも適切な距離を置いて椅子に座り、背筋をのばして正面のテレビのほうを向いている。無言だ。

どうしてお母さんは、相手が山田さんだと話しかけなくなるんだろう。佐知は首をかしげつつ、濡れた手を布巾で拭いた。恋心のなせる業というよりは、空気に向かってしゃべるひとはいない、といった風情で、たぶん実際の夫といたときよりも、山田とのほうがよっぽど夫婦めいて見えるはずだ。

鶴代の注意を引かぬよう、佐知は静かに二階へ戻った。山田が気づいて、ついてこようとしたが、「雪乃の部屋にいますから、山田さんはテレビ見ててください」と体《てい》よく追い払う。

自分の部屋に入り、一息ついた。隣室からは壁紙を貼る気配がする。低い声で梶がなにかを指示し、甥が答える。定規を当て、線を引く音。一息に壁紙を切り裂く音。

佐知は自室の作業机を引っかきまわし、梶に見せるにふさわしい刺繡を探した。完成した作品は、すぐに依頼者に渡してしまうことが多いので、手もとに残っているのは習作がほとんどだ。それでもなんとか、いくつかの作品を発掘することに成功した。

ウィリアム・モリスっぽい、葉っぱのパターン。小花をくわえた鳥をあしらった、水色のくるみボタン。生成りのハンカチ一面に、白い絹糸でレースのように繊細な模様を施したもの。これを作ったのはたしか、何年もまえに、いまのところ最後の男と別れた直後だった。情念に満ち満ちたハンカチである。呪われそうなので引き出しにしまったまま、一度も使っていない。

ドラゴン退治をする中世の騎士と、塔に囚われた姫君を、タペストリー風のタッチで刺繡し、額装したものもあった。これは、刺繡教室の生徒たちがなぜか大作――それも、花瓶に活けられたバラといった、油絵風の題材ばかり――に挑みたがることに辟易《へきえき》し、「どうせならもっと使いやすいサイズで、ファンタジー色を出せばいいのに」と、深夜にこっそり作ってみたものだ。渋い色合いと、北欧の絵本に登場しそうなドラゴン、騎士、姫君の造形で、我ながら納得のいく出来映えだったが、壁に掛けることなく、やはり引き出しにしまったままにしてあった。鶴代が見たら、「なるほどねえ。あなたいまだに、いつか騎士が塔から救いだしてくれると、期待して待ってるわけね」などと言ってきそうだからだ。

梶にそんなふうに思われたら、赤面死するであろう。佐知はやや迷ったが、こうやってすぐ自意識過剰になるのがいけない、刺繡を見せると約束したのだし、せっかく作ったものなのだからと自分に言い聞かせ、額やらハンカチやらを抱えて廊下へ出た。

覗いた雪乃の部屋は無人だった。

作品発掘に没頭するあいだに、思いがけず時間が経過していたようで、梶と甥は昼を食べにいってしまったらしかった。

佐知の刺繡を見たいと言ったのは、社交辞令だったのかもしれない。わくわくしていた自分が恥ずかしく、浅ましく感じられ、佐知は自室へ戻り、作業机のうえに額やらハンカチやらを置いた。冬眠に失敗したムーミントロールのごとく、世界に一人ぼっちの鈍重な生き物になった気分だった。

手ぶらで一階へ下りていくと、鶴代と山田がダイニングでうな丼を食べていた。レトルトのうなぎとご飯をチンし、丼に盛ったようである。

「私のぶんは？」

「ないわよ。二個で終わり」

「申し訳ない、お嬢さん」

しかたがないので、六枚切りの食パンにチーズを載せて食べた。

「あなた、二階でなにしてたの。お昼だってのに、内装屋さんにお茶も出さないで」

「ちょっと部屋の掃除。自販機あるし、飲み物ぐらいなんとでもなるでしょ」

うしろ暗いところがあるため、佐知は答えながら目が泳ぐのを自覚した。「あの二人、雪乃の部屋にいなかったけど、どこでご飯食べてるのかな」

「車のなかです」

すわ出番、とばかりに山田が報告する。「ちょっと様子を見にいったら、運転席と助手席に座って、大きな弁当箱を抱えるようにして飯をかきこんでおりました」

そう言う山田は、半ば目を閉じるようにして、うな丼を味わっていた。うなぎを箸で短冊状に切って、その面積とぴたりと重なるように飯粒を掘り下げ、口に運ぶ。几帳面というかみみっちいというか、佐知は観察していていやになった。たぶん、山田の敬愛する健さんは、そんなような丼の食べかたはしないはずだ。ガツッと箸ですくうようにして、うなぎが大きめに取れてしまおうが、ご飯ばっかりになってしまおうが、かまわずに荒々しく咀嚼して胃に収めるだろう。

それにしても、弁当か。だれが作ったものなのだろう。梶が結婚している可能性を、まるで考慮していなかった。佐知は自分が独身なうえに、切羽詰まった婚姻欲も、結婚へと至る具体的な今後の展望もないため、世の中の多くのひとが少なくとも一度は結婚している事実を忘れがちなのだった。

パンは五分で食べ終えてしまった。手と食器を洗い、ダイニングテーブルの隅で仕事を再開する。梶と梶の甥も昼休みを終え、二階へ上がっていったようだ。うなぎの余韻に浸《ひた》っていた山田が、即座に監視に立った。

三時になったら、梶に刺繡を見せよう。弁当についても、できれば聞こう。すべてはさりげなく、下心など微塵もうかがわせずに。口内が血みどろになるのもかまわず松葉を食べまくるムーミントロールといった感じで、佐知は脳内で激しく算段をめぐらした。だが、やがて針の動きに没頭し、「無」になった。

佐知が、交際や家事といったことに熱が入らず、すべてが中途半端かつ不本意な結果に終わるのは、刺繍にしか集中力を発揮できない、この癖《へき》に起因する。刺繍をしはじめると、縫い目から霧の粒子が放出されたかのごとく、佐知の脳みそは白く塗りつぶされ、視野は狭まり音も聞こえなくなってしまう。見えるのはただ、布の微細な織り目と、そこを出入りする銀の針、細い蛇のようにうねる糸だけだ。

しかしいかんせん、「無」の状態にあるので、本人は「無」になる癖に気づいていない。しょっちゅう鶴代に話しかけられ、うるさいと思いつつ相槌を打っているつもりでいるが、本当は「ふんふん」とも言わずに針を動かす時間もかなり存在する。それでも鶴代はおかまいなしで、佐知に話題を振っている。

いまも鶴代はワイドショーを見ながら、「針仕事をする地蔵」と化した娘に対し、「やれやれ、またはじまった」と思っていたのだが、テレビ画面の片隅に表示された時計が三時になったことに気づき、

「ちょっと佐知」

と地蔵の肩を揺さぶった。「おやつを出さないと」

集中を破られた佐知は、このたびばかりは鶴代の他力本願に感謝し、お茶とお菓子の準

備に取りかかった。お母さんたら、本当に一日じゅうテレビを見てるんだなと、改めて驚きながら二階へ向かう。テレビ、たまに庭仕事、何日かおきに駅前へ買い物。鶴代の生活は認知症へ一直線のように思え、佐知は身震いする。なにか刺激を与えたほうがいいのではないか。河童など目じゃないほど、インパクトのある事態が勃発しないかしら。

私の結婚とか、と考え、やにさがる。しかしすぐに、現実味のない想定は霧消し、かわりに浮かびあがってきたのは、「お父さんが帰ってきたりとか」ということだった。

佐知は階段の途中で足を止め、お盆を持ったまま首を振った。帰ってくるわけがない。四十年近くも音沙汰がないのだから。どこかで新しい家庭を得たのか、もう死んでしまったという噂が本当なのか、それさえも定かではないが、はっきりしているのは、お父さんは私の存在をどうでもいいと思っている、ということだ。そうではないというのなら、一度ぐらい会いにきたり、手紙や電話があったりしてもよかったはずではないか。

佐知は少し悲しい気持ちになった。だが、顔も知らぬ父親なので、深い思い入れも抱きようがない。「私が恋とか交際とかにあまり興味がなく今日まで過ごしてしまったのは、父親のせいじゃないかしら」と、悲しみはさっさと憤りに取ってかわった。きっと、無責任な父親で懲《こ》りて、男性に期待や希望を見いだせなくなったんだ。そうにちがいない。

佐知は再び階段を上がりはじめた。モテない理由をひとのせいにするのは、精神安定上、非常によろしい。笑顔を取り戻し、佐知は梶と梶の甥におやつを振る舞った。山田もちゃっかりとご相伴にあずかった。

雪乃の部屋は、すでに大半の壁紙が貼り終えられていた。落ち着いた風合いのなかにかわいらしさがあって、これなら雪乃も気に入ってくれるだろう。天井板には水漏れの不気味な染みが残ってしまったが、ほかは惨事の痕跡もなく、穏やかな空間に戻っている。

「本当にきれいにしていただいて」

佐知は感心して室内を見まわした。壁紙は継ぎ目がわからないほど、正確にうつくしく貼りあわされていた。

梶がえびせんべいを齧《かじ》りながら、

「刺繡は……」

と遠慮がちに持ちかけてきた。社交辞令ではなかったんだ、と佐知はうれしく、隣の自室から急いで作品を取ってきた。

梶はウェットティッシュで念入りに手をぬぐい、佐知が差しだした額やらハンカチやらを熱心に眺めた。「ほう」とか「うーむ」などと、感嘆のうなり声を漏らす。無意識らしいことが、佐知にはまたうれしく、誇らしい。山田も刺繡を覗きこんで、

「お嬢さんは小さいころから、手先が器用でした」

と回顧する。梶の甥が、黙ったままにやにやした。おばさんのくせに、なにが「お嬢さん」だよ、と思ったのだろう。

佐知はそう受け取ったのだが、気にはならなかった。いや、正確に言えば、古い洋館に住む面々を、その関係性を、梶がどう思っているのだろうかと、またもや気を揉みはした。灰色の作業着姿の無骨な老人、やけに凝った刺繍に取り組むオールドミス（死語）、根が生えたようにテレビのまえから動かない謎の気配。はたから見れば、あやしい住人たちとしか言いようがない。しかし、佐知はいまこの瞬間、そんなあれこれはどうでもよくなるほど、刺繍に見入る梶に見入った。胸が高鳴って苦しかった。

「刺しかたで厚みに変化をつけるんですね」

と梶は言った。「触ってみるとわかる」

節の目立つ、けれど意外に長い指を布にすべらせる。爪は几帳面に短く切りそろえられている。

もっともっと触って！　佐知は叫びたかったが、もちろん声に出せるはずもない。かわりに、駆使した技法について夢中で説明した。梶の指に触れぬよう、気をつけながら布を指し示し、ステッチの名称などを逐一伝える。こんなマニアックなことをしゃべってどうする、と一瞬自省および自制するのだが、梶が興味深そうにうなずくので、うれしくなってまた語りだしてしまう。

ふだん、鶴代に「ふんふん」と相槌を打つばかりで、日中はほとんどだれとも会話せずに暮らしているのがいけない。しかも、佐知が最も心血を注いでいる刺繍に対して、おおかたのひとは、「きれいだね」ぐらいの感想しか抱いてくれないのだ。つまり、佐知の話に耳を傾けるひとはほぼ皆無であり、佐知は自分の愛と情熱を開陳する機会に餓《う》えていた。餓えていたことに、梶に語ることによって改めて気づいた。

私はだれかに聞いてほしかったんだ。刺繍について。刺繍がどんなに素晴らしくうつくしく奥深い世界を持っているかということについて。

佐知は感極まり、しかし表面上はなんとか平静を保つよう努力しつつ、梶へのレクチャーをつづけた。山田と梶の甥は、かたわらでえびせんべいを食べていた。梶の甥は、リスのように前歯でえびせんべいを細かく齧《かじ》り、

「むずかしいっすよね」

と山田に話しかける。「ほら、縁日の屋台で型抜きってあるじゃないすか。あれみたいに、えびだけうまく残したいといつも思うんですけど」

「ふやかして、えびを剝がしてはどうでしょうか」

山田は自身のえびせんべいの表面を舐めた。

本当にいやだ、と佐知は思う。このひとたちは、ううん、この世のほぼ全員は、刺繍の美に無関心で生きている。一針一針に、どれだけの技術と伝統と試行錯誤がこめられているかなんて、一度も考えずに死んでいくんだろう。えびせんべいに夢中になって。

えびせんべいだって、むろんたいしたものではある。デザインや色合いもかわいいし、

なんといってもおいしい。だけど、「ひとはパンのみにて生きるにあらず」と言うではないか。「刺繍なんて食べられないじゃん」といった態度でえびせんべいを貪《むさぼ》るのは、佐知には許しがたい所業に感じられた。

実際は、その場のだれも刺繍にケチをつけておらず、刺繍とえびせんべいを比べてどうこう言ったわけでもない。にもかかわらず、「刺繍の地位はもっと向上してしかるべきだ」と義憤にかられる佐知なのだった。

梶だけは、えびせんべいにはもう目もくれず、佐知の説明に穏やかにうなずき、刺繍への関心を持続させた。おやつの時間が終わりに差しかかると、

「こういう刺繍が入った布張りの壁を、一度でいいから手がけてみたいものです」

とまで言った。

梶が佐知に作品を返したとき、手と手が再びかすかに触れた。仕事熱心で誠実そうな男の目。佐知はとろけた。

夕方まで作業はつづき、佐知は隣の自室で物音に耳をそばだてた。梶と梶の甥は、たまに低い声で会話を交わしていた。私の刺繍のことを、なにか言ってるんじゃないか。佐知の耳は壁一面に吸いつきそうなほど巨大化したが、会話はごく短く、たぶん壁紙を貼る道具のやりとりをしているだけなのだろうと推測された。

途中でトイレに行くために佐知が部屋を出ると、二階の廊下では山田があいかわらず仁

王立ちしていた。作業の監視を一時中断し、ちらと佐知を見る。ときめきを察せられた気がして、佐知はいたたまれなかった。よくわからない腹立ちが湧いてきて、ほっといてよ、と思う。私はとっくの昔に成人してるんだし、「ちょっといい感じのひとだな」と胸に恋の小鳥を飼うぐらい、その羽ばたきを味わうぐらい、好きにさせてくれたっていいじゃない。

山田はなにも言葉を発さなかった。余計なことは言わない。いつものことだ。山田が自他の恋愛に興味があるのか、そもそも恋愛したことがあるのか、それすら不明にもかかわらず、佐知は自意識過剰かつ被害妄想に陥って、ついツンケンした態度を取ってしまったのだった。

恋の小鳥が胸の鳥籠に宿るのはひさしぶりで、佐知はすっかり忘れていた。この小鳥、かわいく麻の実をついばむだけのように見えて、実は猛禽《もうきん》なのだ。ちょっとでも成長を阻害しそうなものには、容赦をしない。鋭い爪で生肉を押さえ、とがったくちばしで食いちぎる。山田は小鳥の標的にされ、佐知に冷たく無視されるはめになった。善意から作業の見張りに立っていただけなのに、とんだとばっちりだ。

佐知は、「ちょっと悪いことしたな」とすぐに後悔し、自身を恥じたが、謝りはしなかった。佐知にとって山田は家族も同然で、甘えがあるからだ。しかし佐知本人は、「山田さんって、なんで家族でもないのに同じ敷地内に住んでるんだろう」と思っているわけで、おめでたい。佐知に素っ気なくあしらわれ、どこまでも報われぬのが山田である。

それでもくさらず、気持ちを波立たせることもなく、「佐知お嬢さん、作業が終わりました」と呼びにきてくれるのが、山田のいいところだ。佐知は山田と連れ立って雪乃の部屋へ行き、仕上がりを確認した。

控えめな小花模様の壁紙は、この家が建ったときから貼ってあったかのように、しっくりと馴染んでいた。窓の外はすでに暗くなっており、部屋には明かりが灯されている。やわらかな光に照らされ、壁紙にあたたかく包まれた室内は、あたかも脳内だけに存在する幻の故郷、そこに建つ実際には住んだことのない家、もっと言えばその家の子ども部屋のように、安寧に満ちていた。

佐知はおおいに満足し、梶と梶の甥に丁重に礼を述べた。見積もりどおりの金額に収まったとのことで、後日、請求書を送ってもらい、代金を振り込む形で合意した。出来映えに感激する佐知を見ても、梶はつつましく微笑するのみだった。梶の弟子というか見習い的立場にあるはずの甥のほうが、なんだか誇らしげに立っているのがおかしかった。

梶と梶の甥を玄関先で見送る。壁紙の残りを抱えた梶は、別れ際、

「あの部屋に、奥さんの刺繡の額を飾ったら似合うでしょう」

と言った。「ほら、竜と騎士の額です」

佐知はまたまたとろけた。もう耐えきれなくなって、

「私、奥さんじゃないんです」

と急《せ》きこんで白状する。「この家の娘で……」

恥ずかしながら独身です。とつけ加えようとして口ごもった。恥ずかしながら帰ってまいりました、と言った横井庄一氏、鶴代と夫の輝かしくない記念日を彩った横井氏を奇《く》しくも連想し、「いや、私が独身であることは、苦難の日々を送った横井さんと同じ言葉で言い表していいものではない」と思ったためだ。また、「独身って恥ずかしいことか?」という疑念が生じたためでもある。

佐知の突然の沈黙をどう受け取ったのか、梶は耳のさきを少々赤くし、

「それは失礼しました」

と言った。「じゃあ、またなにかあったらお声がけください」

一礼して、梶は表門のほうへと歩いていった。佐知は目を潤ませ、庭に凝《こご》る暗闇に消えていく梶を見守る。気分は、自分を救ってくれたのち、名も告げず去っていく騎士を見つめる姫君だった。

そんな佐知の脇を、玄関から出てきた梶の甥がすり抜けようとした。両手に道具箱を提げた甥を、佐知は呼び止める。梶の甥と、甥を手伝って養生用の毛布を運んでいた山田が、一緒になって振り返った。

山田の目が邪魔だが、佐知は意を決して甥に話しかけた。

「お昼にお茶も出さずにごめんなさい」

「いえ、全然っす」

一日を同じ屋根の下で過ごし、甥も佐知の存在に少し慣れてきたらしい。当初の無口さとは裏腹に、年ごろにふさわしい照れを含みつつも、無難に受け答えするようになっていた。

もちろん、佐知は甥と世間話をしたいのではない。聞きたいことがあるのだ。

「おいしそうなお弁当を食べてましたね」

見てきたように佐知が言うと、

「えー、そうっすか」

甥は気恥ずかしそうに笑った。本物の目撃者である山田が、怪訝そうな視線を佐知に寄越したが、気にしてはいられない。本丸に近づくべく、夜陰にまぎれて前進する足軽のごとき慎重さで、佐知は問いを繰りだした。

「どなたが作ったの?」

梶の甥は一瞬きょとんとし、ついで万事呑みこんだふうにひとつうなずくと、

「おばさんっす。あ、おばさんって言っちゃいけないんだった。おじさんの奥さんです」

はい、終了!

と佐知は思った。やっぱり奥さんいるんだ。そりゃいるよね……。

そのあと、梶の甥とどんな挨拶を交わし、山田と別れて家のなかに入ったのか、佐知は覚えていない。気がついたらリビングのソファに悄然《しょうぜん》と座っており、

「ちょっと、夕飯の仕度しなさい」

と鶴代に怒られていた。佐知はのろのろとエプロンを着け、棚からトマト缶を出してパスタソースを作った。妙にしょっぱくなってしまった。

つきあうとか、そんなだいそれたことまで考えていたのではない。もちろん、あわよくばとは思ったけれど。佐知はただ、話の合うひととめぐり会えた気がして、うれしかっただけだ。もう少し一緒の時間を過ごしてみたいなと願っただけ。

しかし、妻帯者ではどうしようもない。それでも気にしないというひともいるかもしれないが、佐知はちがった。交際に発展してもやぶさかではない、と自分が思っているかぎり、妻のある男と必要以上に親しくしたり、積極的に接近したりするべきではない、と考えていた。そういう部分で、佐知はきわめて古風かつお堅い女なのであった。

彗星のように佐知の世界に到来した梶は、「妻」という惑星の重力に弾《はじ》き飛ばされて軌道を変更し、宇宙の彼方へと唐突に消え去っていってしまった。べつの業者に頼めばよかった、と佐知は思った。こんな気持ちを味わうぐらいならば。

佐知は知らないが、実は梶も独身なのだ。ではなぜ、梶の甥は、梶を妻帯者であるかのように言ったのか。佐知に対する悪意からではない。梶は、行くさきざきで奥さまがたに

人気で、娘やら親戚の娘やらとの縁談を持ちこまれるぐらいならまだいいが、奥さま本人から迫られることも多々ある。内装業者として、これは好ましからぬ状況だ。

そこで、「有限会社梶内装」の社長である梶の父親が一計を案じ、梶を既婚者だと吹聴することにしたのだった。むろん、梶自身はそのあたりの事情をよく把握していない。職人気質《かたぎ》で無口な彼は、奥さまがたから寄せられる秋波にもほとんど気づかず、まれに気づいたときには適当に身をかわして、ひたすら黙々と仕事に打ちこむばかりだからだ。

社長から、「気があるな、とわかる依頼者の女性が出現した場合は、既婚者だと積極的にほのめかせ」と言い含められたのは、梶の甥である。甥は、祖父の指示に忠実に従ったまでなのであった。

佐知は足軽になどならず、城門から堂々と入ればよかった。つまり、梶に直接、「奥さんや恋人はいますか」あるいは「また会いませんか」といったおうかがいを立てるべきだった。だが、恋愛がはじまるか否か、成就するか否かはすべて、こういった些細なことで決まるのだろう。タイミング、そのときの気分や状況、両者のあいだを取り持ったのがだれか、といったことで。

出会った事実ではなく、タイミングや気分や状況や仲介者の気の利きようをこそ、「めぐり会い」と言う。もしくは「運命」と。佐知はこの日、運命に見放され、めぐり会いに失敗したのだった。

そうは言うものの、失敗はなにもこれがはじめてではない。しかも佐知は、自分が大いなる失敗をしたことに気づいていない。「なんだ、梶さんは妻帯者だったのか。やっぱりね」と勝手に落胆しているだけだ。

梶への恋心は、まだ恋の芽だとも判別がつかぬうちに摘み取られたようなもので、しょっぱいパスタを食べ終えたころには、佐知はすでに気持ちを切り替えていた。経験を重ねることと無知であることは、一見相反するように思えるが、「鈍感になる」という一点できわめて似ている。失恋にそれなりに慣れ、なおかつ真相を知らぬ佐知は、「鈍感になる戦法」をいかんなく駆使し、むしろさばさばした気分で自室に引きあげた。とばっちりでしょっぱいパスタを食すことになった鶴代、雪乃、多恵美については、お気の毒としか言いようがない。

雪乃は壁紙が貼り替えられた自室を見て、そのかわいさと落ち着いた雰囲気に、めずらしく胸がときめいた。猫足のライティングデスクとフリルのブラウスをこのうえなく愛する雪乃にとって、部屋は理想的な空間に変身していた。水漏れによって天井にできた、不気味な染みさえ視界に入れなければ、なにも問題はない。

雪乃は、常に冷静に振る舞うことをよしとしている。それゆえに、自室が品のあるラブリーさを醸しだしているかどうかは大変重要だった。

特徴のない顔を持ち、頻繁に他人とまちがわれ、仕事のできる女として会社で都合よく重宝される。「頼られるけれど求められない」雪乃としては、クールさの鎧をつけることで自分の価値を高め、せめて仕事などの社会的立場においては、だれかに求められたいものだと願ってきた。しかし、鎧を装着しつづけるのは息が詰まる。雪乃は自分の部屋のなかでだけ、抑えても抑えても内側から湧きだす「かわいさを愛する気持ち」を解放できた。壁紙を含むインテリアは、解放にあたっての雰囲気づくりに一役買ってくれる。

リボンのついたパジャマに着替え、雪乃は佐知の部屋へ客用布団を片づけにいった。佐知はぼんやりと作業机に向かっていた。一応、布を広げてはいるが、刺繡針はまったく動いていない。

「佐知」

野花にとまった蝶々を捕まえるように、雪乃は慎重に声をかけた。それでようやく、佐知はドア口に雪乃がいることに気づいたようだ。「うん、どうした？」と針を置いて向き直った。どうした？　はこっちのセリフだ、と思いながら、雪乃は佐知の隣に立った。

「壁紙、どうもありがとう。すごくかわいい」

「気に入った？」

「うん。刺繡の額も」

雪乃のベッド脇の壁に、中世騎士物語ふうの額が掛けられていたのだ。雪乃はそれに気づき、さきほどじっくりと眺めたところだった。繊細な色とタッチで、炎を吐くドラゴン、鎖でできた鎧を着て剣をかざす騎士、黄金色の髪を風になびかせる姫君が表現されている。塔がそびえる丘には赤いリンゴが実り、空には生き物みたいに雲が流れる。

いつか見た絵本のように、あたたかくなつかしくさびしい風景。こういう世界を一人で黙々と紡ぎあげている佐知の内心を思い、雪乃はなんだか胸に迫るものを感じたのだった。

しかし雪乃の感慨とは裏腹に、「ああ、あれね」と、佐知はなんでもないことのように笑う。

「作ったのも忘れてたぐらいなんだけど、壁紙の雰囲気に合うんじゃないかって言われて、ちょっと飾ってみたんだ」

ピンとくるものがあって、雪乃は尋ねた。

「だれに言われたの？」

「ん？　内装業者のひと」

「ふうん」

椅子に座っている佐知を、雪乃はかたわらから見下ろし、観察した。佐知は銀色の指貫《ゆびぬき》を中指から取ったりはめたり、糸切り鋏《ばさみ》を持ったり置いたりしている。

「かっこいい？」

「うん、いや、顔なんてよく見なかったな。腕はいいと思ったけど」

「ふうん」

雪乃は片づけるつもりだった客用布団を床に敷き、うつぶせに横たわった。そこから呼吸を整え、「コブラのポーズ」を取る。下半身は脚をそろえてのばし、腰からうえを垂直に起こす体勢だ。

そのまま静止し、佐知のうしろ姿を見ていたら、視線を感じたのだろう。佐知がおそるおそるといったように振り向き、「ぎゃっ」と叫んだ。佐知からは、雪乃の上半身だけが敷布団に乗っているように見えたためだ。

「怖いからやめて、その恰好」

「正直に吐きなさいよ。なんかあったでしょ」

「べつに、なにも」

「じゃ、このまま佐知の作業を見守る」

「わかった、言う！　言うからフツーの体勢に戻って、お願い」

ご要望に応え、雪乃は「コブラのポーズ」を解き、敷布団のうえで蓮華座《れんげざ》を組んだ。いわゆる座禅の恰好である。佐知も机から離れ、雪乃の隣に膝を抱えて座った。

佐知は雪乃に、梶がどんなひとであったかを報告した。刺繍に興味を抱いてくれたこと。職人気質で真面目かつ正確に作業にあたる一方、休憩の際には話に耳を傾けてくれ、佐知としては楽しい時間を過ごしたこと。しかし梶が既婚者であると判明したこと。

雪乃はめまいを禁じ得なかった。

「私が会社で仕事してるあいだに、あなたはほのかな恋心を抱き、そして粉砕されていた、と」

「そうなるね」

「どんだけ展開が速いのよ」

「『一日失恋事件』として、後世に語り継がれちゃうかもね」

自分で言って、佐知は「ははは」と力なく笑った。雪乃は腹式呼吸をしながら、いま聞いた話を検討してみた。

「まあ、たとえ一日で潰《つい》えたとしても、恋のときめきを味わえたんなら、よかったんじゃない」

「そうかなあ。味わう暇もなく鎮圧されちゃった感じで、ときめきもがっかりも中途半端なんだけど」

「だいたいさ、なんで佐知は、梶さんだっけ？　その職人さんを『いいな』と思ったわけ」

「言ったでしょ、話が合いそうだったの。『このひとなら、理解しあえそうな気がする』って思ったの」

「ええっ」

蓮華座を組んだまま、雪乃はのけぞった。

「なによ、『ええっ』て」

ふてくされた佐知は、横目で雪乃をにらみ不服を表明する。

「だって、お互いに対する理解って、恋愛に必要？」

今度は佐知が、「ええっ」と言う番だった。

「そりゃ必要でしょう！　なら雪乃は、どこを重視してつきあうのよ」

「いやあ、特に重視する点はない。というか、男に期待することはないから、そもそもつきあわない」

佐知は黙って、雪乃の肩にぽんと手を載せた。雪乃は佐知の手をつかみ、丁重に肩からはずさせた。

「哀れみの目で、うんうんうなずくのやめてくださる？」

「だって雪乃、さびしいじゃないの。やっぱり恋っていいよ？」

「はじまってもないうちから勝手に失恋したひとに言われたくない」

「まあそうなんだけど」

「よく考えたら、それって『失恋』とも言えないでしょ。『不恋』でしょ」

「畳みかけてこなくていいって」

佐知は生々しき傷口が痛み、心臓のあたりを押さえた。「でも、男のひとに期待しないの？　本当に？」

「四十年近く生きてわかったのは、男女間に真の理解は成立しない、ということです」

雪乃は重々しく告げた。

「そうかなあ」

「そうだよ。たとえば彼らは、自分は地図が読めると思っている。だけど私が見るところ、方向音痴の男はけっこういるし、地図ではなく文章で道順を説明されれば、一部の男性とかなりの数の女性が容易に目的地にたどりつけるという事実に気づいていない。つまり、地図は万人に適したツールではないということにも、自分とはちがう世界のとらえかたをしているひとがいるということにも、気づいていない。想像力が欠如してるんだよ。そんな相手を理解しようとしてもむなしいだけ」

「そうかなあ」

と佐知はまた言った。「想像力が欠如してるひとは、男女を問わず一定数いると思うけど」

今度は雪乃が佐知の肩に手を載せ、「うむうむ、きみはまだ青いのだよ」とばかりにうなずいてみせた。

「私もかつては、『そうは言っても、きっとどこかに、理解しあえる男性がいるはずだ』って思ってた。でも、いない！　いたとしても、そういう素敵な男性はすでに結婚している！　あなたも今日、それを思い知らされたんでしょ」

「そうでした」

「恋というのは、理解ではなく勝手な思いこみのことですよ。愛というのは、思いこみが打ち砕かれたあと、理解しあえぬ相手とそれでも関係を持続する根性と諦めのことですよ」

「夢も希望もない」

佐知はため息をついた。「でもさ、雪乃は男性に対する期待は捨てたんでしょ？　だったら、恋は無理だとしても、愛は築いていけるんじゃないの。むしろ、期待や思いこみがないぶん、根性と諦めを発揮しやすくなる気がするんだけど」

「私は小学校から高校まで、通信簿にほぼ毎回、『淡々として冷静ですが、粘りに欠けています』って書かれてた」

「絶望的ですね」

佐知はマイクがわりの拳を、雪乃の口もとに差しだした。「では、雪乃さんは今後、惚れた腫れたはそっちのけで、仕事に邁進なさる、と」

「そうなりますな」

雪乃はあいかわらず蓮華座を組んだまま、老師のごとく厳かにうなずいた。「だけど、たまに『うおーっ』と叫びたくなる。お給料はもうそんなに上がらないし、体を壊したらそれまでだし、大手の保険会社って言ってもいつ破綻したり吸収合併されたりするかわか

んないし、『孤独死』という言葉はちらつくし、私の人生、ほんとにこのままでいいの⁉

働いて、毎晩ヨガして、無駄に体をやわらかくしてるだけで終わるわけ⁉」

「落ち着いて。私なんて退職金も有休もなくて、迫りくる『老老介護』と『老眼』と『老朽化した家屋の倒壊』への有効な対処法も見当たらなくて、もはや死に体なんだから」

「あ、壁紙代、いくらだった？」

「それはいい、いい。むしろ、うちがボロいせいで、雪乃の服を汚しちゃってごめん」

代金を免除されたからでは決してなく、なぜか急激な感激がこみあげ、

「佐知。年取っても、私ここにいるかも」

と雪乃は言った。

「いくらでもいて。いよいよ立ちゆかなくなったら、二人で死ねばいいよ」

佐知と雪乃は互いの体に腕をまわし、ガッキと抱擁した。

「見事な覚悟だ！」

「友よ……！」

すぐに体を離し、「アホかな、私たち」「アホだね」と笑いあう。雪乃は蓮華座をやめ、横になって布団をかぶった。

「せっかく壁紙を替えてもらったけど、今晩まではここで寝る」

「私ももう寝よっと。どうせ刺繡もはかどらないし」

佐知は部屋の電気を消し、雪乃をまたぐ形でベッドに上った。「合宿か修学旅行みたいで、相部屋もなかなか楽しかったね」

「うん。水漏れはもう勘弁だけど」

「多恵ちゃんも一緒に、これからもたまにやろうよ。ガールズトーク」

「さっきの、ガールズトークだった？　『目と同じ幅の涙を流しながら、河原で夕日に向かって吠えてる柔道部員同士』って感じに近かった気がするけど」

雪乃がそう言うと、ベッドに収まった佐知が笑う気配がした。

「こういうアホ話は、女同士じゃないとなかなかできない。だからますます、男のひとを必要としなくなるんじゃない？」

「なるほど」

と雪乃は言った。

二人はしばらく黙って、暗い天井を見上げていた。春の宵に佇《たたず》む牧田家は、静寂に包まれた。

もう眠ってしまったのかと思ったころ、佐知が小さな声で言った。

「でも私はやっぱり、理解しあいたい。男のひとにかぎったことじゃないけれど」

そこからしか夢も希望も生まれないと、あなたは信じてるんでしょう。佐知が生みだすうつくしい刺繍を思い浮かべ、雪乃は内心でつぶやいた。私もそうありたい、そうあれたらと思ってる。たぶん、同じように感じ、願っているひとは、性別を問わずたくさんいるはずだ。だけど理解の到来は稲妻みたいに一瞬で、ほとんどの時間は暗闇が広がるばかり。闇のなかで手探りし、だれかの手と触れあうときを夢見るばかり。

夜が長いからこそ、光を、理解を、愛を、飽かず求めることができるのかもしれない。だとしたら、ひととはさびしく愛おしい魂を抱えた生き物だ。

梶さんに直接、気持ちを伝えてみたら？　もしかしたら奥さんとは離婚を前提にした別居中かもしれないんだし、たとえ夫婦仲が円満だったとしても、伝えたらすっきりして、また次の出会いを呼びこめるかもしれないよ。

雪乃は佐知に提案しようとして、襲いくる睡魔に負けた。果たせなかったアドバイスが案外的を射たものであることに、雪乃はそのとき、むろん気づかなかった。

佐知の部屋に、二人ぶんの寝息が浮遊しはじめた。

五月になり、鶴代は家庭菜園づくりに精を出す。例年なら野菜の苗を買ってきて植えるのだが、今年は種から育ててみると張り切っている。

当然、佐知も例年にも増して鶴代の手伝いに駆りだされることとなった。菜園の土を耕し、肥料やら石灰やらを混ぜこむ。その土を、黒くて薄っぺらい材質の小さな鉢に入れ、トマトやらキュウリやらの種を数粒ずつ播《ま》く。うまく芽が出てそこそこ育ったら、菜園に移し替えるのである。

面倒くさい。佐知はげんなりした。鶴代は根気強いほうではないので、絶対に鉢を雑草だらけにしそうだ。そんな危惧を感じ取ったのか、鶴代は枝豆、ピーマン、ナスなどの苗も買ってきて、こちらは直接菜園に植えた。ジャガイモの種イモはすでに植えてあったので、土中はかなりの人口（？）密度だ。植物の生長を考慮に入れず、ひしめきあうほど植えるのが鶴代の悪い癖だ。

麦わら帽子をかぶり、首にタオルを巻いて、佐知と鶴代は連日、庭で何時間かを過ごした。山田は菜園のまわりに等間隔で古竹を刺し、四辺をネットで囲んだ。善福寺川近辺は緑が多いため、住宅街だというのに、たまにタヌキが出没する。

一方、多恵美は、「開かずの間」で発見された河童のミイラをリビングに飾ろうと主張した。

「よく見ると愛敬があるし、いいじゃないですか」

「よくないですよ、あんな気色悪いもの」

鶴代が眉をひそめる。佐知も、刺繡教室の生徒さんが出入りするリビングに、河童の干物を置くなんてとんでもないと思った。近所で悪い噂が立つのは必定だ。あのガラス玉みたいな目でじっと見つめられたら、布よりも指のほうを針で刺しまくってしまいそうだ。

ところが多恵美は諦めず、鍵が開いたままになっていた「開かずの間」からミイラを持ちだしてきた。ついでに、大ぶりの日本人形が入っていたガラスケースまで引っ張りだし、人形のかわりにミイラを収めた。

牧田家のリビングには、河童のミイラが鎮座ますことになった。河童はガラスケース内で体育座りをしている。しかも、河童の背後にあたるケースの内壁は、金色に塗られている。金屛風《きんびょうぶ》のまえでいじける禍々しい干物、といった風情だ。

「あれが視界の隅に入ると、なんだかご飯が喉を通りにくくなるんだけど」

ダイニングで夕飯を摂《と》りながら、佐知は小声で抗議した。あまり堂々と悪口を言うと、河童に呪われそうな気がしたからだ。

「えー、そうですか?」

多恵美は、ダイニングとつづきになっているリビングを見やった。豚の生姜焼きを豪快に口に入れ、しばし咀嚼する。

「守り神って感じで、頼もしいじゃないですか。五月人形みたいなもんだと思えばいいんですよ」

端午《たんご》の節句はもう過ぎたのにか。鎧も兜《かぶと》も身につけていないのにか。討ち死にしてから四百年ぐらい経っていそうな姿なのにか。だいいち、雛人形すら飾らなかったのに、なぜ五月人形のかわりに河童のミイラを置かねばならんのか。女ばかりが四人も住んでいる家で、いや、どんな家であろうとも、変だろうそれは。

いろいろ言いたかったが、「開かずの間」にすぐに河童を逆戻りさせると、これまた呪われるおそれがありそうだ。佐知は我慢することにした。雪乃もめずらしく、多恵美の暴走に積極的な異は唱えなかった。河童のミイラを発掘してしまった責任をいまだに感じ、なにか言える立場ではないと自省かつ自制したためだ。鶴代はというと、菜園のことで頭がいっぱいで、当初難色を示していたわりには、ガラスケースの存在自体にあまり気づいていないようだった。

刺繡教室がある日は、ガラスケースに紫色の風呂敷をかぶせる。好奇心に駆られるひとが出現しませんように。佐知は気が気でなく、教室の時間中は絶対にトイレに立たないぞと決心して、紅茶を飲む量を減らした。

幸い、わざわざ風呂敷をめくってみる生徒はいなかった。教室の生徒は、みな礼儀をわきまえて慎み深く、刺繡とおしゃべりに夢中だったからだ。比較的慎み深くなく、風呂敷の中身を率先して披露してしまいそうなのは多恵美だが、そこは佐知も先手を打って、

「もし、河童のミイラのことを生徒さんたちにばらしたら、多恵ちゃんを破門にするからね」

と釘を刺しておいた。

「破門って、お教室をですか」

「それだけじゃない。この家から出ていってもらう！」

「えー。川太郎《かわたろう》、かわいいのに」

多恵美はぶつぶつ言ったが、ねぐらを追われてはかなわないと思ったのだろう。風呂敷という名のベールに覆われた河童については口外せず、刺繡に専心した。川太郎というのはもちろん、多恵美が勝手に河童につけた名前だ。

刺繡教室が終わると、風呂敷は多恵美によって取り除かれるのが常だった。そのたびに佐知は、インパクトある見た目のミイラから思わず視線をそらす。しかし多恵美は、「おはよう、川太郎」「川太郎、元気？」などと折に触れて河童に話しかけ、キュウリの漬け物を皿に数切れ載せて、ケースのまえに置いたりもした。

慣れとは本当におそろしいもので、河童のミイラはだんだん、牧田家のリビングに馴染んでいった。仏壇か神棚のように、多恵美が毎朝キュウリを供える。雪乃が、「そろそろ梅雨だけど、ケースに乾燥剤とか入れなくていいのかな」と、クローゼットのついでに河童の住環境にまで心を配る。佐知もつい感化され、刺繡教室のまえに風呂敷をかけるときには、「しばらく我慢してね、川太郎」と断りを入れるようになった。

鶴代だけは最後まで、河童の存在を空気のごとく無視していた。しかし、梅雨入りして間もないある日のこと、佐知が午後の仕事を終えて一階へ下りていくと、河童の首に赤いバンダナが巻かれていた。河童の丸い頭部と肋骨の浮きでた胴体を眺め、「仮面ライダーに似ていると言えなくもない」と、佐知は無理やり自分を納得させようとした。

平日だったので、日中、家にいたのは佐知と鶴代だけである。河童が立って歩いたのでないかぎり、だれがバンダナを巻いたのかは明らかだ。

「なんだか川太郎、おしゃれになったね」

と佐知は言った。鶴代は素知らぬ顔で、煮干しでみそ汁の出汁を取っていた。

河童のミイラを「開かずの間」に戻そうと提案するものは、この瞬間からだれもいなくなった。河童はケースのなかで体育座りをし、牧田家で暮らす四人の女が笑ったりしゃべったり食べたり些細な喧嘩をしたりするのを見守っていた。いや、正確に言えば、「見守られている」と四人の女が感じていただけだ。実際のところ、ガラス製らしき河童の目玉は、うつろに光を弾《はじ》くばかりだった。だが女たちは、それを不気味だとはもう思わなかった。

梅雨のあいだも、佐知と鶴代は菜園の手入れをつづけた。せっかく出た野菜の芽の邪魔にならぬよう、こまめに雑草を抜く必要があった。種から育てたトマトやキュウリの苗を、菜園に移し替える作業もせねばならなかった。雨のそぼふる日も、合羽を着て軍手をはめ、畑仕事は敢行された。

刺繍と家事のほかに肉体労働まで加わって、佐知は疲労困憊気味だった。そこで雪乃と多恵美にメールし、夕食を作る気力がとても湧かないので、早めに帰れるようであれば、会社帰りに惣菜を買ってきてほしいと頼んだ。

「了解。七時半には帰れると思う」と、二人からの返信はすぐに届いたものの、本体はなかなか帰宅しない。どうしたんだろうと案じつつ、佐知はご飯を炊き、ナスのみそ汁を作った。それでもまだ、惣菜は到着しなかった。昼寝というか夕寝をしていた鶴代も起きだしてきた。

「お夕飯の時間なのに、仕度は？」

「雪乃と多恵ちゃんにお惣菜を頼んだんだけど、まだ帰ってこないの」

「あら、変ねえ」

空腹に負け、佐知はみそ汁をあたため、鶴代は炊けたご飯で小さな塩むすびを作った。惣菜を待ちながら、さきに軽く食べることにする。川太郎に捧げられていたキュウリの漬け物を、ケースのまえから下げてきておかずにした。

雨が土に染みていく音がする。掃きだし窓を閉めていても、湿ったにおいが室内にかすかに浸潤してくる。

「連絡もないなんて、どうしたのかしら。電話してみたら？」

「もうした。でも、二人とも留守電になっちゃう。まさか、事故に巻きこまれたとか、多恵ちゃんのストーカーにさらわれたとか……」

「まさか。事故ならとっくに、うちになにか連絡があるはずだし、ストーカーはこのごろ出没していないでしょう。落ち着きなさい」

鶴代はさすがの貫禄を見せて佐知をたしなめたが、忘れたころに出没するのがストーカーではないのか。佐知は心配でたまらず、小さな塩むすび一個で満腹になってしまった。鶴代は三つ食べた。

そうこうするうち、九時近くになった。急な残業の際は、必ず一報を入れてくる二人だ。ましてや、今日は惣菜運搬という重要な使命を請け負っている。これはやはり、尋常ならざる事態が二人の身に降りかかったのではないか。

「ねえ、警察に」

と佐知が言いかけたところで、

「ただいま」

と声がした。佐知と鶴代が玄関にすっ飛んでいくと、雪乃と多恵美が濡れた傘を傘立てに入れているところだった。表は本降りのようで、二人の靴とストッキングは泥はねで汚れている。

「ごめん、遅くなった」

雪乃が惣菜の入ったレジ袋を差しだした。サラダについた保冷剤がくにゃくにゃになっていた。買ってから、それなりの時間が経っているということだ。

「なにかあったの」

佐知の問いには、多恵美がほがらかに答えた。

「宗ちゃんに話をつけてきました」

「ええっ」

驚く佐知を押しのけ、鶴代が厳命を下した。

「詳しいことはあとにして、二人とも着替えていらっしゃい。私はもうおなかが減って倒れそうです」

塩むすびをたくさん食べたくせに、と佐知は思ったが、もちろん口には出さなかった。濡れた服から部屋着に着替え、雪乃と多恵美が食卓についた。佐知はみそ汁をあたため直し、買ってきてもらった惣菜を皿に盛ってテーブルに運んだ。遅い夕飯を摂る雪乃と多恵美とともに、鶴代までもが惣菜に箸をのばした。

「会社から出たら、宗ちゃんが街路樹の陰に立ってたんですよ」

多恵美は言い、惣菜のコロッケにソースをたっぷりかけた。鯖《さば》のみそ煮をご飯に載せ、雪乃も説明に加わる。

「私も多恵と一緒に会社を出て、小田急の食品売り場に寄ったんだけど、そこでもまだ、あのヒモ男がついてきてるの」

「お惣菜を買ってたら、宗ちゃんが隣の島からこっちをちらちら観察してて、まじゾッとしましたよねえ」

二人が勤める西新宿の保険会社から、新宿駅にある小田急百貨店食品売り場までは、ひとの流れが絶えない地下通路を、それなりの距離歩くことになる。にもかかわらず尾行をつづけるとは、ヒモ男本条宗一は相当の執念の持ち主だ。

「いままでは、そんなに接近してこなかったじゃない」

佐知は口を挟んだ。「それに、しばらくは姿を現しもしなかったのに、どうしてストーキングを再開したのかな」

「気になりますよね」

「うん」

「だから私たち、宗ちゃんを捕まえたんです」

「えっ⁉」

「多恵と協力して、こっそりまわりこんで挟み撃ちにしてやった」

「『なんか用？』って両脇から同時に声をかけたら、宗ちゃん驚いてましたよねー」

驚いたのはこっちだ、と佐知は思った。ストーカーに反撃だなんて、危ないではないか。もし逆上して刃物でも取りだされたら、どうするつもりだ。

しかし佐知の心配をよそに、「平気、平気」と雪乃と多恵美は笑っている。鶴代も二人の話に黙って耳を傾けるばかりで、泰然《たいぜん》と茶を飲んでいる。佐知は動揺する自分がばからしく感じられてきた。

雪乃と多恵美が語ったところによると、二人は本条の左右の腕をそれぞれつかみ、小田急百貨店の近くにある喫茶店へ引きずっていったのだそうだ。本条は抵抗せずに店まで連行されたが、会社員風の女二人が、自由業風のひょろ長い青年をぐいぐい引っ張って歩く姿は目立つ。ちょうど帰宅ラッシュの時間帯で、「なにごとか」とさりげない好奇の視線がそこらじゅうから降り注いだ。雪乃と多恵美は気にしなかった。「これ以上つきまとわれて、無駄なタクシー代を費やしつづけるのはごめんだ」という、熱い思いに突き動かされていたからだ。

喫茶店に入り、三人はアイスコーヒーを注文した。本条はずうずうしくも、アイスコーヒーより三百円高いフローズンブルーベリーヨーグルトシェイクを頼もうとしたのだが、それは雪乃が却下した。「そのときの先輩、ほんとにフローズンて感じでしたよ」とは、多恵美の証言だ。

アイスコーヒーが運ばれてきた。雪乃は改めて、斜め向かいに座る本条を観察した。

本条は少々神経質そうではあるが、おとなしく、いい意味でも悪い意味でも枠からはみだすところのない人間に見えた。多恵美に暴力を振るったり、しつこくあとをつけまわしたりしていると言っても、すぐに信じてくれるひとは少ないだろう。だが、実際は残念ながら、会社帰りの多恵美を待ち伏せするような男なのだ。しかも、「気が向いたんで、ちょっと寄ってやった」と言わんばかりに不規則に。どうせ出没するなら、毎日ちゃんと通うぐらいの根性を見せんかい」雪乃は憤りから、そんな無茶苦茶な要求を叩きつけたくもなったのだった。

剝製を検分するような雪乃の冷たい眼差しを浴び、本条は居心地が悪そうだった。ストローをグラスに差し、からになったストローの袋を手持ち無沙汰そうに弄《もてあそ》ぶ。ややあって本条は、紙製の細長い袋を指輪サイズの輪っかにし、「ん」と雪乃の隣にいる多恵美へ差しだした。

「結婚しよう」

「えー」

と多恵美は言った。その声に含まれる成分は、驚きや嫌悪よりも、喜びと浮かれのほうが多かった。雪乃は差しだされた輪っかを横合いから奪い、

「バカ！」

と多恵美と本条を一喝した。「紙ゴミは捨てろ！」

輪っかを指さきでくしゃくしゃにつぶし、灰皿に投げつける。勢いがつきすぎて、輪っかのなれの果ては跳ね返ってテーブルに落ちた。雪乃は席を立ってレジ横に置いてあった紙マッチを取ってくると、つぶれた輪っかをつまんで火をつけ、今度は慎重に灰皿に落とした。

安っぽい陶製の灰皿のなかで、ストローの紙袋は身をよじらせ、あっというまに黒い灰

になった。

牧田家のダイニングで、佐知は話に聞き入っていた。雪乃の怒りの表現は、なんて念入りなのだろう。佐知は恐れをなし、そっと雪乃をうかがった。多恵美が神妙な表情で、「そのときの先輩も、フローズンて感じでした」と証言をつけ加える。雪乃は鯖のみそ煮丼を平然とかっこんでいた。

現場で雪乃の怒りに直面した多恵美は、震えあがること佐知の比でなかったのは言うまでもない。やばい、と喫茶店の椅子のうえで姿勢を正し、ついつい浮かれてしまった自分を反省した。追いつめられると「結婚しよう」と言い、多恵美から金を引きだすのは、本条の常套手段なのだ。別れた男とはいえ、学生時代からのつきあいで気心が知れ愛着もあるため、性懲《しょうこ》りもなくまただまされるところだった。

ストローの紙袋でプロポーズって、たしかにないでしょ。多恵美は自身に言い聞かせた。灰皿のなかの吹けば飛びそうな残骸を見つめ、「こんなのゴミだ、紙ゴミだ」と心のなかで唱える。そのうち、「宗ちゃんは紙ゴミ。宗ちゃんに都合よく利用されてる私も紙ゴミ」と思えてきて、哀しくなった。暗示が効きすぎた。

本条はといえば、燃えかすと化した紙製指輪をボーッと眺めていた。「大丈夫か、こいつ」と雪乃はいらだったのだが、多恵美は同じタイミングで、「宗ちゃん、おなかすいてるのかな」と心配していたのだから、やっぱり救いがたい。

「あなたのしてること、ストーキングだから」

雪乃は腕組みし、威圧感に満ち満ちて告げた。「記録も採っているし、今度やったら警察に通報する」

本条は困ったような上目遣いで、

「ええと、お姉さんですか？」

と聞いてきた。

「同僚だよ！」

雪乃の声は、怒りのあまり裏返った。「多恵と一緒に会社から出てくるところ、これまでに何度も盗み見てたでしょうが！」

印象の薄い顔が災いし、こんなときにまでヒモ野郎に間抜けな質問をされるとは。本条は、「そうでしたっけ」などと首をかしげている。機関車のごとく頭頂部から煙を噴出させそうな雪乃を、多恵美は「まあまあ」となだめた。

「宗ちゃん、お金ないの？」

「うん」

咄嗟に鞄から財布を出しそうになったが、多恵美は拳を握ってこらえた。

もし、「おまえに会いたくて来た」と言ってくれたなら、どんなにうれしかっただろう。嘘だとわかっていても、雪乃が暴走機関車と化そうとも、札を渡してしまったはずだ。

でも、本条の用件はいつもひとつ。金だ。本条には多恵美の顔が福沢諭吉に見えているのだろう。もしかしたら、「野口英世でもまあいいや」と思っているのかもしれない。愛がないのに、福沢諭吉や野口英世や樋口一葉と寝る男。最低だ。最低だと、多恵美はとっくに知っていた。だが、知ることと認めることはちがう。認める苦さを味わいたくなくて、多恵美は時間がすべてを流していってくれるのを待っていた。ぼんやりと知った事実ごと、いつのまにかどこかへ流れ去ってくれればいいのに、と。

しかし、待つのにも限界が訪れたようだ。一人だったらいくらでも待てたが、いまはちがう。このままでは、牧田家に住む鶴代と佐知と雪乃に害が及ぶ可能性がある。現に、雪乃にはすでに多大な迷惑をかけてしまっている。

多恵美にとって、同居する三人はきわめて薄い間柄だ。家族でも恋人でも友だちでもない。会社の先輩、刺繡の先生、そのお母さん。はっきり言って、世間一般では「知人」でくくられるような距離にあるひとたちだ。

雪乃から同居を持ちかけられたとき、多恵美は軽い気持ちでうなずいた。ストーカー化した本条を持てあましていたし、一人で働いて暮らしていくのもなんだか心細かったし、本条の生活費を負担してきたぶん貯金も少なかったからだ。そんな多恵美の目に、牧田家は魅力的な避難場所と映った。どうせ薄い間柄でしかないんだから、面倒くさくなったら適当な理由をつけて、またアパートを借りればいいやと思った。

だが、ともに生活して一年半ほどが過ぎるあいだに、牧田家はただの「場所」ではなくなった。ただいまと言うとおかえりと迎えてくれるひとがいる。口うるさかったり理解不能だったりするひとがいる。こういう空間を、「うち」というのではないか。

佐知と雪乃と鶴代は、多恵美にとってあいかわらず家族でも恋人でも友だちでもなかったが、強いて言葉にすれば「身内」に変じたのかもしれない。一年以上、ほぼ同じものを食べ、ほとんど同じ空気を吸って寝た。つまりは体の組成が似てきたはずで、多恵美は自分たち四人を、未開の地で特別な習慣のもとに生活する部族みたいだと感じるようになっていた。

身内に、同じ部族のものに、危機が迫るやもしれぬとあっては、知らんぷりはしていられない。とっくにメッキの剝げた恋など葬り去って、お札に欲情する変態を撃退するのが女の甲斐性というものだ。

多恵美は覚悟を決め、

「とにかく、迷惑だから」

と本条に言った。発した声は、多恵美自身が予想したよりも弱々しいものになった。ここに至っても苦い現実を認めたくない気持ちが、心のどこかにしぶとく残ってもいたためだ。

本条は、相手の隙を見つけることにかけては天性の才を発揮する。半ば無意識なのだろうが、押しどころとでもいうようなものを敏感にキャッチする。このときも、声に含まれた弱々しさを嗅ぎ取ったらしい。向かいに座った多恵美の手を握らんばかりになって、

「俺、働くよ」

と言った。「心を入れ替えるって決めたんだ。もう多恵美に迷惑はかけない。だからやりなおそう」

熱心な口調で、目には誠実そのものといった光が宿っている。多恵美は喜びと感激がこみあげ、もう少しで、「うれしい、宗ちゃん！」と本条に飛びつきそうになったのだが、隣の雪乃に脇腹を肘でつつかれて、なんとか冷静さを取り戻す。

いけない、いけない。本当らしく見えるけれど、これが宗ちゃんのいつもの手だ。そう思って観察すれば、本条の口ぶりにこもった熱も、一心に多恵美を見つめる目も、「女のために生まれ変わろうとする俺」に本条自身が酔いしれている証《あかし》とも受け取れるのだった。だまされちゃだめ。このひとは私に寄生するためなら、自分のことだってだませるほどの嘘つきだ。「心を入れ替える」と言った瞬間はいつも、本気で実行するつもり、心を入れ替えられるつもりでいる。どこまでも認識が甘い男。宗ちゃんはいったいいつまで、己れの本性から目をそらしつづけるんだろう。

本条の甘さと弱さを多恵美は好いていたが、男のそういう部分に魅力を感じつづけるかぎり、幸せは訪れないことも理性ではわかっていた。同時に、ここで本条とよりを戻しで

もしたら、ただでさえ隣で殺気を放っている雪乃が、どれほど怒り狂うことになるかもわかっていた。

多恵美は泣きそうになるのをこらえ、

「コーヒー代は払うから、もう私のことは放っておいて」

と言った。「じゃあね」

伝票を手に、レジへ立つ。断腸の思いとは、まさにこのことだ。ついに決定的な別れを告げた興奮と喪失感と悲しみとむなしさとで、多恵美は実際にちょっと腹が痛くなったほどだった。

多恵美のうしろ姿を、雪乃は振り返って眺めた。レジへと向かう多恵美の足取りは、毅然としたものに見える。本条はといえば、多恵美をなめていたのだろう。最後通牒を突きつけられるとは考えていなかったらしく、呆然かつ悄然といった様子で、追いかけることもせず座ったままだ。顔を正面に戻した雪乃は、虚脱した本条をじっくり堪能してから話しかけた。

「きついこと言ってごめんなさいね」

雪乃の優しい声音に、本条が弾《はじ》かれたように顔を上げる。期待に満ちた眼差し。雪乃は微笑んだ。

「私は、あなたの言葉に真実を感じた。多恵美も落ち着いたら、きっと気持ちが変わると思う。タイミングがよさそうなときにまた会えば、たぶんうまくいくんじゃない？」

「そうでしょうか」

「そうよ。私が『いまだ！』ってときを教えてあげる」

テーブルにあった紙ナプキンと、鞄から取りだしたボールペンを雪乃が差しだすと、本条は素直に、住所と携帯番号とメールアドレスを書いた。

「これ、友だちの家なんで、連絡はなるべくスマホに電話かメールでお願いします」

「わかった。ありがと」

雪乃は立ちあがり、支払いを終えた多恵美と一緒に店を出た。

帰りの電車のなかで、

「あの男、ほんとにバカだわ」

と雪乃は言った。「現住所がわかったから、これまでの記録と一緒に警察に届け出よう」

別れのシーンを感傷的に反芻《はんすう》していた多恵美は、「ええっ」と声を上げた。周囲の乗客の注目を浴び、慌てて口を押さえる。

「どうやって情報を引きだしたんですか」

「ちょっと優しげなこと言っただけ」

「ひどい、先輩！」

多恵美は思わず声量を上げてしまい、再び口を押さえてもごもごつけ加えた。「なにも警察に言わなくても……。ちゃんと別れたんだってことは、宗ちゃんも充分わかったと思いますし」

「あいつのわかりが悪いのは、すでに充分証明されてるでしょ。ああいうやつは、きっちりと片をつけてやらなきゃなりません」

「宗ちゃん、かわいそう……」

「あんたも懲りないわね。この期に及んで、情けなど無用！」

雪乃と多恵美は、阿佐ケ谷より手前の高円寺で電車を降りた。そして、尾行されていないか何度も確認しつつ、タクシーで牧田家に帰還したのだった。

「宗ちゃんのおかげで、また無駄な出費をしちゃいました」

という言葉で、多恵美は報告を終えた。

「明日、出社まえに警察に寄るので、今後ヒモ男は出没しないと思います」

と、雪乃は請けあった。「気が弱そうだったたし、ああいう手合いは、こっちが強く出れば逃げだすから」

そうかなあ。佐知はやや不安に感じたが、鶴代は一片の曇りもない表情で、

「そうね、もう安心でしょう」

とうなずく。

その確信はどこから来るんだ、と佐知はげんなりした。佐知の父親をはじめ、家族内の

気弱男をさんざん相手にしてきた経験値からかと思えば、余計にげんなりし、反論する気が失せた。

「多恵ちゃんも雪乃さんも、大変だったわね。今夜は早くお風呂に入って休みなさい」

鶴代にうながされ、雪乃と多恵美は、「はーい」と使った食器を流しへ下げた。呑気なほどほがらかだ。それを見て佐知も、「まあ、なにはともあれ、二人が無事でよかった」と自分を納得させた。雪乃と多恵美がせっかく本条と直接対決したのに、自分だけその場に居合わせることができず、なんだか残念な気がした。

雨の季節はまだつづいている。

それでも気温は少しずつ上昇し、鶴代の家庭菜園づくりはいよいよ本格的になった。鶴代の言いぶんによると、野菜を育てるのは出だしが肝心で、それに比べれば実を収穫することなど児戯に等しいのだそうだ。

佐知は草取りをさせられたが、雑草の繁茂力はすさまじく、毎年のことながら、賽《さい》の河原の石積みにも似たむなしさを覚えずにはいられなかった。なにしろ、あらかたの草をむしったと思っても、翌朝に庭を見ると、水分と養分たっぷりの土から、また緑が首をのばしている。一方、手をかけてやっている野菜の苗はというと、陸ガメの歩みぐらいにのろのろとしか生長しない。「雑草なみの生命力」や「温室育ち」という言葉は、単なる比喩ではないのだと思い知らされる。

だいいち、肥料をやるのが早すぎるのではないか。佐知はそう疑問を抱いていた。せっかく与えた養分を、雑草がすべて吸収しつくしている感がある。野菜の苗がある程度育ち、根もしっかりしてから、ピンポイントで肥料を撒《ま》いたほうが効果的な気がする。

ところが鶴代は、どれが雑草でどれが苗か判然とせぬ段階で、菜園じゅうに肥料を撒く。戦後の食糧難の時代に育ったせいなのか、「子どもにはとにかく十二分に食べ物を与えるべし」という確固たる信念の持ち主なのだ。すくすく育った雑草を見て、佐知は自分の赤ん坊のころの写真を連想する。手足はむちむち、顔もまんまる。手首と足首は輪ゴムがはまったみたいにくびれていた。あれはきっと、鶴代がミルクを飲ませすぎたためだろう。

鶴代の栄養過多方針に基づき、山田も雨のなか、菜園での作業に連日駆りだされた。肥料の袋を運んだり、風で傾いた柵を埋め直したり、けっこうな重労働を強いられていた。その結果、かわいそうに山田は風邪を引いて寝こむはめになった。

「あのひとももう年だものねえ」

自分の年齢を都合よく棚に上げ、鶴代は慨嘆する。そもそも鶴代が家庭菜園などという面倒くさい趣味に邁進するせいで、山田は風邪を引くことになったのである。なにを他人事のように言ってるんだ、と佐知は腹立たしく、山田を看病するために守衛小屋を訪ねた。

佐知は子どものころ、何度か守衛小屋に足を踏み入れたことがある。鶴代に言いつけられ、もらいもののトウモロコシをお裾分けしにいったり、山田と庭で遊びたくて誘いにいったり。だが、そういうときも、守衛小屋の玄関先に立てば用事はすんだし、長じるにつれ離れ自体にあまり近づかなくなった。お年ごろになり、実は山田が父親だったらどうしよう、という疑念に取り憑かれたためだ。

その疑念自体は、数年のうちに「ないない」と佐知のなかで大きく否定に傾いたが、今度は佐知の行状に門番よろしく目を光らせる山田の存在が鬱陶しくなった。親戚ですらないのに敷地内に住みつづける山田が疎ましく感じられ、素っ気ない対応をするうち、子ども時代のような交流は絶えた。佐知も内心では、山田にもうちょっと優しくしてあげないといけないな、と思っているのだが、関係修復の機会を特段つかめぬままいまに至る。山田のほうは、佐知にすげなくあしらわれても、まるで気にするふうではない。頼まれてもいないのに、牧田家に住む女性陣の守衛役をもって任じ、呼ばれなくても庭をうろつき、あるいは母屋に押しかけてきて、変わったことはないかとチェックする。

つまり、わざわざ佐知が守衛小屋を訪ねるまでもなく、山田は勝手に視界に出没するのである。そんなわけで、佐知は守衛小屋の内部がどうなっているのか、よく知らないまま過ごしてきた。

寄る年波には勝てず、さしもの頑健な山田も風邪で倒れた。その報はむろん、山田自身によってもたらされた。守衛小屋から電話をかけてきて、

「すみませんが自分、体調がきわめてすぐれず、本日は庭仕事のお手伝いができません。面目ないことです」

と、いまにも絶命せんばかりの声で鶴代に告げたのだ。

「あらそう、お大事に」

過重労働を強いた責任を感じることもなく、鶴代は脳天気に言い放った。それから二日経っても山田は庭に姿を現さないが、鶴代は平然としている。佐知はさすがに心配になり、作製した金目鯛の煮付けを持って、守衛小屋へ向かったのだった。

お母さんが行くべきなのに、と佐知は内心でぼやいたが、ついに守衛小屋のなかを見られるかもしれないとあって、ちょっと好奇心を刺激されもした。煮付けの入ったタッパーを片手に、小雨の降るなか傘を差さずに庭を走る。

守衛小屋のまえに立ち、玄関の格子戸を拳で軽く叩いてみた。応答はなかった。まさか高熱で昇天してしまったんじゃないだろうな、と不安になりながら、佐知は格子戸に手をかけた。建て付けの悪い引き戸は、高齢者の関節のように盛大に軋みつつ開いた。

昼間だというのに、玄関のなかは薄暗かった。仁丹と乾燥した草が混じったようなにおいがする。これが山田さんの家のにおいか。佐知は鼻をひくつかせる。不快ではなかった。腐臭は感じられない。とりあえず山田はまだ昇天していないようである。

たたきはコンクリートを流しこんだだけの簡素なもので、薄く砂埃が吹き溜まっている。

黒いゴム長靴、黒いつっかけサンダル、外出用らしきくたびれた黒い革靴が、たたきの隅に整列していた。砂壁の一角に窪みがあって、作りつけの飾り棚になっている。三文判と南部鉄器風の一輪挿しが置いてあった。一輪挿しには、庭で摘んだのだろう、てっぺんに小さな花をつけたペンペン草が活けられていた。山田が寝こんでいるせいで、ペンペン草はすでにしおれてしまっていたが、ふだんから玄関に野花を飾る習慣があることはうかがわれた。几帳面だが無骨な感じが、なんとなく山田らしい。

「ごめんください」

佐知は声をかけた。返事がないので、靴を脱いで狭い廊下に上がる。玄関の真正面にドアがあり、居室かと思って開けたらトイレだった。玄関とトイレが向かいあうつくりはいかがなものかと首をひねりつつ、左へのびる廊下を奥へ進む。

廊下の右手がわ、トイレの並びに、台所、洗面所、風呂と並んでいた。廊下の左手がわには、庭に面する形で二部屋あるようだ。佐知はまず、玄関寄りの襖《ふすま》を開いてみた。茶の間として使っているらしく、六畳の真ん中に卓袱台《ちゃぶだい》が置かれ、あとは小ぶりのテレビしかない。なんとも閑散としたありさまに、独身老人山田の悲哀が胸に迫ってきて、明日は我が身と佐知は震えた。よく見れば、卓袱台のうえにレンタルＤＶＤが数枚積まれており、それらはすべて健さん主演の映画だ。健さんになりたいという山田の夢は健在なのかと、悲哀ますます身に染む思いで、佐知は静かに襖を閉じた。

深呼吸して心を落ち着け、今度は茶の間の隣の襖を開けた。こちらも六畳の和室で、煎《せん》餅《べい》布団が敷かれている。布団を顎までかけ、山田は仰向けで眠っていた。直立不動のまま背中から倒れこんだみたいに、折り目正しき寝姿である。寝息と連動し、かすかに布団の胸もとあたりが上下する。とりあえず生きているのはたしかだ。佐知は戸口に立ったまま、部屋のなかに遠慮がちな視線を走らせた。

やはりものが少ない。長押《なげし》に釘が打ってあり、作業着が何着かと、襟つきの白いシャツと黒いスラックスが掛かっている。砂壁には、煙草のＣＭに出ていたころの高倉健のポスターが貼ってあった。日に当たって退色しているうえに、砂壁なのでポスターを固定するのが難しいらしい。四隅を画鋲で留め、さらに何枚ものセロハンテープで貼り固めてあるのが、涙を誘う。大判の額を買えばいいのに、と佐知は思った。

山田の様子を見ようと、佐知は室内に入った。入った途端、プッシュホン式のクリーム色の電話を蹴飛ばしてしまった。畳にじかに置いてあった電話に、はずれた受話器を慌てて戻す。

物音で目が覚めたのか、山田が枕のうえで首をめぐらし、佐知のほうを見た。

「お嬢さん」

と弱々しい声で言ったきり、黙ってまばたきしている。さびしげな山田がなんだかかわいそうで、佐知は枕もとに正座した。

「具合はどう、山田さん」

それでようやく、夢ではないとわかったようだ。

「わざわざ来てくださったんですか、すみません。もうだいぶ熱も下がりました」

山田は虫のようにもがいて身を起こした。「もうだいぶ熱も下がりました」

山田が剝いだ布団から、こもった熱気と寝汗の混合した、甘酸っぱいにおいがわずかに立ちのぼった。佐知は煮付けの入ったタッパーを畳に置いた。

「これ、おかずにしてください。ご飯はありますか？　薬は飲んだ？」

「飯はゆうべ炊きましたんで。薬も買い置きが」

佐知が世話を焼こうとするも、山田は頑としてうなずかなかった。布団に座って、いつものように背筋をのばし、「面目ないことです」と繰り返すばかりだ。長居をすればするほど、山田はかえって気をつかい、「背筋ピン」をつづけるだろう。病身に悪影響が出そうなので、ついに佐知も諦め、

「じゃあ、なにかあったら、また電話してください。お大事に」

と立ちあがった。山田はホッとしたように、

「ありがとうございます。では、失礼して横にならせていただきます」

と再び布団に横たわって、部屋を出る佐知を見送った。

あの山田さんが、座った体勢を最後まで維持できないなんて。これはよっぽど調子が悪

いんだ。佐知は改めて山田の老いを痛感した。山田がいなくなったら、牧田家の庭はどんなに味気ないものになってしまうだろう。

近づく未来を想像して嘆息し、佐知は廊下でぐずぐずしていた。すると襖の向こうから、

「お嬢さん、お嬢さん！」

と山田が呼ぶ声がする。病状が急変したのかと驚いて襖を引き開けると、山田は再び「背筋ピン」の状態で正座しており、

「あいすみませんが」

と頭を下げた。「隣の部屋にあるDVDを、TSUTAYAに返却してきてもらえんでしょうか。うっかりしとりましたが、期限が今日までだったんです。年金暮らしに延滞金は非常に響くものがあり……」

「わかった、返してくるから」

多少の風邪では、山田の脳みそも体幹もびくともしなかったらしい。寝室に一歩踏み入った佐知は、気が抜けるの半分、安心するの半分で山田の願いを聞き入れた。

「山田さんはとにかく寝てて」

かがんで山田の肩を押し、横になるよううながす。山田はうれしそうに、布団を顎まで引きあげた。

「くれぐれも気をつけて行ってください」

と山田は言った。「この山田、体調さえ万全ならば、佐知お嬢さんを危険にさらすような頼みごとはしないのですが」

「おおげさねえ。昼間なんだし、駅前のTSUTAYAに行くことのなにが危険なのよ」

「実は……」

山田が真剣な表情で声をひそめた。「ゆうべ、飯が炊けるのを待つあいだ、庭を眺めていましたところ、表門の外を若い男がうろついておったのです」

まさか、ヒモ男本条だろうか。「つきまとうな」と警察が警告してくれたはずだが、かえって本条は逆上し、多恵美の居どころを突き止めてやってきたのだろうか。佐知は緊張と恐怖を感じて身を強張らせた。しかしあえて明るい口調で、

「熱のせいで幻覚でも見たんじゃないですか」

と言った。

「たしかに朦朧《もうろう》としておりましたが」

「それに、夜だったんでしょう？　いくら門灯があるとはいえ、表門の向こうにいる人影までは、なかなかはっきりとは判別できないと思うけど」

「はい、まあ……」

山田はトーンダウンした。「しかしお嬢さん。念のため背後の気配に注意しながら、おつかいをしてきてください」

私は殺し屋か。殺し屋なのに、子どもみたいにおつかいを頼まれるってどうなんだ。

「はいはい」とうなずき、今度こそ佐知は守衛小屋を辞した。DVDを手に、母屋へ戻るついでに表門のほうを振り返る。

道を歩くひともなく、牧田家の周囲はふだんと同じく静かだった。

山田は別れ際、

「身の危険が迫ったら、どうか自分を呼んでください」

と言った。

「山田さん、寝こんでるじゃないの」

「寝こんでいようと、棺桶に入っていようと、お嬢さんの危機とあらば、自分は馳せ参じます」

本気なのか冗談なのかわからない言葉に、佐知は噴きだした。山田は至極真剣な表情のまま、布団から佐知を見上げていた。子どものころから佐知を心配し、遊び相手になり、控えめに見守りかわいがってくれた男。老いてなお、助けにいくと言ってくれる男。家族どころか親戚でもなく、ただ敷地内に居住しているだけの関係だというのに。

佐知は山田の思いがうれしく、ありがたさが極まってむしろおそろしいような気持ちになり、ただ黙ってうなずいた。私は父親を知らないけれど、山田さんがいてくれたから、もうそれでいいや、と思った。

きっと父親って、こんな感じなんだ。鬱陶しく疎ましく、体臭を発し、娘のピンチにはいつでもすっ飛んでいく覚悟でいる。実際は肝心なときにぼんやりしていて、ちっともすっ飛んできてくれなそうだけど。そういうところも含めて、きっと山田さんみたいな存在が、父親ってものなんだ。

そこはかとない満足を覚え、佐知はDVDを返しに駅前まで歩いていった。山田の忠告を受け、傘の陰から背後をうかがうことも忘れなかった。つけてくるものなど、だれもいなかった。

山田のおつかいをすませ、駅前のスーパーで食材を買った佐知は、ついでに交番に立ち寄った。同居人がストーカー被害に遭っていること、べつの同居人が門のまえをうろつく男を見た気がすると言っていることを、巡査に訴える。

いったいどれだけ同居人がいる家なんだ、と巡査は思ったことだろうが、「付近の夜間パトロールを強化する」と親身になって請けあってくれた。佐知は安堵し、礼を述べて家路についた。傘の陰から三百六十度にぬかりなく視線をやった。やはり、つけてくるものなどだれもいなかった。殺し屋気分になっていたので、やや拍子抜けであった。

夕飯の席で、鶴代、雪乃、多恵美に対し、佐知は諸々《もろもろ》を報告した。山田の病状。山田の目撃証言。警察がパトロールしてくれること。

三者の反応は概ね、

「山田はじきによくなるから、ほっといても大丈夫だろう。山田の目撃証言は高熱ゆえの幻覚である可能性が高く、話半分で聞いておくのがよいだろう。しかしまあ、パトロールしてもらえるなら、それに越したことはないだろう」

といったところだった。「だろう」ばかりで、なんともぼんやりした反応だが、それには理由がある。

警察が警告して以降、本条は会社のまえでの待ち伏せをやめていた。多恵美に引導を渡され、雪乃も自分の味方ではないと思い知らされ、本条もやっと心を改めたにちがいないというのが、多恵美の言いぶんだ。雪乃はもう少し辛辣で、「これ以上、多恵を追いかけまわすとお縄になるのがわかったから、べつの寄生さきを必死になって確保したんじゃないの」とのことだ。

そんなこんなで、山田の目撃証言は幻覚扱いされ、ぼんやりとした反応しか呼び起こさなかったのだ。また、もうひとつの理由は、「ストーカー男に、いつまでもかまけている場合じゃない！」というものだった。

「うかうかしていられません。だってもうすぐ梅雨明けですよ」

と多恵美は熱弁をふるった。「夏が来るんですよ！」

「かき氷食べたいわねえ」

鶴代はうっとりと中空に視線をさまよわせる。「抹茶にあんこをたっぷりと。そこへさらにあんずも載っけて……」

「それもいいですけど、やっぱり海です！」

「日焼けするぐらいなら、私は死を選ぶ」

と不穏な宣言をする雪乃に向かい、多恵美は独裁者さながらに拳を振りあげ、海の魅力を縷々《るる》語った。

「ひとがたくさんで、どうせ波打ち際でちゃぷちゃぷするぐらいの隙間しかないんですから、パラソルの下にいればいいんです。最近の海の家はすごいですよ。焼きそばやラーメンだけじゃなく、シシカバブとかベトナム料理とかフレンチとか食べられるんですから！しかも内装もおしゃれなの。ねえねえ、みんなで海に行きましょうよう」

つまり、迫りくる夏という季節へのときめきでいっぱいで、実在の疑わしい不審者への反応がきわめて薄いものになったのだった。

暑さが苦手な佐知は、ロシア人なみに夏を楽しみにしているらしい多恵美の若さがまばゆかった。だが、ついつい つられて、心が浮き立ってくるのも否めない。

結局、これまでどおり戸締まりを励行《れいこう》する以外に、さしあたって牧田家の住人にできることはなく、夏が来たらすぐに海へ遊びにいこうと話はまとまった。「海辺のホテルに優雅に滞在してみたいよね」「つばの広い、白い帽子なんてかぶっちゃってさ」「持ってないですけどね」「あら、私は持ってますよ。貸してあげましょうか」「お母さんのは、畑仕事用のつば広帽でしょ」といったやりとりをしつつ、各々の胸のうちで海への期待と夢想がふくらんだ。

佐知は翌日、ひさしぶりに新宿へ行った。伊勢丹で水着を買うためだ。自室の箪笥をあらためたところ、水着は一着もなかった。そういえば、前回海に行ったのは十五年ほどまえのことだったなと佐知は思い出した。当時の水着は捨ててしまったのだろう。たとえ残してあったとしても、二十代前半のころに着た水着が、四十近くなったいまも似合うとは思えなかった。

そこで佐知は、年齢に見合った水着を入手しようと思い立ったのだが、実のところ電車に乗るのさえ久々で、伊勢丹に着いたころにはすでに疲れてしまっていた。平日の昼間で、電車は座れはしないが混んでもいない状況だったし、新宿駅から伊勢丹への地下通路も、さほどの人出ではなかった。にもかかわらず、ふだんほとんどの時間を家のなかで過ごしている佐知にとっては、外界の活気は刺激が強すぎたらしい。毎朝、満員電車に揺られて通勤し、一日じゅうひとと接して働く雪乃や多恵美はすごいなと、佐知は軟弱な自分が気恥ずかしくなった。

水着売り場が、さらなる打撃を佐知に加えた。特設会場は上方の階にあり、色鮮やかな密林といった体《てい》で、無数ともいえる水着が吊されていた。佐知は早足で会場をひとまわりし、早足のまま屋上に出て、ベンチにへたりこんだ。

無理だ。あのなかに、私に似合う水着があるとは思えない。蝶柄のビキニを着るのか？このプロポーションで？　かといって、地味なワンピースタイプを選んだところで、トドの扮装とまちがわれるだけだろう。

まず第一に、試着を頼むことができない。試着室に入って水着に着替え、「お客さま、いかがですか？」と声をかけてくる店員に応えて姿を現す。たるんだ肉をビキニから大幅にあふれさせて。あるいは、トドのごとき重厚な姿態で。悪夢だ。佐知にとっても悪夢だが、佐知の水着姿を目にした店員だって、今晩うなされることになるはずだ。

そんな事態に陥るのを避けるべく、ベンチで呼吸を落ち着けた佐知は、そのまま伊勢丹から退散した。なにをしに新宿まで来たんだろう。今日はジャージではなく、一応Tシャツとジーンズを着てきたのに、と悲しかったが、しかたがない。再び電車に乗り、阿佐ケ谷駅前のスーパーで食材を買って、牧田家までの二十分ほどの距離をうつむき加減に歩く。

勇んで新宿へ向かうときには降っていた雨も、いまは小休止となっていた。しかし、頭上には灰色の雲が重く垂れこめている。佐知はふてくされた小学生のように、畳んだ傘を引きずりながら進んだ。ときどき立ちどまって、スーパーのレジ袋と傘とを持ち替えた。

裏門から自宅の敷地に入り、まずは守衛小屋を目指した。玄関の引き戸を叩いても、あいかわらず応答はない。佐知は勝手に守衛小屋に上がりこみ、寝室の襖を開けた。

山田は布団に仰向けに寝そべっていた。目が開いていたので、もしや事切れているのではと、佐知はかえってぎょっとした。だが次の瞬間、山田はゆるゆると佐知のほうへ顔を向け、

「どこかお出かけになっていたんですか」

と尋ねてきた。昨日よりは張りのある声だ。佐知は安心し、

「ちょっとね」

と答えた。「これ食べてください」

畳に正座し、スーパーのレジ袋からおこわ弁当を取りだす。

「やあ、すみません」

前日と同様、山田が身を起こそうと虫のごとくもがきだしたので、「いいから、いいから」と佐知はおこわ弁当を枕もとに置いた。なんだかお供えものみたいだ。

「具合は？」

「熱は下がりました。しかし、節々の痛みがまだ取れません。年です」

山田は少々弱気になっているようだが、顔色もいいし、明日には全快するだろう。そう見て取った佐知は、

「お大事に。こっちのことは心配しないで、ゆっくり休んでくださいね」

と言い、母屋へ帰った。

牧田家のダイニングでは、鶴代がテレビを見ていた。

「あら、あんたどこへ行ってたの」

だれもかれも、私の行動に目を光らせて。佐知は窮屈さを感じ、むろん、水着を買いにいったが果たせなかったとは打ち明けたくもなく、

「ちょっとね」

と、また言葉を濁《にご》したのだった。

夕方になると再び雨が降りだし、時間が経つにつれ風雨はどんどん強まっていった。ほとんど嵐と言っていい様相だ。

だが、牧田家では合議の結果、鎧戸を閉めないことにした。雨はちょうど、庭に面したリビングとダイニングの掃きだし窓に吹きつけていた。

「この調子なら、明日の朝には窓ガラスがきれいになっているんじゃないかしら」

夕飯の席で鶴代は言った。

「洗車機みたいですね」

会社から帰ってきた多恵美も、鶴代の発言にうなずいた。風雨によって窓ガラスの曇りを洗い流そうという作戦が、阿吽《あうん》の呼吸で承認されたのである。佐知も窓拭きが大嫌いなので、鶴代が提案したズボラ作戦に異は唱えなかった。

「今日、会社の行き帰りに気をつけてたんだけど」

と雪乃が言った。「本条はいなかったよ。山田さんが見た不審者って、やっぱり勘違いじゃないかな」

「たまたま通りがかっただけのひとかもね」

佐知も同意した。「うちの庭の野放図ぶりを見たら、だれだって門からちょっと覗きたくなるもん」

一同はいつものように、風呂に入ったりテレビを見たりしながら夕飯後のひとときを過ごし、やがて各々の部屋へ引きあげた。

佐知は自室で刺繍のつづきに取りかかったが、風の音に邪魔されて集中できず、雪乃の部屋へ遊びにいった。雪乃は床に座ってストレッチをしているところだった。

「いま、いい？」

「どうぞ」

佐知は雪乃のまえであぐらをかき、紙のように折り曲がる体を感嘆とともに眺めた。

「今日さ、伊勢丹に行ったんだ」

「そう」

「でも、買わずに帰ってきちゃった」

「なにを？」

雪乃がストレッチをやめて上体を起こした。佐知はしばらくためらったのち、思いきっ

て、

「みみみずぎ……」

と小声で打ち明けた。

「みみず？」

「ちがうよ！」

「わかってる、ごめん」

雪乃は笑った。「どうして買わなかったの」

「だって、どんな水着を選んだらいいの。四捨五入したら四十なのに水着って着ていいもんなの、子どものつきそいとかでもないのに」

「落ち着きなよ。いいに決まってるでしょ」

「でもさでもさ、肉がさ」

「肉など絞り取り、削り取ればいい！」

雪乃は非情なほど堂々と言い切った。そりゃ雪乃は、ストレッチやらヨガやらに余念がなく、スレンダーかつメリハリの利いた体だからいいけどさ、と佐知は拗ねた。

「今日から佐知もトレーニングしなよ。私も手伝うから」

雪乃はそう申し出るやいなや、佐知のほうへにじり寄ってくる。「二週間もストレッチすれば、けっこう効き目あるよ」

「いや、私は体が硬いから」

佐知が尻であとじさるのもかまわず、雪乃は背後にまわった。

「はい、脚をのばす」

冷酷に命じ、ぎゅーぎゅーと背中を押す。「うわ、ほんとに硬い」

「ぎゃーっ。死ぬから、死んじゃうからー！」

雪乃に体をねじ曲げられたり腕を引っ張られたりして、佐知は骨が折れ筋がちぎれたかと思うほどの苦痛を味わった。佐知にとって拷問に等しいストレッチは、

「ちょっと、二人ともうるさいですよー」

と、隣室から多恵美の寝ぼけ声がかかるまでつづいた。

佐知は股関節を軋ませながら、ほうほうの体《てい》で雪乃の部屋から逃げだした。とんでもない目に遭った。雪乃は逃亡する佐知の背に向かって、「また明日もやるよ」と冷徹に告げたが、ごめんこうむりたい。全身を複雑骨折するぐらいなら、ジャージの上下を着て海で泳ぐことを選ぶ。

太腿《ふともも》の筋肉が熱を持ち、膝裏の筋がぴりぴり痛んだ。もう刺繍をする気にはならず、自室の電気を消し、骸骨のようにぎこちない動きでベッドに這いあがった。胸もとまで布団をかけ、暗い天井を見上げる。雨音に誘われ、睡魔がまぶたのうえに降り立った。

ところがめずらしく、佐知は夜半に目が覚めてしまった。トイレに行きたいのかしら、

と自身の尿意を確認するも、膀胱は存在の気配もなく静かなものだ。かわりに、表はいよいよ暴風雨となっていた。雷鳴まで加わって、騒がしいことこのうえない。

なるほど、それで目が覚めたんだと納得し、佐知はしばらく、窓に叩きつける雨の音、庭木が風にしなる音を聞いていた。室内はときおり白く照らしだされ、しばしの間をおいて、天地を揺るがすような轟音が響く。だが、牧田家はひっそりとしている。この大音響のなか、ほかの住人は剛胆にも眠りつづけているらしい。

佐知は急に不安になった。

こんな嵐の日にも、警察はパトロールしてくれるんだろうか。私はリビングの窓の鍵を閉めたっけ？

一分ほど迷ったすえ、佐知は起きあがり、床に足をつけた。ドアを開け、足音を忍ばせて階段を下りる。空気は湿ってあたたかかった。梅雨明けを告げる雷なのだろう。夜明けとともに夏が訪れる予感がした。

雷鳴にも負けず、一階の和室から鶴代のいびきが漏れでている。佐知は玄関ホールを横切ってリビングのドアを開けた。ほとんど同時に、室内が稲光に照らしだされた。

佐知は見た。リビングとつづきになったダイニングに、人影がある。同居人ではない。黒ずくめの恰好をした男だ。男は佐知のほうに背を向け、しゃがみこんでいた。壁際に作りつけられた棚を、なにやら物色している。

もしかしてこれが、ストーカーのヒモ男？　それとも泥棒？

幸いなことに、佐知が反射的に短く上げた悲鳴は、鳴り響いた雷にかき消された。佐知はこれ以上悲鳴を迸《ほとばし》らせぬよう、両手で自分の口をふさぎ、数歩後退した。心臓が痛いほど鼓動している。お母さんを起こさなきゃ。いや、それよりも電話。警察に電話だ。パニックに陥り、家の電話がどこにあるのか、咄嗟に思い出せなくなってしまった。ええと、そうだ、玄関ホール！　でも、そんなところで電話をしたら、侵入者に気づかれてしまう。携帯を取りに、部屋へ戻ったほうがいいだろうか。だけど、寝てるお母さんを、侵入者と一緒に一階に捨て置いていいものか？

混乱が高まり、しかし行動に移らねばと気が急いたせいで、佐知は体の制御が利かず、開けたままのリビングのドアに腕を打ちつけてしまった。その音に気づいたのか、侵入者は動きを止め、佐知を振り返った。

今度は悲鳴も出なかった。立ちあがった男が突進してきたからだ。佐知は男に手首をつかまれ、リビングへ引きずりこまれた。

「静かにしろ」

男はくぐもった声で言った。また稲光、そして雷鳴。男は黒い野球帽を目深にかぶっていたが、顔が見えた。若い。二十代半ばほどか。それが本条なのかどうか、佐知にはわからなかった。本条の顔を知らなかったからだ。男が羽織った薄手のジャンパーは、雨に濡れてゴムのようにぬめぬめと光っていた。

佐知は身がすくみ、視線を泳がせた。救いになるようなものは、なにも見当たらなかった。ただ、ダイニングの掃きだし窓が破られ雨が吹きこんでいること、自分の首もとにナイフか包丁らしき刃物が突きつけられていることに気がついたのみだった。

佐知は以前、インパクトのある事態の勃発を願ったものだが、いまや心の底から悔いていた。こんなインパクトは求めていない。やはり平穏がなによりだ。しかし、この期に及んでそう思っても、もう遅い。

震えが止まらぬ佐知を、男はリビングの中央、ちょうど河童のミイラが入ったガラスケースの正面あたりまで引っ張っていった。身動き取れぬよう、佐知の腰に片腕をまわす。

「静かにしていればなにもしない」

男は低く言った。「金はどこにある。銀行のカードは」

嘘だ、と佐知は思った。男の腕の力はどんどん強まっている。静かにしていたって殺される。顔を見てしまったもの。涙と鼻水が噴出した。殺されるだけじゃなく、犯されるかもしれない。そのうえで拷問され、カードの暗証番号を吐かされるんだ。私を殺されたお母さんは、一文なしになって路頭に迷ってしまう。

いやだ、そんなの絶対いやだ！

ふと、山田の姿が浮かんだ。佐知が危機に陥ったら馳せ参じる、と言ってくれた山田、牧田家の守衛役をもって任じる山田の姿が。

佐知はあいかわらず声も出せず、だが心のなかで絶叫した。助けて山田さん、助けて――!

そのころ山田はといえば、守衛小屋の六畳間で充足した睡眠を味わっていた。ようやく節々の痛みもやわらぎ、明日には庭仕事の手伝いができそうだ、と夢のなかで思いながら。佐知は侵入者に向かって必死にうなずいてみせつつ、山田が登場するのを待った。もちろん、山田はちっとも馳せ参じない。やっぱりね、と佐知は落胆した。絶望に近い落胆で、体じゅうの血の気が引き、脳貧血を起こしそうだった。

「早く言え!」

刃物を持った手で肩を小突かれ、佐知は今度は首を振った。私がチクチク刺繍して稼いだお金、お母さんがちまちま貯めつづけたお金を、こんな侵入者に差しだすわけにはいかない。どうせ殺されるなら、せめてお金ぐらいはお母さんに残してあげないと。

刃物をよりいっそう首に近づけられても、佐知は頑固に口をつぐんでいた。殺される一瞬まえに、とびっきりの悲鳴を上げて、侵入者の存在を鶴代、雪乃、多恵美に知らせようと心に決めていた。そうすれば、彼女らは逃げだすことができるかもしれないし、もしかすると侵入者のほうが泡を食って逃げていくかもしれない。

悲壮な覚悟をしたものの、怖いものは怖い。佐知は目をつぶり、「助けて、だれか助けて」と心のなかで念じた。侵入者がいらだちを募らせるのが、空気を通して鮮明に伝わってきた。


佐知、危うし！　逃げろ、逃げるんだ佐知！

私はもう辛抱たまらなくなり、侵入者に飛びかかろうとした。しかしそこは、肉体を持たぬものの悲しさ。つかみかかっても、手が侵入者の体をすり抜けてしまう。威嚇のために大声で叫んでいるつもりなのに、空気を微塵も震わせられない。ああ、なんということだ。気を揉んでいるしかないのか。いつものように、ひたすら見守るしかないのか。

唐突に出てきた「私」とは、いったいだれなんだ。疑問に感じられるかたも多いと思うので、緊迫したシーンの最中《さなか》に恐縮ですが、自己紹介させていただきます。

牧田幸夫です。結婚まえ及び離婚後の姓は神田です。つまり、鶴代の元夫にして佐知の父親。カラスの善福丸が語ったところの、「神田くん」です。

鶴代と別れたのち、私がなにをしていたかといえば、死んでいました。いや、実際に死んだのは、離婚してから七、八年後ぐらいかな。しかし死に至るまでのあいだも、すでに死んだも同然でした。

牧田家を出た私は、集めた骨董を二束三文で売り払い、栃木の生家へ戻りました。でも、家業のタバコ屋は兄が継いでいたし、どうにも居どころがなくてねえ。思い返せば生前の私は、どこにいようといまいち居心地が悪いというか、常に「ここではないどこか」を夢想していた気がします。そのせいで、鶴代に三《み》行半《くだりはん》を突きつけられてしまったわけですが。ははは。

栃木から東京へすぐに舞い戻って、石神井《しゃくじい》公園駅近くのアパートを借りましてね。わびしい一人暮らしをはじめました。なぜ石神井公園かというと、自転車を漕ぎまくって環《かん》八《ぱち》を南下すれば、牧田家まで行くことができる立地だからです。何度も何度も行きましたよ。鶴代と娘の様子を見に。

そのころの私の仕事は、友人のつてをたどって小さな会社の事務をやらせてもらったり、あやしげな訪問販売をしたり、まあいろいろでした。肉体労働には向いていないけれど、日雇いもしたな。でも、どれも長続きはしなかった。あいかわらず、どこにいても居心地は悪いままだったし、なによりも、気もそぞろだったからです。鶴代と娘がどうしているか、気になってたまらなかった。

別れた妻と、捨てたような形になってしまった娘に未練を残すなんて、我ながら女々しいとは思いますが、そう簡単に思いきれるもんじゃあない。私は休日には、自転車で牧田家へ向かいました。正確に言うと休日にかぎらず、仕事をさぼることもありましたね、ええ。

門の外から、こっそり敷地内を覗くのです。たいていは、庭で山田氏が作業しているだけで、鶴代と娘の姿は見当たらなかった。窓にはカーテンがかかっていて、内部はうかがえません。ただ、ごくたまに、庭で遊ぶ鶴代と娘を目撃することができました。そのときの喜びといったら！　幼い娘に向かって、「さち」と鶴代が呼びかけるのをはじめて耳にしたときなど、おおげさでなく、うれしくて体が震えたもんです。

門柱に体を隠し、そっと二人の姿を眺める。もちろん、そう長くはいられません。近所のひとに通報されたり、山田氏に見つかってつまみだされたりしては恥ずかしいですから。せいぜい五分。その短い時間が、当時の私のすべてでした。生きていると実感できる、貴重なひとときでした。

佐知は見かけるたびに成長し、かわいくなっていきました。鶴代に笑いかけ、ちっちゃな手をのばす。なぜ私は、まっとうに働かず、鶴代を慈しむこともせず、怠惰へと流れてしまったのだろう。鶴代のそばで、鶴代とともに、父親として佐知を思うぞんぶん愛せたはずだったのに。

何度も何度も後悔しました。それこそ、自転車のペダルを漕いだ回数よりも多く。けれど、取り返しがつかないことというのは、あるものです。

最初は鶴代に抱っこされていた佐知も、よちよち歩くようになり、三輪車に乗って庭じゅうを疾走するようになり、鶴代と山田氏を手伝って花壇のまえでシャベルを振りまわすようになりました。女の子はおしゃべりなものですね。甲高く愛らしい声で、おしゃまなことを言う佐知。その姿を思うと、いまでも涙が出そうです。鶴代と山田氏は、幼い佐知の言動ひとつひとつに、いつも幸せそうな笑顔を向けていた。私もむろん、門柱の陰で微笑んでおりました。

佐知が小学校へ入学する日のことも、よく覚えています。新品の赤いランドセルを背負い、紺色のワンピースを着て、少々緊張気味でした。牧田家の玄関のまえに立つ鶴代と佐知を、山田氏が写真に収めていました。佐知、おめでとう！　と、私は門柱の陰から祝福を送ったものです。善福寺川の桜が満開でした。

私がしばしば様子を見ていることに、鶴代は気づいていた気がします。しかし、私たちは言葉を交わすことはもちろん、視線を合わせることすらしませんでした。憎んでいたからではない。たぶん、それは鶴代も同じだと思います。そう信じています。私たちは憎みあったから、嫌いになったから、別れたのではない。単に、終わったのです。その事実を、お互いによくわかっていました。本当に取り返しがつかないこととは、得てしてそういうものではないでしょうか。

離婚しなければ、牧田家にいつづけられれば、私は幸せだったのだろうか、とよく考えます。きっと、そうではなかっただろう、という答えがいつも導きだされます。きわめて愚かなことですが、私は牧田家から離れてみてようやく、幸せのなんたるかを、それがどこにあるのかを、知ることができたのです。

鶴代を恨んではいません。むしろ感謝している。聡明な彼女には、わかっていたのでしょう。牧田家にいるときの私が、あまり幸せを感じていなかったことを。彼女は私に幸せを与えるために、幸せとはなにかを考えるチャンスを与えるために、離婚を申し出たのだ。私を嫌いだったからでは決してなく。そう思っています。いや、そう思いたいだけかな。ははは。なにせ、惚れて一緒になった仲ですからね。離婚という事実があっても、嫌われたのだとは、なかなか認めがたいものです。

娘のピンチにもかかわらず、おまえはなにをのんびりしゃべってるんだ。佐知の父親だというなら、娘を早く助けんか。そうお思いのかたもおられるでしょうけれど、心配ご無用です。

いや、言うまでもなく私も、いままさに侵入者に刃物を突きつけられている佐知を心配し、なんとか助けんと心を砕いておりますが、同時に、死者の世界と生者の世界とでは、時間の流れがちがうのもまた事実。すでに「あの世」に属する私の、この程度の物思いなど、生者の世界における時間に換算すれば、一瞬ですよ、一瞬。だから大丈夫なのです。

これまで黒衣《くろご》に徹してきたので、この機会に私は存分に物思わせていただくつもりです、はい。

どこまで振り返ったんだったかな。そうだ、佐知が小学校の入学式を迎えたところまでしたね。

その後、私は不審者とまちがわれぬよう、さりげないふうを装って、佐知の通学路にも出没しました。お友だちとおしゃべりしながら歩く佐知。ランドセルのほうが大きく見えるような背恰好のくせに、いっぱしの口をきいている佐知。かわいかったなあ。

一年生のときの運動会にも行きましたよ。当時は、校門でのチェックがいまほど厳しくなかったから、すんなり入りこめました。鶴代に見つからないよう、気をつかいましたが。大玉転がしをする佐知。玉入れをする佐知。私は手もと不如意でカメラを持っておらず、悔しい思いをしました。そのかわり、網膜に焼きつけましたけれどね。

昼には校庭にビニールシートを敷いて、鶴代が作った弁当を広げていたなあ。紅白帽をかぶった佐知は、小さなおにぎりを頬張っていた。なぜか、山田氏もご相伴にあずかっていました。山田氏は運動会のあいだじゅう、佐知の専属カメラマンとなっていたのです。

父親然としおって。もちろん嫉妬しました。しかし私は、もう牧田家の一員ではないのです。身から出た錆によって、私は家族を失ったのです。しかたがないと、諦めるほかありません。鶴代と山田氏がどういう関係にあるのかわかりませんでしたが、父親がわりを務めてくれるのなら、ありがたいことではないかと思おうとしました。自分はもう、こうしてたまに物陰から覗き見るのが精一杯で、佐知を守ることはできないのだから、と。

佐知が小学二年生の運動会のときには、私はすでにいまの状態でした。つまり、死んでいました。

ずいぶんまえのことで、記憶が定かでないのですが、たしか一九八三年だったかなあ。ひどい夏風邪を引きまして、体力が低下していたんですよ。とはいえ、アパートの家賃を払わなきゃいけませんので、日雇いの仕事はこなしていました。景気がどんどんよくなっていく時期で、ビルやらなんやらたくさん建設されていましたが、こっちはただでさえ青びょうたんなうえに病みあがりです。なかなか条件のいい現場にはまわしてもらえず、疲れが溜まっていくばかりでした。

そうしたら、びっくりしましたねえ。死んじゃったんですよ。秋ごろだったか、少し涼しくなったなあ、なんて思いながら銭湯へ行った、その帰り道のことでした。あっというまに、気づいたら死んでたんです。私もびっくりだけど、通行人だってびっくりですよね。はははは。

すぐに救急車を呼んでくれたひとがいて、病院へ運ばれたんですが、心臓麻痺だかなんだかで、蘇生はかないませんでした。幸い、ズボンのポケットに財布を入れてたもんで、そこから身元が判明し、栃木の兄がすっ飛んできたようです。老境に入った両親を悲しませてしまったことだろうなあ。しかしそのあたりのことは、よく把握していません。

なぜなら、銭湯を出て、道にばったり倒れ伏した次の瞬間、私は高く高く飛翔しはじめたからです。驚いて集まってきた通行人、赤いライトを回転させて走りくる救急車、病院の建物などが眼下に見えましたが、それらはどんどん遠く、小さくなっていきました。見上げると薄灰色の雲が、その向こうにきらめく満天の星が、黒い黒い夜空が、はてしなく広がっています。

ああ、こりゃあ死んだんだな、と思うと同時に、「いやだ」という思いも唐突にこみあげました。私は恐慌を来《きた》し、言葉にならぬ叫びを上げた。もはや魂だけになっていたので、物理的な声は出ませんでしたが。

いやだ、いやだ。このまま死ぬわけにはいかない。私は見ていたい。佐知を、鶴代を、牧田家の生活を。たとえ肉体が朽ちても、ずっとずっと見つづけていたいのだ。

私は必死になって空《くう》をかきました。海に潜ろうとしても、浮力が働いて、体はなかなか沈まないものでしょう。ちょうどあんな感じで、魂になった私はものすごい力で宇宙めがけて引っ張られてしまうのです。それに抗い、中空でなんとか頭を地上のほうへ向け、手足を力いっぱい動かしました。もし、そのさまを目撃したひとがいたら、「空に浮かんだ中年の男が、倒立した体勢で、下手な平泳ぎのごとくもがいている！」と思ったはずです。幸か不幸か、私はずいぶん上空におりましたし、そのとき空を見上げていた霊能力保持者はいなかったらしく、「あれはなんだ⁉」と騒ぎになることはありませんでしたが。

努力の甲斐あって、私はじりじりと地上へ近づいていきました。蛇行して流れる善福寺川が見えます。大きなケヤキの梢《こずえ》が見えます。そして、ああ、なつかしい牧田家が見えました。古い洋館の屋根。ダイニングの窓に明かりが灯っています。佐知はもう寝てしまっただろうか。鶴代は帳簿をつけているところだろうか。二人とも、どうか助けてくれ。私を、私の魂を、きみたちのもとへと引き戻してくれ。

ところが無念きわまりないことに、限界が訪れました。後年、千代の富士が引退会見で、「体力の限界、気力もなくなり」と絞りだすように語って、多くのひとに深い感慨をもたらしましたが、まさにそれです。名横綱ならぬ私ごときが申すのも口はばったいですが、魂となった身（身はないですが）ながら体力の限界が訪れ、「もはやここまでか」と気力が尽きてしまったのです。それぐらい、宇宙からの引力（？）に抗って地上を目指すのは、大変なことだったのです。

手足――念のために言えば、あくまでも概念上の手足です。実際のところ、死後の私には手足はなく、それゆえ佐知の危機に際して気を揉んでいるのです――が急激に重くなり、もう一ミリたりとも動かすことができません。溺れて力尽きたひとのように、私は再び上空へと吸いあげられはじめました。牧田家の屋根が、大きなケヤキの梢が、蛇行する善福寺川が、だんだん遠くなっていく。

さちー。つるよー。最後の力を振り絞って、私は呼びました。

そのときです。ケヤキの梢から、黒い弾丸のようなものが発射され、一直線に私めがけて飛んできました。なんだろう、と目をこらすうち、弾丸はみるみる近づき、むんずと私をつかみました。それは鋭い爪と立派なくちばしを持ち、知性で目を銀色にきらめかせた、夜そのものの色をした翼の——そう、カラスの善福丸でした。

「おまえの声がうるさくて、我らは眠れぬ」

と、善福丸は羽ばたきながら言いました。もっともそのときの私は、善福丸がカラスの集合知たる存在とは知る由もなく、「しゃべるカラスだ！」とひたすら驚くしかありませんでした。

「見たところ、おまえはこの世のものではないようだ。おとなしく、とっとと行くべきところへ行け」

善福丸の爪につかまれ、私はダンゴムシのように縮こまっておりましたが、圧倒的な力を持つカラスだということは伝わってきました。そこで勇を奮い、

「お願いです。なんとか私を、地上へとどめてくれませんか」

と頼みました。

「なんのために？」

「あそこに洋館がありますでしょう。別れた妻と娘が住んでいるんです。生前、私は好き放題していましたから、せめて死んだあとぐらい、彼女らを見守ってやりたいと思うのです」

「あの家の住人がそんなことを望んでいるとは、我らには思えんがなあ」

「もちろん、私の自己満足にすぎません。それは充分わかっています。けれど、どうかお

願いします。ただ見ているだけですから」

「おまえの願いを聞く義理は、我らにはない」

そう言った善福丸は、夜を飛行しながら、ちょいと首を曲げて私を覗きこみました。

「……だがまあ、人間の魂を身近に置くのも、いい刺激になるかもしれん」

私は必死にうなずきました。魂のみの身ゆえ、実際には、うなずきめいた微細な波動を送ることしかできませんでしたが。善福丸は秋の星空の下を大きく三度旋回したのち、

「よかろう」と、とうとう言ってくれたのです。

「期限は、あの家が地面から消え失せるまでだ」

牧田家は当時から充分に老朽化しておりましたので、数年のうちに取り壊されるのではと懸念されましたが、とにかくこの世にとどまるのが先決だと思い、

「はい！」

と答えました。

「家がなくなったら、おまえもおとなしく、行くべきところへ行くのだぞ」

「ありがとうございます。お約束します」

善福丸は黒く大きな翼を広げ、優雅に地上を目指しました。そして、牧田家の庭へと、ぽいと私を放り投げてくれたのです。

魂となった私は、その夜から牧田家を見守りつづけています。経済的事情が響いたのか、

私の懸念をよそに、牧田家の洋館がいまも建て替えられることなく存在しているおかげです。

私はずっと見ていました。鶴代と佐知が支えあって静かに生活するさまを。佐知が大人の女性になっていくさまを。山田氏が老いてなお、健さんのポスターとともに寝起きするさまを。佐知の友だちが牧田家に転がりこみ、女四人で楽しくかしましく暮らすさまを。ずっとずっと見ていました。

これまで延々と、ときに佐知やそのほかの人々の内心にまで踏みこんで、牧田家の日常について語っていたのは私です。つまり、鶴代の元夫であり、佐知の父親である、「神田くん」こと牧田幸夫です。

私は死者が行くべきところへ行かず、善福丸の力によって、牧田家の周辺を浮遊しています。世の動きのほとんどを知り、牧田家にまつわるひとたちの心の動きすら、覗こうと思えば自在に覗くことができます。人間が言うところの、「神」にほぼ等しい立場となったのです。

むろん、善福丸と約束したとおり、いままでのところ、私はただ見ているだけです。そのあたりも、「神」に似ています。

大ケヤキに住む善福丸とは、天気のいい午後などに語らいます。たわいもない世間話ですが、善福丸は、「暇つぶしにはなる」と喜んでくれます。いまふうの言葉で言うと、善福丸はちょっと「ツンデレ」なのです。善福丸が言うには、あの夜の私があまりにも必死だったから、ついほだされて、魂を地上にとどめておいてやる気になったのだそうです。

　そうだ、鶴代の過去について、私たち夫婦のいきさつについて、どうして善福丸に語らせたのだ、と疑問に思うかたもいらっしゃるかもしれません。おまえにもおおいに関係することなのだから、その部分もおまえがしゃべればよかったではないか、と。

　でも、恥ずかしいじゃないですか。別れた妻とのあれこれを、しゃしゃり出て話すなんて。それに善福丸のほうが、公正な視点で語ってくれると思ったのです。私が語り手の役割をバトンタッチしたとき、善福丸は「世話が焼けるなあ」と言いたそうでしたが。

　そんなこんなで、思いがけず三十年ほども、浮遊する魂として過ごしてきました。しかし、いずれ牧田家も歳月の重みに耐えきれず、崩壊のときを迎えるでしょう。鶴代も佐知も馬鹿ではありませんから、そうなるまえに建て替えを決意するはずです。

　そのとき、私自身がどうなってしまうのかは、よくわかりません。「行くべきところへ行け」と言った善福丸も、実のところ、そのあたりの詳しいことは、あまり関知していないのだそうです。

　宇宙からの引力に抗い、生と死の理《ことわり》に逆らって、この世にとどまった私。来《きた》るべき日には、通常の死者と同様、もう一度上空へと吸いあげてもらえるのか、それともべつの運命が待っているのか……。

しかし、後悔はありません。

生きていたとき、私はいつも、「ここではないどこか」を夢想していました。居心地のいい、帰るべき場所を探してさまよっていました。けれどいまは、もうわかっています。

私は、帰りたかった場所に帰ることができたのだ、と。

娘の危機的状況にもかかわらず、つい物思いにふけってしまった私であるが、その一瞬のあいだにも、侵入者が突きつけた刃《やいば》は佐知の喉もとにより迫っていた。

いかん、これはいかん！

私は懲りもせず侵入者につかみかかったが、やはり何度試みても、物質を伴わぬ身（身はないが）ではいかんともしがたい。私の馬鹿野郎。すなわち、魂の馬鹿野郎。悪態をつき、それなら、とポルターガイストを起こして侵入者の心胆を寒からしめようとするも、カーテンすらぴくりとも動かぬ。生者の世界で語られる心霊現象は、真っ赤な嘘だったのか？　それとも、三十年ほども「ただ見ているだけ」を貫きとおしたせいで、死者としての私の力が著しく低下してしまっているのか？

佐知は唇をきつく結び、覚悟を決めた風情だ。最後の瞬間に絶叫を上げる心づもりなのが見て取れた。ああ、佐知。なんと母親思い、友だち思いの、いい子なんだ。父さんが守ってやる。絶対に守ってやるぞ。

私は室内に異変を起こすことを諦め、窓をすり抜けた。守衛小屋を目指し、矢のごとき浮遊を見せる。

「やまだー！　寝てる場合か、佐知のピンチだ！」

山田氏は六畳間で、あいかわらず寝息を立てていた。風邪からの快復を告げる、深く平穏な眠り。私は山田氏の顔のまわりを飛びまわったが、所詮は魂。微風も起こせぬ。やむをえず、山田氏の体を乗っ取るべく口に狙いをつけるも、突如としてはじまった壮絶なる歯ぎしりに阻まれた。鼻の穴から体内に忍びこもうとしても、荒い息が噴きだしていて、とても無理だ。

ええい、本当に、肝心なときに役に立たない老人だ。

私は再び矢のごとく浮遊し、牧田家のリビングへと戻った。佐知の喉にいよいよ刃の切っ先が触れたところである。もう一瞬の猶予もない。私はあせり、激しくリビングを飛びまわった。

なにか、なにかないか。佐知を助ける手段は……！

リビングの隅に置かれたガラスケースが視界に入った。ケースのなかでは、河童のミイラが膝を抱えて座っている。首に巻かれた赤いバンダナ。うつろに光るガラス玉の目。

これだ！　私は快哉《かいさい》を叫んだ。多恵美よ、ここに河童を飾ってくれてありがとう！　娘の生誕を祝って河童を買ったかつての私よ、よくやった！

私はガラスケースをものともせず、河童の体内へ飛びこんだ。山田氏とちがって生体反応がないので、私が体を乗っ取っても、抵抗はまるでされなかった。カビのにおいが襲いかかってきたが、私には鼻はないから気のせいだろう。

乾燥し強張った河童の手足を、無理やりのばす。宇宙からの引力に抗って地上を目指したときと同じかそれ以上、体力と気力を要した。しかし、河童のミイラに乗り移った私は、なんとかやり遂げた。ぎぎぎぎ、と河童の両腕を動かし、ガラスケースを内側から拳でぶち破ったのだ。干からびているとはいえ、物理的身体の威力とはたいしたものだ。

突然の破壊音に驚き、佐知が目を開けた。佐知を抱えこむように拘束していた侵入者も、視線をさまよわせて音の出どころを探している。二人はちょうど、河童のミイラと向かいあう位置に立っていた。

佐知の目は、いまや大きく見開かれ、視線は河童に注がれていた。つまり、河童のミイラと一体化した私に。

おお。私は感動に震えた。生前も、魂になってからも、陰から見守るばかりだった娘。その娘といまはじめて、目が合った!

感動ついでに、ガラスの破片をばらまきながら、ケースから出る。河童は長らく脚を折り曲げた体勢だったうえに、膝の関節がいかれてしまっており、立つのも一苦労だ。しかしこれもまた、私はやり遂げた。佐知の危機を目の当たりにし、体力気力ともにみなぎっている。ふらつきつつも上体を起こし、一歩、二歩とまえへ進んだ。

ここでようやく、侵入者も私に目の焦点を合わせた。つまり、直立しても大人の腿《もも》ぐらいまでしか背丈のない河童のミイラが、自分たちのほうへよろりよろりと近づいてきていることに気づいた。佐知に突きつけられていた刃物が力なく下ろされ、野球帽の下で侵入者の顔面の筋肉がひくついた。

「ようし、そのまま娘を放すんだ」

と、私は言おうとした。河童は声帯すらも干からびていたので、口腔からはひゅーひゅーと木枯らしに似た空気が漏れただけだった。

「佐知、もう大丈夫だ。助けにきたよ。私がおまえのお父さんだ」

生前、私が最後に見た映画は、『スター・ウォーズ　帝国の逆襲』だった。本当は、これにつづく『ジェダイの復讐』も見たかったのだが、「混んでいるし、金もないし」とさきのばしにするうち死んでしまい、無念だ。それはともかく、映画館の暗闇のなかで、私は夢見たものだ。私もダース・ベイダーのように、いつか、いつか佐知に告げよう。「私がおまえの父だ」と。

その夢が約三十年の年月を経てかなったわけだが、私の言葉はあいかわらず木枯らし的空気にしかならなかった。ダース・ベイダーも、ほとんどのシーンで「しゅごーしゅごー」としか言っていなかったから、まあよしとしよう。

私は期待に満ち満ちて、佐知の反応をうかがった。ところが佐知は、河童の目が稲光を反射して輝くのとほぼ同時に、

「いやーっ！」

とルーク・スカイウォーカーばりの悲鳴を迸《ほとばし》らせた。ルークとちがうのは、眼前の河童が父親だとは微塵も認識せず、悲鳴がただただ恐怖のみに彩られていたことだ。

佐知の悲鳴につられたように、侵入者までもが、

「うぬぎゃあああ！」

と、すさまじい絶叫を上げた。やつは尻餅をつき、そのまま床を這うようにして部屋を横断すると、侵入口であるダイニングの掃きだし窓から逃げていった。

佐知は硬直したまま、突っ立っている。佐知、と私は娘に呼びかけた。ひゅー、と頼りない空気音が、むなしく部屋に響いた。渾身の力を振り絞って、軋む腕を娘へと差しのべる。

「やだ……、来ないで」

暗がりでもわかるほど、佐知の顔は青ざめていた。佐知は首を振り、私から少しでも距離を置こうとあとじさる。

ああ、佐知。かわいくていとしい私の娘。お父さんはいま、河童の（それもミイラの）姿をしているが、おまえをこわがらせるつもりはなかったんだよ。ただ、守りたかったたん

だ。居ても立ってもいられなかったんだ。

おまえはいつも、私に愛されておらず、だから私が牧田家から出ていったのだろうと、悲しく不安に思っていたね。そのせいでどこか自信を持てず、好ましいと感じる男にも積極的に打って出られずにいた。いや、私はもちろん、おまえのなかでの私の存在を過大評価しているわけではない。おまえが異性に積極的に打って出られないのは、生来の性格だということも充分にわかっているつもりだ。

だが、せっかくこうして物理的身体を得たからには、はっきりと言おう。所詮は河童のミイラの身だから、空気が漏れるだけでおまえにうまく伝わらないとは思う。けれど、言わせてくれ。

お父さんは、佐知を愛してるよ。心から大切に思い、おまえの幸せをいつもいつも願い、ずっと見守ってきた。これからだって、そうするつもりだ。

だから、悲しんだり不安に思ったりしなくていい。お父さんが牧田家を出ることになったのは、おまえを愛していなかったからではなく、自身の不徳の致すところなんだ。どうか、お母さんを大切に、お友だちと笑いあって、これからも楽しく暮らしてほしい。そして、死してもおまえを愛している存在がいることを、できれば忘れないでくれ。

かぼそく、しかし激しく空気を漏らす私を、佐知は凝視していた。いまや佐知の全身は小刻みに震えていた。

やはり、伝わらなかったか。私は落胆したが、「当然だ」と自分に言い聞かせた。河童のミイラが、突如としてガラスケースを破り、立って歩いたのだ。のみならず、盛んにひゅーひゅー言いはじめたのだ。驚き怯えるのが当然の反応というものだろう。

私は差しのべていた手を、静かに下ろそうとした。河童を意のままに動かすのが、そろそろつらくなっていたからだ。今夜、魂になってはじめて、物理的身体を乗っ取ったわけだが、これは思った以上に疲れる行為だった。侵入者が遁走《とんそう》したおかげで緊張が解けたのか、みなぎっていたはずの体力気力は、早くもしぼまんとしていた。

すると驚いたことに、今度は佐知が、私に向かって手をのばしてきた。下ろしかけた私の手、干からびて枯れ木のようなミイラの手を、つかもうとするかのように。

「もしかして……」

佐知は私を見て、つまりガラス玉の目を持つ河童を見て、つぶやいた。私と佐知の指さきが触れあいそうになった。

そこまでで時間が来た。とうとう河童の内部にいられなくなった私は、物理的身体から弾《はじ》き飛ばされ、もとどおり浮遊する魂となった。私という魂が抜けでてしまった河童のミイラは、ただの干物に戻り、膝を抱えた恰好でリビングの床に音もなく横倒しになった。

佐知は呆然と、動かなくなった河童のミイラを見下ろしていた。一階の和室から鶴代が、二階から雪乃と多恵美が、パジャマ姿でリビングに駆けこんできた。

「ちょっと、すごい声がしたけど！」

「佐知、そこにいるの？　大丈夫⁉」

「きゃーっ、窓が割れてますよ。まさか、雷が落ちた？」

三人はそこで足を止め、口をつぐんだ。立ちつくす佐知と、河童のミイラとを見比べる。

「ううん、泥棒が入った」

と、佐知は平坦な口調で言った。あまりにもいろいろなことが起こりすぎて、かえって冷静になったようだった。

「一一〇番に電話して」

雷はいつのまにか遠ざかっていた。彼方の夜空が白く光る。割れた掃きだし窓から、なまぬるい風が吹きこんでくる。

遅れてかすかに響いた雷鳴とともに、梅雨が明けた。


牧田家に侵入したのは、ヒモ男本条ではなく、正真正銘の盗っ人だった。

盗っ人氏は、通報によって駆けつけた警察官に逮捕された。嵐の夜にもかかわらず、警察は約束どおり、ちょうど牧田家周辺をパトロールしてくれているところだったのだ。そのため、通報から時間をおかずに牧田家の表門へ急行することができ、茫然自失状態で道を歩く盗っ人氏を発見した。考えようによっては、ストーカーと化した本条のおかげで、盗っ人氏はお縄にかかることになったと言えるかもしれない。

盗っ人氏はおとなしく取り調べに応じているとのことだ。職をなくして食いつめた盗っ人氏は、善福寺川を徐々にさかのぼる形で中野区から杉並区に入り、ここ二カ月ほど、流域の家々を荒らしてまわっていた。日中に下見をして、老人のみが住んでいそうな一軒家を探すあたりが周到だ。

牧田家のことも、盗っ人氏は何度か下見をしたそうだが、老夫婦——山田と鶴代のことだ——と娘が庭で作業をしているばかり。屈強な男が住んでいる気配は微塵もない。加えて、敷地が広く、深夜に物音がしても近所に伝わりにくい。「これは楽勝だ」と狙いをつけたらしい。

もっとも、こうして順序だてて供述できるようになるまでには、しばしの時間を要した。盗っ人氏は警察に連行された当初、雨に濡れてぶるぶる震えながら、「河童が、河童が」とうわごとのようにつぶやいていた。少し落ち着いてからは、余罪についても素直に供述しはじめた。杉並区と中野区の警察官が協力して、現在裏づけ捜査にあたっているところだ。

ちなみに、警察は念のため本条にも連絡を取った。本条は突然の電話に驚き、犯行があった夜は友人宅で寝ていたこと、多恵美をつけまわしたりは決してしていないことを必死に訴えた。

「いいお灸になったでしょうから、あの男のことは、もう放っておいても大丈夫だと思いますよ」

と、牧田家に報告に来た警察官は言った。「もちろん、しばらくのあいだはひきつづき、周辺のパトロールを続行します」

盗っ人事件の余波で、佐知は何度か地元の警察署に足を運んでいたため、その警察官とは顔なじみになっていた。穏やかそうな中年男である。彼をリビングに招き入れ、鶴代と一緒にソファでお茶を飲む。

「ははあ、この河童ですか」

警察官は興味津々といった様子で、リビングの隅に置かれた河童を眺めた。多恵美がインターネットで取り寄せた新しいガラスケースのなかで、河童はなにごともなかったかのように膝を抱えている。

盗っ人氏は取り調べに対し、「河童がガラスケースを破って歩いた」と述べたのだが、もちろん真に受けるものはだれもいなかった。

「たしかによくできてますが、これが歩いただなんてねえ」

と、中年の警察官も笑っている。「おかしなクスリをやってたわけでもないようだし、やはり良心の呵責《かしゃく》ってやつが、幻覚を見せたのかな」

「ええ、本当に」

気まずい思いで、佐知はさりげなく警察官から視線をそらした。警察署で事情を聞かれた際には、「夢中だったのでよく覚えていないが、犯人と揉みあった拍子にガラスケースが割れ、河童の置物が床に転がりでた気がする」と答えておいたのだ。

警察官によると、起訴された盗っ人氏は自分の行いを認め、反省しているし、裁判はまず問題なく進むだろうとのこと。佐知と鶴代は礼を述べ、署へ戻るという警察官を見送った。

「それにしたって、卑怯な犯人ね」

リビングのソファに戻り、鶴代は憤懣《ふんまん》やるかたないといった表情で言う。「老人世帯ばかりを狙うなんて」

牧田家を除き、被害に遭った家の住人は就寝中で、犯行に気づくのが翌朝になった。そのおかげで、盗っ人氏に身体的な危害を加えられることはなかったのだが、簞笥貯金や着物などをごっそり持っていかれてしまった。もちろん盗っ人氏は、物品は売り払って金に換え、すべてをパーッと使ったあとなので、弁済の見込みはない。老後の蓄えのみならず、思い出の品まで盗まれて、気落ちしている被害者も多いと聞く。失ったのは河童のガラスケースと窓ガラスだけという牧田家は、まだましと言えた。

佐知は沸かし直した湯を急須に注ぎ、二杯目のお茶をいれた。向かいに座る鶴代のまえに湯呑みを置いてやりながら、「そうだね」と答える。

「なんなの、その鈍い反応」

鶴代はおかんむりだ。「あなたは殺されかけたんですよ。もっと怒るのが筋ってもんでしょう」

筋かどうかは知らないが、もちろん佐知だって怒っている。盗っ人氏に刃物を突きつけられたことを思い出すと、恐怖と怒りで身が震えるほどだ。職をなくした、という言い訳のもと泥棒をするなんて、有職無職にかかわらず、まっとうに生きているひとに謝れ、と言いたくもなる。

だが、泥棒に入られたことよりも、佐知には気にかかっていることがあった。そのため、命の危険にさらされた理不尽な体験も、どこか他人事のように感じられる。盗っ人氏に刃物を突きつけられたのなんて、些末なことだとすら思えるのだ。本当は些事ではなく、重大な事件だったのだが、佐知の理性では解釈しきれない事態が同時進行で勃発したので、感覚が麻痺したのかもしれない。

つまり、河童だ。

ガラスケースに収まった河童を、佐知は眺める。いまは置物然としている河童のミイラは、あの晩、たしかに動いた。ケースを内側から粉砕し、佐知と盗っ人氏のほうへ歩いてきた。ガラス玉みたいな目が光り、佐知に向かって無言のうちになにかを訴えかけていたような気がする。

もちろん、佐知はその事実をだれにも言わなかった。盗っ人氏が遁走し、鶴代たちがリビングに駆けつけてきたとき、河童はすでに床に転がり、ぴくりとも動かなくなっていた。佐知は自分の見たものが信じられず、警察にしたのと同じ説明を鶴代たちにもした。

山田は事件当夜、サイレンを鳴らしてやってきたパトカーに驚き、守衛小屋でやっと目を覚ました。慌てて母屋に馳せ参じた山田を、鶴代はきわめて冷淡に迎え入れた。

「たった一人の男手だというのに、まあ本当に役に立たないわねえ」

体調が悪かったからしかたないのだが、そんな忖度《そんたく》をしないところが鶴代である。山田も山田で、反論もせず平身低頭。

「面目ないことです。佐知お嬢さん、ご無事でよかった。お嬢さんになにかあったら、腹かっさばいてお詫びをしなければなりませんでした」

と、武士のようなことを言う。

そのあいだにも、警察によって現場検証が進められ、指紋や足跡を採取したり、転がった河童の写真を撮ったりと、リビングは騒然とした状態だった。佐知は雪乃にカーディガンを羽織らせてもらい、多恵美がいれてくれたホットミルクを飲んで、気持ちを落ち着かせた。

現場検証が終わり、鶴代が掃除機でガラス片を吸い取る。河童は山田の手で、壊れたケースのなかにとりあえず戻された。みんな疲れきっていたので、山田にお鉢がまわってきたのである。佐知のピンチにまにあわなかったという負い目のある山田は、気色の悪い干物を文句も言わず丁重に取り扱った。

その様子を見ながら、佐知は自身のうちに生じた混乱と戦っていた。私は頭がおかしくなったのだろうか。あまりの恐怖で、幻を見たのか？　河童が動き、あまつさえ、なんらかの心的交流が起きたかのように思うなんて、まったくどうかしている。

また、混乱は孤独も呼び覚ました。こんな変なこと、だれにも言えない。「犯人に殺されるかと思ってこわかった」と母親や友だちに訴えることはできるが、「立ち歩く河童のミイラに親しみを感じたんだけど」などという事実は、自分のなかに封じておくしかない。奇怪な出来事を、奇怪ゆえにだれともわけあえぬさびしさ。

しかし今日、訪ねてきた警察官によって、河童についての盗っ人氏の供述を知ることができた。佐知と同じく、盗っ人氏も河童が歩くのを目撃していたのだ。

あれは幻ではなかったんだ、と佐知は心強く思った。同時に、奇怪な出来事をわかちあえる相手が、この世で唯一、犯罪者である盗っ人氏しかいないことに、そこはかとなき皮肉も感じた。「あの河童、動きましたよね」「動いた動いた」と、盗っ人氏とキャッキャと語りあいたいとも思えぬので、やっぱり佐知はさぶしみを抱えつづけるほかないのだった。

「お母さん」

佐知は河童に視線を向けたまま口を開いた。「お父さんのこと好きだった？」

こんな質問をするのははじめてだ。けれどずっとずっと、鶴代に聞いてみたかったことだった。

鶴代は黙っていた。あまりにも沈黙がつづくので、心臓発作でも起こして昇天したのかと心配になり、佐知は向かいのソファに座る鶴代を見た。鶴代は佐知を見ていた。

「あなたが殺されていたら」

と、鶴代は言った。「私はどうなっていたかわからない」

とても静かな口調だったので、佐知はなんだか気恥ずかしくなり、わざと茶化すように返した。

「山田さんみたいに、腹かっさばいてた?」

「死んだりはしませんよ」

鶴代は笑う。「でも、あの世とこの世の境目で生きることになったでしょう。私はあなたを生んでようやく、なににも替えがたい存在があることを知った。そんなあなたは、あのひとがいなければ生まれてこなかったんだから、私はいまでも、あのひとを嫌いじゃありません」

佐知は立ちあがり、鶴代の隣に席を移した。血管が青く浮いた母親の手に、自分の手をそっと載せる。少し冷たく、なつかしいその感触。

「心配かけてごめん」

と佐知は言った。鶴代はなにも答えず、佐知の胴に腕をまわして、軽く抱き締めた。そのついでに、佐知の腹肉をぷにぷにとつまんだのは余計だったが、母娘はしばらくそうして身を寄せあっていた。

新しいガラスのはまった掃きだし窓越しに、夏の庭に降り注ぐ蟬《せみ》の声が聞こえた。

泥棒騒動から二週間ほどが過ぎ、八月の頭になって、牧田家は繁忙期を迎えた。次々に実りだした野菜を収穫せねばならない。

人員を確保するため、土曜日の朝、佐知は同居人の部屋を急襲したのだが、雪乃は断固として畑仕事を拒否した。日に当たるぐらいなら、水まわりの掃除当番を永久に務めるほうがましなのだそうだ。

雪乃のことは諦め、寝ぼけまなこの多恵美を庭へ引っ張りだした。多恵美は顔に日焼け止めを塗り、長袖のシャツとジーンズ、麦わら帽子と軍手を着用という重装備で、ナスをもいだ。鶴代はキュウリとトマト担当。佐知と山田は、スイカ畑にネットをかけた。

今年はじめて、試みにスイカの苗を二、三株植えてみたのだが、菜園部分をはみだす勢いで縦横無尽に蔓《つる》がのびた。山田が図書館で『スイカの育てかた』という本を読み、実を選別して、栄養を集中させたほうがいいとの知識を得てきた。そこで佐知と山田は、小さいうちに実を摘み取り、一本の蔓にひとつの実だけを残す戦法を採った。

それで安心したのがよくなかった。残った実はぐんぐん大きくなり、気がついたときには鳥につつかれていたのだ。赤く色づいた内部を露出させ、地面に転がったスイカの実。よりによって一番堂々とした、王者の風格を備えた実だった。たぶんカラスの仕業だろうと佐知は思う。あいつらは賢いので、素知らぬ顔をして熟すのを待ち、スイカを簒奪《さんだつ》したのである。

山田と協力し、互いにネットの端を持って、ベッドメイクをするように広げる。手遅れの感はあったが、なにも対策しないよりはましだろう。声をかけあわなくても、山田との息はぴたりとそろい、青いネットは波みたいに揺れながら畑に着地した。

そうだ、海。と佐知は思い出す。すっかり忘れていたけれど、私たちは海辺のホテルへ行くんだった。

予約もしていないし、雪乃や多恵美がいつ夏休みなのかすら聞いていない。水着だって未入手のままだ。しかし佐知は、当初及び腰だったのもどこへやら、海に行くという思いつきに胸弾むものを感じた。泥棒騒動および不可解なる河童現象で、心身ともに疲労が溜まっている。ここはひとつ、だだっ広いところへ行って、大自然と戯《たわむ》れようではないか。釈然としない思い、言葉にならぬもやもやを、海水で洗い流そうではないか。

午後からの刺繍教室のあいだも計画をあたためつづけた佐知は、その晩、雪乃と多恵美に自室へ来てもらい、「いつ海へ行く?」と切りだした。ところが、言いだしっぺだった

はずの多恵美が、

「すみません、パスでーす」

と不参加を表明した。

「は？」

「どうして」

「いやあ、ちょっと先約入っちゃいまして」

多恵美は悪びれるところがない。そこへちょうど、多恵美が手にしていた携帯電話が着信を告げた。

「たーくん？　うんうん、全然大丈夫。さっきお風呂から上がって、カモミールティーいれたとこ」

多恵美は電話の相手と話しながら、佐知の部屋を出ていった。ドアのところでちょっと立ち止まり、室内の佐知と雪乃に向かって笑顔で手を振る。

残された二人は、啞然として顔を見合わせた。だれだ、たーくんって。どこにカモミールティーがあるんだ。

「さては、新しい男か」

雪乃がうなるように言った。

「そうみたいね」

めまぐるしい展開についていけず、佐知はうなずくばかりだった。どうやら多恵美は交際相手を見つけ、心身ともに軽やかな状態にあるらしい。本条とのあいだにあった、納豆の糸のようにしつこいつながりが、泥棒騒動によって完全に断ち切られたおかげだろう。それはめでたいことだが、佐知からすれば置いてきぼりを食ったような感覚が否めない。海へ行こうと言ったのは多恵美だったのに、調子いいんだからと少々腹立たしい。しかしなによりも、そこはかとなく心細い気持ちがした。

「多恵ちゃん、この家を出ていっちゃうのかな」

「まあ、すぐってことはないだろうけど、いつかはそうなるかもね」

床に座っていた雪乃は、自身の足の裏を合掌するかのように合わせ、開いた膝を手でぐいぐい押し下げた。雪乃の脚はなんの抵抗もなく、ぺたりと床につく。あいかわらず、ぎゅうひのように全身がやわらかい。

佐知は感心しつつ、頭の片隅では、「やっぱりそうだよなあ」と考えている。この、ぬるま湯みたいな暮らしが、永遠につづくはずもない。ますます心細さが募ってきた。

そんな佐知に、雪乃は股関節を存分にほぐしながら提案した。

「温水プールでも行く？」

「え？」

「ほら、区営の屋内プールがあるじゃない。あそこなら日に焼けないし、行ってもいいけど。多恵が彼氏といちゃいちゃしてるあいだ、私たちは近場でちゃぷちゃぷする」

「いいね」

雪乃の心づかいを感じ、佐知は気を取り直した。さきのことなどだれにもわからないのだから、いずれ一人になってしまうかもしれない、などと不安や恐れに溺れるばかりなのは馬鹿げている。いま、友だちとそれなりに楽しく暮らしていて、季節は夏だ。その幸福と高揚を、ささやかに満喫しない手があるだろうか。

となると、やはり水着を買わないと。むずかしいミッションだ。狂騒状態にあるジャングルみたいだった水着売り場に思いを馳せ、佐知は腕組みした。

「そうだ、これ」

と、雪乃がパジャマのポケットを探った。ポケットの縁には、もちろんスウィートなレースがついている。

「会社が協賛してるだとかで、いっぱい置いてあったから持ってきた」

差しだされたのは、上野の美術館の割引ペアチケットだった。「世界の壁飾り展——壁画・タペストリー・刺繍・モザイク」と書いてある。

「わあ、ありがとう。多恵ちゃんは……、あの感じだと、誘っても無理そうか。雪乃、一緒に行かない？」

「行かない」

「なんでさ」

「私よりも、あのひと誘ってみたら」

「どのひと?」

「ほら、内装の」

「梶さん?」

佐知は自分でも思いがけず動揺し、雪乃の向かいで意味もなく脛を掻いた。「だって既婚者だよ」

「話が合ったんでしょ?　だったら、一緒に行ったっていいじゃない。友だちになれるかもしれないんだし」

「雪乃、男女のあいだに理解は成立しないって言ってなかったっけ?」

「恋愛方面ではね。ていうか、そもそも人間同士のあいだに真の理解は成立しない。だけど友人なら、相手のすべてを理解したいとも、相手に自分のすべてを理解してもらいたいとも、べつに期待しないでしょ。相手のなかに意味不明な領域があるのを感じても、『まあそういうもんか』と、むしろ余裕を持って自分とのちがいを楽しめる。だから相手が男でも、友だちであるかぎりは、理解が成立しなくても問題ない」

「そうかなあ」

と佐知は言った。もしかしたら、雪乃も近々この家を出るつもりで、新しい「友人」をあてがおうとしているんじゃないか。そんな疑心暗鬼が生じ、心細さと不安がぶり返した。だが、肯定されたときの衝撃を思うと、当然ながら雪乃を問いただす勇気はない。

疑惑には蓋をし、佐知は嘆息した。

「じゃあ、つきあったり結婚したりって、不自由になるってことなのかもね」

「本人にとっては、喜ばしい不自由なんでしょ」

雪乃は立ちあがり、佐知を見下ろす。「私はごめんだけどね」

雪乃も佐知と同様、いまのところ交際や結婚への道筋はついていないし、積極的につける気もないようだ。そう察しがつき、現金なことに佐知は勇気を取り戻す。

「雪乃、なるべく長くこの家にいて」

素直に懇願した佐知を、

「よしてよ、傷の舐めあいみたいなこと言うの」

と雪乃は素っ気なくあしらった。でも、どこかうれしそうにつけ加える。

「ま、ずっとここに住まわせてもらおうかな。一緒に住むのは家族や恋人に限る、っていうのが世の中の風潮だけど、一人ぐらい、友だちの家に下宿しつづけるひとがいたっていいはずだもんね」

どういう関係なんだかわからないが、なぜかそこに住んでいるひと。つまり、堂々たる「女阪山田」宣言だ。佐知はうれしくなり、けれど照れ隠しで、

「うち、ぼろいけどね」

と言った。

「そんなの平気よ。二人で働いてお金貯めれば、そのうち建て替えだって可能でしょ」

「いいねえ。窓をペアガラスにして、防犯と冷暖房の効果を高めてさ」

佐知と雪乃は、新築するならどんな家にしたいか、遠大なる夢を語りあう。

そのとき一階のリビングでは、「建て替え断固反対」を訴えるべく、私こと牧田幸夫の魂が河童のミイラに突入を果たしていた。しかし残念ながら、多恵美が新調したガラスケースは頑丈で、干からびた河童の腕では叩き割ることができなかった。いや、魂の世界においても、「火事場の馬鹿力」という概念は適用されるのかもしれない。河童は内側からガラスケースに倒れかかる形になり、私はすごすご河童から抜けだして、再びむなしく浮遊した。

むろん、佐知と雪乃は、階下でそんなことが起こっているとは知る由もない。翌朝には、

「ぎゃっ、川太郎が倒れてる」と気づき、地震もなかったのにと少々気味悪く思って、山田を呼んでもとの体勢に戻してもらうことになるのだが、雪乃と新築構想を語りあっているときの佐知は、「そうは言っても、いつか雪乃はこの家を出ていくかもしれない」ということを考えていた。

でも、夢見たっていいじゃない。年取って死ぬまで、気の合う友だちと楽しく暮らしま

した。そんなおとぎ話があったっていいはずだ。

いつか喧嘩別れするかもしれない。特段の理由もなく、いつかなんとなく疎遠になってしまうかもしれない。けれど、「いつか」の未来を恐れて、夢を見るのをやめてしまったら、おとぎ話は永遠におとぎ話のままだ。孵化《ふか》せず化石になった卵みたいに、現実化する道は閉ざされる。それって馬鹿みたいじゃないか、と佐知は思う。夢を見ない賢者よりは、夢見る馬鹿になって、信じたい。体現したい。おとぎ話が現実に変わる日を。

ところで雪乃は、佐知のまえで最前から立ったままだった。部屋を出ようとしたところで、新たな話題がはじまってしまったためだが、そろそろ本格的に眠い。今度こそ「おやすみ」を告げるべく、

「とにかく」

と切りだした。「梶さんだかを誘ってみなよ。せっかくの機会なんだから」

「うん……、考えてみる」

自分の部屋へ戻る雪乃を見送りながら、佐知は内心で、「誘わない。誘えないと思う。ごめんね」と答える。

だって、もし梶さんが「うん」って言ったら、期待してしまう。その反面、既婚者のくせにべつの女の誘いにうかうか乗るなんて、その程度のひとだったのか、とがっかりもするだろう。

雪乃は、「友だちなら理解が成立しなくても問題ない」と言った。だが、佐知には梶に対する下心がある。だから誘っちゃ駄目だ。佐知は自分にそう言い聞かせる。自由な身のものは、「喜ばしい不自由」を望み選んだひとたちの領域に、無遠慮に踏み入ってはならないのだ。

海水から真水へと計画が変更になったとはいえ、水に入るからには水着がいる。佐知は自身を鼓舞し、ついに水着の入手に成功した。きらめくジャングルに再度挑む気力はなかったので、阿佐ケ谷駅に併設されたスーパーの衣料品売り場で購入した。それまで、どうせおばちゃん向けの品揃えだろうと思い、避けて通っていたのだが、気づけば佐知も、「おねえさん」よりは「おばちゃん」寄りの立場となった身だ。実際に売り場をよく見てみれば、派手すぎず地味すぎぬ形と柄の水着が並んでおり、「なるほど、いまの私にふさわしいのは、伊勢丹の輝ける水着売り場ではなかったようだ」と得心がいった。

買った水着を、佐知は自室でおそるおそる着てみた。スーパーの試着室でも着たのであるが、「いかがですか」と店員に声をかけられるのではとあせるあまり、サイズが合うかどうかを確認するのが精一杯だった。

落ち着いて鏡に映しだした自分の姿は、予想したほどひどくはなかった。「大幅ダイエットを達成したトド」あるいは「三倍ほど激太りし、脚が短く顔が大きくなったスーパーモデル」程度のものだ。つまり、年齢相応の凡庸《ぼんよう》な体型であった。佐知は、満足は感じなかったが安堵はした。水着は黒のワンピースタイプで、両の脇腹部分に赤いハイビスカスの花がどかんどかんと大きくプリントされている。

手仕事の好きな佐知は、花びらに刺繡を施し、めしべ部分にはビーズを縫いつけた。水着は華やかになり、刺繡によってプリント部分の陰影が強調されたことで、ウエストが締まって見える効果が生まれた気がした。佐知はここに至ってようやく満足し、「いつでも来い！　ていうか、いつでも行ける！　区営プールに！」と意気込んだ。

決行の日は八月十三日と決まった。

雪乃も多恵美も、今年のお盆は地元へ帰らない。帰省客で電車が混んでいるし、親戚づきあいも大変だし、「結婚はまだか」と親がうるさいから、という理由だった。

また、ふだんどおりに生活しているように見える牧田家の住人も、泥棒騒動では大きな精神的打撃を受け、さすがに疲れていた。特に、佐知と鶴代の心労は激しく、そんな二人を残して帰省するのがためらわれたためでもあった。もちろん、雪乃と多恵美は、「心配だから帰省はやめる」などと口に出しはしなかったが、店子《たなこ》が案じてくれていることを、母娘はさりげない気配を通して感じ取っていた。

しかし多恵美に関しては、もっと大きな理由や動機がありそうだ、と佐知はにらんでいる。多恵美は、新しい彼氏も含めた遊び仲間と、十三日に江の島近辺へ海水浴に行く約束をしたのだ。帰省よりも新彼を選んだとしか思えない。

「だって、お盆を過ぎるとクラゲが出るって言うじゃないですか」

と、多恵美はもっともらしく述べた。「もっと早く海へ行ければよかったんだけど、みんなの休みがお盆しか合わなくて。じゃあ、十三日ならぎりぎりお盆まえだろってことで、クニクの策ですよ、クニク」

十三日だろうと十六日だろうと、クラゲの多寡《たか》にそうちがいはないのでは、と佐知は疑問に感じたが、楽しそうに海水浴の準備をする多恵美を見て、クラゲがカレンダーを所持していることを願った。

多恵美に対抗するわけではないけれど、佐知と雪乃もなんとなく、同じ日に区営プールへ行くことにしたのだった。鶴代にも念のため声をかけてみたのだが、

「いやですよ」

と一蹴《いっしゅう》された。「七十近いのにプールで水遊びなんて。私は伊勢丹に行きます」

鶴代の弁によると、お盆の時期は都内の人口が減るので伊勢丹もすいており、ゆっくりと買い物ができるのだという。佐知はこれまた疑問を感じざるを得なかった。お盆休みを利用して東京へ遊びにくるひともいるはずだし、昨今は一年を通して、外国人観光客の姿もよく見かける。はたして鶴代の目論見どおりにいくものだろうか。

とはいえ佐知としても、「老母同伴で区営プール」はぞっとしないシチュエーションなので、断られて安心したというのが偽らざる心境だった。

そんなこんなで迎えた八月十三日。多恵美が階段を下りる音で、佐知は目を覚ました。あわただしい足音につづき、玄関のドアが開閉する。佐知は半ば寝ぼけた状態でベッドから下り、自室のカーテンを開けた。表門へ向かって、庭を走っていく多恵美が見えた。水着やらバスタオルやらが入っているらしいカラフルなバッグを提げ、気の早いことにビーチサンダルを履いている。涼しげな木綿のワンピースが、朝の光のなかで清潔そうに翻った。軽い足取りといい、ひとつに結んだ髪が尻尾みたいに揺れるさまといい、中学生みたいだ。

かわいいなと思い、多恵美のうしろ姿を窓から眺める。表門の向こう、道路にはメタリックブルーのミニバンが停まっており、ちょうど若い男が降り立ったところだった。Tシャツにジーンズ姿の男は、多恵美に軽く手を振った。優しそうな笑顔だ。多恵美は表門を開け、男とともにミニバンに乗りこんだ。

あれが、たーくんか。ひとは見かけによらないというから、今後ヒモ化が進んだあげくストーカーに豹変する可能性もなきにしもあらずだが、まあ、とりあえずよかった。見るからにヤク中っぽいとか、体じゅうタトゥーだらけでナイフをちらつかせているとかじゃなくて。佐知はそう思い、ベッドに戻って二度寝した。

次に目が覚めたのは昼近く、カーテンを開けたままだった窓から差す、日の光に直撃されてのことだ。エアコンをかけていなかった室内は、蒸し風呂もかくやという状態になっていた。

でも、痩せないのよね。ため息をつき、佐知はTシャツと南国風の柄のロングスカートを着た。スカートのウエストはむろん、ゴムである。これならプールで水着に着替えやすいし、バカンス気分も出るかと思ったからだ。

ちょうどいいバッグがなかったので、水着とバスタオルを手に、階下のダイニングへ行く。台所では雪乃が、茹でたそうめんをザルに移したところだった。

「おそよう」

「おそよう。佐知もそうめんでいいでしょ？　食べてからプール行こ」

「うん。ちょっとレジ袋取って」

台所から投げられたスーパーのレジ袋をキャッチし、佐知は水着とバスタオルを入れた。

「まさか、それを鞄がわりにするの？」

「うん」

雪乃は「やれやれ」と言いたげに、氷水にそうめんを浮かべた鉢と、つゆの入った二つの椀を、ダイニングテーブルに置く。佐知は、雪乃が庭で摘んできたらしいシソの葉をちぎり、ゴマと一緒に椀に投じた。

「いただきます」

二人はしばし黙ってそうめんをすすった。鶴代はすでに出かけたらしく、テーブルのうえには、「伊勢丹」と一言だけ記された置き手紙というかメモが残されていた。佐知は横目で、迫力に満ちた筆跡を眺める。ボールペンで書いたようだが、墨痕ならぬインク痕も鮮やかに躍動しており、黒澤映画のタイトル文字みたいだ。伊勢丹がどれほど鶴代をときめかせる場所なのか、よく伝わってくる。

元気だな、お母さん。そうめんを食べ終えた佐知は、使った食器を台所で洗いながらため息をつく。

佐知にとっての伊勢丹は、自身の体調と精神状態を測るバロメーターだ。たいがいは、伊勢丹のきらめきに射ぬかれ、なにも買わずに敗退する。よっぽど絶好調なときでないと、地下の食品売り場に並ぶ宝石みたいな見た目と値段の菓子をまえに、「世界には戦争したり飢えたりしてるひともいるのに、私は甘いもんを食べてる場合なのか」と余計なことを考えだし、叫びたくなる。伊勢丹で心おきなく消費するには、かなりの胆力と心身両面での充実が要求されるのである。

鶴代が買ってくるのは、せいぜいがところ惣菜やらタオルケットやらだが、それでもたいしたものだと佐知は思う。伊勢丹の輝きを無邪気かつ貪欲に楽しむことができるのだから。

佐知は四十歳に近づくにつれ、母親よりさきに死なぬよう努めたいと思いはじめた。このさき大金持ちになることも、たぶん結婚することもないだろうと見当がつき、せめて自分にできるのは、鶴代を悲しませないことだけだと、きわめて小市民的結論に至ったのだ。特に、泥棒騒動で刃物を突きつけられて以降は、その思いが強くなった。

しかしこの調子では、鶴代は百五十歳ぐらいまで生きそうだ。現段階でも、佐知よりも胆力を備え、勇んで伊勢丹に出かけていくのだから。そうなると、佐知も百二十歳以上は生きねばならぬ計算で、「到底無理。逆縁の不孝をお許しください」と早くもギブアップ気味だった。

二階へ行っていた雪乃が、出かける仕度を終えてダイニングに顔を出した。これからプールで泳ぐというのに、きちんと化粧をしている。フリルのついたノースリーブの白いブラウスと、紺色のフレアスカート。裾には同色のレースつきだ。腕には、おおぶりの籠バッグを提げている。

「ねえ、今度このバッグに刺繍してくれない？　お代はお支払いするから、かわいい柄を」

「タダでいいよ。小鳥はどう？　赤い実のついた小枝をくわえてる」

「ぜひお願い。でも、タダはだめ。佐知は刺繍のプロなんだから」

「うーん、わかった。じゃ、友だち価格でね」

そんなことを話しながら、佐知と雪乃は玄関を出た。真夏の真っ昼間、周囲は真っ白に灼きつくされて、肌に光の圧力を感じるほどだ。雪乃は白い日傘を差した。銀色のミュールから見える踵《かかと》は、なめらかで薄桃色だ。佐知は多恵美に倣《なら》い、ビーチサンダルを履いていた。爪は丸く切りそろえただけで、なにも塗っていない。日傘を持っていないので、黒い雨傘を差す。雪乃に比べるといろいろ見劣りがするが、まあしょうがない。庇の下から元気に一歩を踏みだす。

「お出かけですか」

菜園で作業していた山田が、声をかけてきた。スイカ畑にかぶせたネットをはずし、実を収穫しているところらしい。

「プールへ行ってきます。うわあ、ずいぶん立派だね」

山田が抱えあげたスイカを見て、佐知は歓声を上げた。

「冷やしておきましょう。帰ったら食べられるように」

山田はスイカを抱えたまま、庭の水道へと歩いていく。佐知はさきまわりして水道に駆け寄り、伏せ置いてあった銀色の盥《たらい》に水を溜めた。山田が盥のなかにスイカを下ろし、蛇口を調整して、水が細く流れつづけるようにした。

「まんべんなく冷えるよう、作業の合間にスイカを転がしておきます」

「自分を冷やすことも忘れないで。こう暑いと、熱中症になっちゃう」

「はい。いってらっしゃい、気をつけて」

佐知と雪乃が裏門を出るまで、山田は直立不動で見送ってくれた。

白と黒の傘を並べ、二人は南阿佐ケ谷駅へとゆるゆる歩く。プールは、そこから地下鉄に乗って二駅だ。

冷房の効いた電車のなかで、雪乃が言った。

「山田さんに対して、当たりがやわらかくなったんじゃない」

「そう?」

「うん。山田さん、なんだかうれしそうだった」

そうかな、と佐知は考える。考えるあいだに、目的地に到着した。

区営プールといっても、小学校の屋内プールを区民に開放したものだ。佐知もここへ来るのははじめてで、あまり期待していなかったのだが、予想に反して充実した施設だった。天井が高く、プールサイドも広々として、清潔に管理されている。しかも、世間は盆休みに入ったからか、そんなに混んでいなかった。帰省したり墓参りに行ったりで、杉並区の人口は一時的に減っているのかもしれない。これで一時間二百五十円とはお得だ。

ロッカールームで水着に着替えた二人は、形ばかりの準備体操をしたのち、水に入った。なまぬるい液体が全身を包む。

水泳帽着用が義務づけられているので、佐知は受付で黒を選んで買った。ワンピースタイプの水着に、ぴったりと頭を締めつける水泳帽をかぶると、なんだかますますトド感が増す気がする。

雪乃は赤い水泳帽を持参し、同じく赤のビキニを着用していた。細身ながら見事にメリハリの利いた肉体は、小学校の屋内プールにきわめてそぐわない。常連らしきおじいさんが雪乃を凝視したのち、猛然とバタフライで泳ぎはじめた。腰を痛めないか心配だ。

そんなことにはおかまいなしで、雪乃はビート板を腹に抱き、仰向けになってラッコのように浮いている。意地でも水に顔をつけない決意のようだ。佐知は、だれも自分に注目などしていないとわかっていたが、それでも自身をなるべく人目にさらさずにすむ方法を考え、「潜水だ」と結論づけた。プールの底を目指し、逆立ちする要領で頭から水に沈む。

音が丸く遠のき、鼻から漏れる息が輝く泡となって顔のまえを上っていく。プールの底に引かれた白線が揺らいで歪む。もう少し。手をのばした佐知は、しかしそこで呼吸がつづかなくなって立った。その後も何度も挑戦したが、どうしても底に手が届かない。なにものかに腰を持ちあげられているかのように、体が自然に浮かんでしまう。

おかしい。子どものころは、こんなではなかったのに。水中で一人格闘した佐知は、とうとう息が上がり、諦めて周囲を見まわす。雪乃はプールサイドにいた。白いデッキチェアに優雅に横たわっている。高嶺の花ふうだからなのか、美人なのに覚えにくい顔で、人々の意識を透過してしまうからなのか、だれに声をかけられるでもなく女王然とした様子だ。

　佐知もプールから上がり、雪乃の隣のチェアに腰かけた。

「潜水できなくなってたよ」

「え、どうして？」

「脂肪のせいで浮力が増したんだと思う」

「重症でしょ、それ。ストレッチをさぼるから、そんなことになる」

「泥棒やらなんやらで、ばたばたしてたから……」

「言い訳しない」

「すみません。今夜から、またご指導ください」

　水面が金色に輝いている。ひとの声も水音も一緒くたになって、異国の喧噪みたいにくぐもって響く。雪乃の引き締まったおなかが、呼吸のたびにかすかに上下する。四角い窓の向こうに、青い空が広がっている。

　ずっと考えていたことを伝えたくなり、佐知は口を開いた。

「さっき雪乃、山田さんへの当たりがやわらかくなった、って言ったでしょ」

「うん」

「そのとおりだと思う。まえはなんとなく、山田さんを邪険にしなきゃいけない気がしてた」

「なんで?」

「父に申し訳ないと思ったから。ばかみたいだよね」

佐知はデッキチェアのうえで膝を抱えた。雪乃が身を起こし、少し心配そうに佐知を覗きこんできた。

「わからなくはないけど。私には、山田さんは佐知と鶴代さんの家族みたいに見える。家族だからこそ、甘えて邪険にしちゃうってことなんじゃない」

「うん、そうかも。血もつながってないし、社会的には他人だけど、家族なんだよね。やっとそう認められるようになったというか、腑に落ちたというか、そんな感じ」

佐知は少しためらったのち、隣に座る雪乃のほうへ体を向けた。「そう思えたきっかけはね」

泥棒が入った夜のことを、佐知は語った。河童のミイラが動き、歩いたこと。佐知に向かって必死になにかをしゃべろうとし、手を差しのべているかのように見えたこと。

「そのとき私、川太郎に向かってもう少しで、『お父さん』って呼びかけるところだった。父が助けにきてくれたんじゃないかと……。頭おかしいと思われると思うけど」

「まあ、常識的かつ理性的に考えれば、ありえないね」

「だよね」

「でも、佐知がそう思ったんなら、それでいいんじゃない。父親が河童のミイラでいいのかっていう問題は残るけど」

雪乃が常識や理性をねじ伏せ、突拍子もない発言をなんとか受け止めようとしていることがわかった。佐知はプールに入ったときよりもあたたかいものに包まれた。

「父の気配を勝手に感じた瞬間、なぜか思った。母が父と出会ったこと、私が生まれたこと、全部全部、『それでよかったんだ』って」

雪乃の手が佐知の肩に軽く触れ、すぐに離れた。佐知はプールへ向き直り、輝く水面を見ながら言葉をつづけた。

「父はやっぱり亡くなってるのかもしれない。あの家も古くなってるから、明日にも崩壊して、母と私だって野垂れ死にするかもしれない。でも、それでもいい」

それぞれのひとに、悪い行いやまちがった選択はたくさんあったのだろう。これからもあるにちがいない。だが、そのすべてを飲みこみ、毎日はつづいていく。蛇行して流れる善福寺川のように。それでいい。それがいいのだと、佐知はいま心から感じているのだった。

「そう思ったら、なんか山田さんに優しくなれたんだよねえ」

佐知がしみじみ言うと、「ばばくさい」と雪乃は笑った。

「それに、佐知の家はけっこう頑丈にできてるから、崩壊はしないと思う。気になるなら、やっぱり建て替えを視野に入れようよ」

佐知の膝あたりを黒い影がよぎった。体をひねって背後の窓を見ると、大きなカラスが悠然と羽ばたいていた。輝くなにかを足にぶらさげている。佐知は、カラスが瓶の破片でも拾って、巣に運ぶところなのだろうと考えたのだが、「輝くなにか」の正体はもちろん私だ。またも話題が牧田家建て替えという不穏な方向へ行ったのを感知し、善福丸に頼んで、上空から「断固反対」をアピールしたのである。

それが功を奏したのか、もとの体勢に戻った佐知は、「せっかく趣のある洋館なんだし」と考えを改めた。リフォームにとどめるぐらいでいいかもしれない。梶が壁紙を貼り替え、うつくしく蘇った雪乃の部屋が思い浮かんだ。

「そうだ！　雪乃、水難の相があるのに、プールに来て平気なの」

「あなたが海に誘ったんじゃない」

なにをいまさらと言いたげに、雪乃は左の眉を上げた。「その刺繡、素敵ね」

雪乃の視線が、佐知の脇腹に注がれている。佐知はできるだけおなかをひっこめるため、息を吐かずに答えた。

「ありがと」

雪乃が溺れてはいけないので、一時間延長しただけでプールをあとにすることにした。日はようやく少し傾いただけで、炎天下と言って差し支えない駅からの道のりを、二人はまた傘を並べて歩く。

裏門から庭に入り、玄関を見やった佐知は、思わず歩みを止めた。ドアのまえに、作業着姿の梶が立っていた。状況を察した雪乃に小突かれ、佐知はまろぶように梶に近づいた。

「梶さん?」

梶は振り向き、笑顔になった。

「ああ、よかった。お留守みたいで、どうしたものかと思っていました」

「ええと、なにかご用ですか」

隣に並んだ雪乃が、日傘を畳むついでに佐知の脇腹へ肘を入れた。応対が素っ気なさすぎたかと佐知は反省した。

「いま、この近所のお宅で作業をしているんですが」

と梶は言った。「牧田さんの家に泥棒が入ったと聞きました。大丈夫だったんですか」

「おかげさまで、なにも盗られなかったし、怪我もなく」

梶が心配して来てくれたのだとわかり、佐知の心臓は破けそうに鼓動した。しかし、喜びを率直に表すことはできなかった。臍帯血《さいたいけつ》、じゃないじゃない、妻帯者。と、佐知は自分に言い聞かせた。

「いいえぇ」

雪乃が話に割って入る。「ちっとも大丈夫じゃなかったです。佐知は泥棒に刃物を突きつけられて、もう少しで死ぬとこでした」

「えっ」

梶が佐知の全身を上から下まで眺める。心なしか顔が青ざめているようだ。

「おおげさだよ、結局無事だったんだから」

佐知は小声でたしなめたが、雪乃は止まらない。常の思慮深い態度とは打って変わって、おばちゃんみたいにぐいぐい梶に話しかける。

「やっぱりああいうことがあると、男のひとが一緒に住んでてくれればなあと思いますね。ところであなたもしかして、内装のかた?」

「はい」

「まあ、素敵な部屋にしてくださって、ありがとうございました。素敵と言えば、素敵な奥さまがいらっしゃるんですってね」

「いえ、自分は独身ですが」

「えっ⁉」

と叫んだのは佐知だ。「だって、おいしそうなお弁当を食べてた、って……」

「ああ」

梶は照れくさそうだった。「母が全員ぶんの弁当を作ってくれているんです」

弁当云々と言いだした山田よ、不正確な情報をもたらした梶の甥よ、呪われるがいい。

佐知は内心でそう唱えた。自分が雨傘を差していることにいまさらながら気づき、しずしずとすぼめる。手が震えた。梶が独身だと判明したからといって、即座に積極的になれるわけでもないのが佐知なのである。

しかし、雪乃はちがう。ここが友の正念場と見て取り、またも脇腹を肘で突いた。

「なによ」

「なによ、じゃないのよ。ぼんやりしてる場合？　チケット取ってきなさいよ」

ささやきの応酬を聞きつけ、

「チケット？」

と梶が首をかしげる。

「はい。内装のお仕事をしているかたなら、きっと興味がおありだと思います。ほら佐知、さっさと行く」

雪乃に強引にうながされ、佐知は玄関の鍵を開け、階段を上った。膝が笑って、うまく力が入らない。なんとか自室にたどりつき、机の引き出しにしまってあった「世界の壁飾り展」のチケットを手にする。

階段を転げ落ちなかったのが奇跡だ。動揺のあまり、傘を持ったまま往復してしまった。佐知は傘立てに黒い雨傘をつっこみ、玄関の外で待っていた梶にチケットを差しだした。

「これなんですが、よかったら今度一緒に……」

中学生よりもぎこちない誘いかけだったが、

「いいですね」

と梶は応じた。「チケットは持っていてください。いまちょっと仕事が詰まっているので、今月末でもいいですか」

「はい」

「では、目処が立ったら、すぐに連絡します」

「はい。じゃ、あの、電話番号を」

「帳面に顧客情報を書いてありますから、大丈夫です」

佐知と雪乃に会釈し、梶は表門から出ていった。くれぐれも戸締まりには気をつけてください、と言い残して。

「手応えがあるのかないのか、よくわかんないひとね」

雪乃は少々不満げだ。「携帯の番号やメアドを聞かないなんて」

「ううん、充分だよ」

佐知はめまいをこらえつつ言った。「むしろ私には、前進のスピードが速すぎるぐらいだよ」

だがたしかに、梶からの電話を鶴代が受けてしまったら面倒だ。今後はカルタみたいに気迫をこめて受話器を取ろう、と佐知は決意した。

ひさしぶりに泳いで疲れたのか、梶の出現に興奮したせいか、佐知と雪乃はリビングのソファでいつのまにか眠ってしまった。庭の盥に落ちる水の音が、涼を運んでくる。昼寝から覚めると、あたりはすでに薄暗くなっており、鶴代も帰宅していた。

「今日は焼肉をしましょう。佐知、肉をタレに漬けこんでちょうだい」

あいかわらず、ひとづかいが荒い。佐知はなんとなく重だるい頭を振り振り、台所に立った。雪乃が盥からスイカを回収し、三角に切って大皿に並べる。

「タレが浸みるのを待つあいだ、いいものがあるの」

ほら、と鶴代が花火セットを掲げてみせた。商店街で見かけ、買ってきたらしい。肉のパックにも駅前のスーパーのシールが貼られていたし、なにをしにわざわざ伊勢丹まで行ったのやら謎だ。

鶴代にせっつかれ、佐知は庭で蚊取り線香を焚《た》いた。ついでに、花火セットについていた小さなロウソクにマッチで火をつけ、水が張られたままだった盥をそばまで移動させる。準備が整ったところで、鶴代がリビングの掃きだし窓から庭へ下り立った。庭用のサンダルは一足しかないので、佐知と雪乃は玄関で靴を履き、ロウソクのもとに集結する。

各々、一本目の花火に火を移し、薄闇に赤や黄色の光が噴きだしたところに、ちょうど多恵美が帰ってきた。表門付近で、たーくんと接吻しているらしき気配ののち、

「あー、花火だ！　私もやりたい！」

と駆け寄ってくる。

多恵美が佐知たちに迎え入れられたのを見届け、車のエンジン音が遠ざかっていった。暗くてよくわからないが、多恵美は日に焼けたようだ。楽しい一日だったみたいでなによりだ、と佐知は思った。

四人は窓辺に置いたスイカを食べながら、しばらく花火に興じた。線香花火の玉を落とさぬよう、雪乃はしゃがんで動かない。多恵美は両手に持った花火を振りまわし、闇にハート形を描くのに夢中だ。鶴代はスイカを食べ、「あら、甘い」と言って種を地面へ吹き飛ばした。

佐知はあたりに漂う白い煙を眺める。蚊取り線香と火薬の匂い。菜園から立ちのぼる湿った土の匂い。空気に夏が充満している。

鶴代が隣に立ち、スイカを一切れ差しだしてきた。受け取り、水っぽい甘さを味わう。

「星が見えない」

佐知は煙幕の向こう、夜空を見はるかそうとしながら言った。

「もうずっと迎え火をしてなかったわね」

鶴代は、雪乃の持つ線香花火が地面すれすれで弾《はじ》けるさまを見て言った。話が嚙みあわないのはいつものことだ。佐知は気にせず、空を見上げつづけた。目の端に、新たな花火に火をつける鶴代の姿が映った。

「山田さんを呼んできてあげなさい」

鶴代はゆらゆらと花火を揺らす。限られたものにしか解読できない文字を使い、中空に秘密の招待状をしたためるかのようだ。

「なんで私が。お母さんが行けばいいじゃない」

「見てわからない？　私はいま忙しいの。老人にスイカと焼肉を食べさせてあげようっていう気持ちがないなんて、ああ、鬼のような娘に育ててしまった」

「はいはい、行ってきます」

佐知は煙幕を抜け、守衛小屋へと歩きだした。

頭上で瞬いた銀色の星が、実は星ではなく私だということに佐知は気づいていない。善福寺川にひとの目には見えぬ無数の星が映っていること、川岸の大ケヤキで善福丸が夜そのものの翼を休めていることに、気づく生者はだれもいない。

しかし、私は見ている。守衛小屋の引き戸をノックする佐知を。茶の間で寝そべり、一人テレビを見ていた山田が、ほのかな期待を抱いて身を起こすのを。鶴代がダイニングテーブルにホットプレートを置くのを。すべての花火を灰にした雪乃と多恵美が、スイカの種吹き競争に興じるのを。そろそろ燃えつきんとするロウソクのかそけき灯りを。

もっと言えば、スイカと肉を食べすぎた佐知の腹が、今晩下り気味になることをも、私はすでにして見通している。だが、すべては些細なことだ。些細で愛おしい、私が手放してしまった営みだ。

だからせめて、見つづけよう。あの家に暮らす四人の女を。

星がめぐるように、風に乗るように、私は漂う。きみたちは気づかず、泣き怒り喧嘩し笑いあい再び朝が来て生活をするだろう。それでいい。私はいつも見守っている。全身で、つまり魂まるごとで、幸せを願っている。

きみたちは見守られている。私に。すでにこの世にはいない多くのものに。知らないだろう。それでいい。きみたちは生きているのだから。

解説　「父」なき時代を生きる女たちの物語

清水　良典

東京都杉並区の善福寺川近くの古ぼけた二階建ての洋館。一五〇坪の邸内の庭は長ネギ、ジャガイモ、枝豆、ナス、トマトが植えられた菜園になっている。そこに女ばかり四人が暮らしている。家の主人である牧田鶴代は、七〇歳近くになってもお嬢さん気質のまま。三七歳の一人娘の佐知は、男性との縁もなく引きこもり同然の刺繍作家。そこへ佐知の同い年の友人の雪乃と、佐知の刺繍教室の生徒であり、また雪乃の勤める生命保険会社の一〇歳年下の後輩である多恵美が、転がり込んできて同居するようになって一年。

この小説は、そんな一家――四人のうち二人は血縁関係がないのだが一つの家に住む者たちという意味で、まさに「一家」の早春から盛夏にかけての暮らしを描いている。

佐知と雪乃との出会い、多恵美の元彼のストーカー騒ぎ、花見と水漏れ騒動、イケメン内装業者と佐知との出会い、「開かずの間」の河童のミイラ、そして雷雨の夜の盗賊事件と、折々の出来事はドラマチックではあるが、基本的にはゆるやかな、太平楽な時間の流れが本書をくるんでいる。

序盤に、佐知が「ねえ、気づいてる？」とリビングでみんなに呼びかけるところがある。「私たち、『細雪』に出てくる四姉妹と同じ名前なんだよ」

そう、この物語は、谷崎潤一郎の名作『細雪』が下敷きになっているのである。関西の上流邸宅地である芦屋が舞台の『細雪』は、名家ながら没落しつつある蒔岡《まきおか》家の物語。長女の鶴子が夫の転勤に伴って東京へ去り、芦屋の邸宅には幸子、雪子、妙子の三姉妹が暮らす。見合いがなかなか成立しないまま、かぐや姫のように泰然としている雪子に対して、恋多き妙子は男運が悪くて次第に身を持ち崩して家を離れる。そんな二人の妹の行末をはらはら心配し続ける家長代理の幸子を中心に、物語は四季折々の風物詩とともに、太平洋戦争前夜の滅びゆく日本の美を愛惜しながら悠然と進む。

これを踏まえて本書は、名前もキャラクターも巧みに一部を拝借しつつ、舞台を東京に移した現代小説に作り替えていることが分かる。

執筆された二〇一五年は谷崎の没後五〇年にあたっていた。画期的な谷崎の新全集が刊行され、その版元から谷崎作品にちなんだ書下ろし作品が何人かの第一線の現代作家に委嘱された。その一環で誕生したのが本書である。

谷崎の歴史的名作をベースにしながらも、ただ敬服してなぞっているのではない。大胆に作り替え、文豪への遠慮や忖度《そんたく》なしに自己流を貫いた結果、本書はどこまでも三浦しをんの野心作として新境地を拓《ひら》いている。そのことに驚かされ、感心させられる。

まず人物の輪郭がとても鮮やかで分かりやすい。地味で楚々《そそ》とした外見ながら、じつは鋭い毒舌の持ち主で、ヨガ体操で見事に肉体をシェイプアップしている雪乃は、強さと弱さの両面を併せ持つなかなか味のあるキャラクターだ。ダメ男に甘い多恵美を猛然と一喝《いっかつ》するかと思えば、二度も水難に付きまとわれ、それがきっかけでイケメン内装業者と佐知が出会う機会を提供することになる。それに対して、ストーカーと化したDV男になお愛情を持っていて「蓼《たで》食う虫も好き好き」と呆れられている多恵美は、そのゲテ物好きから河童のミイラを気に入ってリビングに持ち出したことで、亡き父の霊と佐知との邂逅《かいこう》を結果的に手助けしている。対照的な性格でありながら、動かぬ物臭《ものぐさ》女の佐知の尻を叩き変化へ誘うナイス・フォローをどちらも果たしているのだ。

図太くわがままに振る舞いながら細やかさを胸底に潜めている鶴代と、親への甘えと反発を抑えて常に距離を置いている佐知の母娘関係も、妙に生々しく、あるいは作者自身の経験が重ねられているかもしれないと思ったりする。

しかし実のところ、この小説で欠かせない役割を果たしている人物は、正門脇の掘立小屋で暮らす屋敷内唯一の男性、八〇歳の山田さんではないだろうか。祖父の代から仕え、高倉健に憧れながら、鶴代母娘を「お嬢さん」と呼ぶ彼は、女たちから疎《うと》まれ避けられてはいるが、次第に誠意を汲《く》んでもらえるようになる。いざというときに熱を出して実際にはあまり役に立たない老体の山田さんだが、無視されても邪険に扱われても忠誠心を失わず、距離を保った場所にいつもいてくれて、いることだけで安心を供給してくれる。最後には「きっと山田さんみたいな存在が、父親ってものなんだ」とまで佐知に思わせるようになる彼は、男子禁制の牧田家における理想的な代理父なのである。

女ばかりの牧田家は、父親が不在の一家である。母に追いだされたきり行方の知れない父親の謎が、佐知を人知れず苦しめている。男性との出会いをハナからあきらめている佐知には、「私が恋とか交際とかにあまり興味がなく今日まで過ごしてしまったのは、父親のせいじゃないかしら」という密かな父親コンプレックスがある。おまけに多恵美の元彼のように、周囲に実在する男は嫌悪感を促進するばかりのダメ人間だ。ドラゴンを退治する中世の騎士と塔に囚われた姫君の図柄の刺繡を佐知は秘蔵している。まさに彼女自身が現世の恋愛や結婚という制度を拒んで心の塔に閉じこもり、刺繡針をせっせと動かしながら外部へ連れ出してくれる「騎士」の出現を待つ乙女みたいな袋小路に陥っているのである。

そんな佐知を主《あるじ》とする牧田家の女たちを、外から眺め、あるいは心の中まで入り込んで見守り続ける不思議な存在が、本書の語りを最初から一貫して受け持っている。そもそも小説というものは、必ず何者かが誰かに向かって語っているという形式を持っているのだが、誰もがこの小説の仕掛けにはびっくりさせられるだろう。まず「善福丸」なる地元カラスの親玉が名乗りを挙げ、さらに牧田家に心を残して死んだ父、神田幸夫の霊が登場する。もはやこの世の者ではない父の声が、この世の荒波を泳ぐ女たちを宝物のように見つめて語っているのがこの小説なのだ。

「あの家に暮らす四人の女」

本書のタイトルの、遠さを含み持った「あの」という指示語の意味がこうして解き明かされる。本書を手に取りタイトルを目にした瞬間から、読者はすでに作者の術中にはまっていることになるのである。

それにしても、女たちばかりの共同生活を面白おかしく語っていく本書が、どこにもいない父親を折に触れて意識し、父とは何か、家庭とは何かを何度も自問自答していることは興味深い。

かつて日本人の家庭を支えていた大黒柱の「父」なるものは、マンガのちゃぶ台返しや昭和のテレビドラマの映像とともに、今では遠い幻と化している。生物学的な父親はたしかに今もいるわけだが、彼ら自身も「父」になる術を知らずに困っているのが実情ではなかろうか。理想の「父」のイメージを求め、不在の「父」の代わりを探し求め、あるいは

「父」なき空洞を抱えたまま、われわれ現代人はめまぐるしく変転する時代をさまよっているのだ。

しかし本書は、今はなき「父」を復活させることも、無視することもしない。男性主導で築き上げられた家族像が崩壊した荒野を、姿の見えない「父」を遠望しながら、新しい家族像を手探りで模索するのである。それを語っている神田幸夫の声にも、「父」になり損ねた痛みと距離感がしみついている。

物語は佐知とイケメン内装業者との交際の開始を予想させながら、また多恵美が前よりずっと良さげな新しい恋人を得て、にぎやかに花火に興じる場面で終わる。一見ハッピーエンドのようだが、本当に幸福が到来するかどうかは定かではない。彼ら「一家」の冒険はこれからまた新しい試練に漕ぎ出すのだ。

もちろん本書を読むあなたたちにも、現在の、未来の、家族の冒険が待っている。

（しみず・よしのり　文芸評論家）

『あの家に暮らす四人の女』二〇一五年七月　中央公論新社刊

中公文庫

あの家《いえ》に暮《く》らす四人《よにん》の女《おんな》

2018年 6 月25日　初版発行
2024年12月 5 日　17刷発行

著　者　三浦《みうら》しをん

発行者　安 部 順 一

発行所　中央公論新社
〒100-8152　東京都千代田区大手町1-7-1
電話　販売 03-5299-1730　編集 03-5299-1890
URL https://www.chuko.co.jp/

ＤＴＰ　嵐下英治
印　刷　三晃印刷
製　本　小泉製本

Published by CHUOKORON-SHINSHA, INC.
Printed in Japan　ISBN978-4-12-206601-4 C1193

各書目の下段の数字はISBNコードです。978－4－12が省略してあります。

中公文庫既刊より

み-51-2
愛なき世界（上）
三浦しをん
恋愛・生殖に興味ゼロの院生・本村紗英に、洋食屋の見習い・藤丸陽太が恋をした。一途で変わり者ばかりの研究室を舞台に、愛とさびしさが共鳴する傑作長篇。
207143-8

み-51-3
愛なき世界（下）
三浦しをん
葉っぱの研究を続ける本村紗英が起こした大失敗。窮地に光を投げかけたのは料理人・藤丸の反応で――世界の隅っこが輝き出す日本植物学会賞特別賞受賞作。
207144-5

あ-80-1
あかりの湖畔
青山七恵
湖畔に暮らす三姉妹の前に不意に現れた青年。運命の出会いが、封じられた家族の「記憶」を揺さぶって――人生の小さな分岐点を丹念に描く傑作長編小説。
206035-7

あ-80-2
踊る星座
青山七恵
ダンス用品会社のセールスレディは、ヘンな顧客や不倫上司に絡まれぶちギレ寸前。踊り出したら止まらない〈笑劇〉の連作短編集。〈解説〉小山田浩子
206904-6

あ-84-1
女体について　晩菊の八篇
安野モヨコ選・画
太宰治／岡本かの子／森茉莉他
はたかれる頬、蚤が戯れる乳房、老人を踏む足、不老の童女……文豪たちが「女体」を讃える珠玉の短篇に、安野モヨコが挿画で命を吹きこんだ贅沢な一冊。
206243-6

あ-84-2
女心について　耳《みみ》瓔《よう》珞《らく》の十篇
安野モヨコ選・画
芥川龍之介／有吉佐和子／円地文子他
わからないなら、触れてみる？　女の胸をかき乱す、淋しさ、愛欲、諦め、悦び――。安野モヨコが愛した、女心のひだを味わう短篇集シリーズ第二弾。
206308-2

あ-84-3
背徳について　黒い炎の七篇
安野モヨコ選・画
幸田文／久生十蘭／永井荷風他
全員淫らで、人でなし。不倫、乱倫、子殺し……濃密に咲き乱れる、人間たちの〝裏の顔〟。安野モヨコの挿絵とともに、永井荷風や幸田文たちの名短篇が蘇る。
206534-5

あ-90-1
さよなら獣
朝比奈あすか
教室で浮いていた三人。十年後、別々の道で生きる彼女たちは不意の再会を喜ぶが……心が叫ぶ痛快思春期小説。『少女は花の肌をむく』改題。〈解説〉少年アヤ
206809-4

あ-91-1
眠れない夜は体を脱いで
彩瀬まる
「手を見せて」と不思議な盛り上がりを見せる深夜のネット掲示板。そこに集った人々の「私」という違和感に寄り添う物語。〈解説〉吉川トリコ
206971-8

い-110-4
閉経記
伊藤比呂美
更年期の女性たちは戦っている。老いる体、減らない体重、親の介護、夫の偏屈と。ホルモン補充療法に挑戦、ラテン系エクササイズに熱中する日々を、無頼かつ軽妙に語るエッセイ集。
206419-5

い-110-6
たそがれてゆく子さん
伊藤比呂美
男が一人、老いて死んでいくのを看取るのは、ほんとうによかった――。夫の介護に始まる日々。書くことで生き抜いてきた詩人の眼前に、今、広がる光景は。
207135-3

い-115-1
静子の日常
井上荒野
おばあちゃんは、あなどれない――果敢、痛快、エレガント。75歳の行動力に孫娘も舌を巻く！ ユーモラスで心ほぐれる家族小説。〈解説〉中島京子
205650-3

い-115-2
それを愛とまちがえるから
井上荒野
愛しているなら、できるはず？ 結婚十五年、セックスレス。妻と夫の思惑はどうしようもなくすれ違って……。切実でやるせない、大人のコメディ。
206239-9

い-116-1
食べごしらえ おままごと
石牟礼道子
父がつくったぶえんずし、獅子舞にさしだした鯛の身。土地に根ざした食と四季について、記憶を自在に行き来しながら多彩なことばでつづる。〈解説〉池澤夏樹
205699-2

い-124-1
向かい風で飛べ！
乾ルカ
スキージャンプの天才美少女・理子に誘われて競技を始めたさつきは、青空を飛ぶことにどんどん魅入られていく。青春スポーツ小説。〈解説〉小路幸也
206300-6

各書目の下段の数字はＩＳＢＮコードです。978－4－12が省略してあります。

い-129-3
愛しいひとにさよならを言う　石井睦美
絵画修復家の母と、母の年上の友人に育てられた斎藤いつか。少女の出会いと別れを切なくも瑞々しく描く、心ふるえる長篇小説。〈解説〉北上次郎
206787-5

う-1-4
味な旅 舌の旅 新版　宇能鴻一郎
芥川賞作家にして官能小説の巨匠。唯一無二の作家が、日本各地の美味佳肴を求めて列島を縦断。貪婪な食欲と精緻な舌で綴る味覚風土記。〈巻末対談〉近藤サト
207175-9

お-51-1
シュガータイム　小川洋子
わたしは奇妙な日記をつけ始めた――とめどない食欲に憑かれた女子学生のスタティックな日常、青春最後の日々を流れる透明な時間をデリケートに描く。
202086-3

お-51-6
人質の朗読会　小川洋子
慎み深い拍手で始まる朗読会。耳を澄ませるのは人質たちと見張り役の犯人、そして……。しみじみと深く胸を打つ、祈りにも似た小説世界。〈解説〉佐藤隆太
205912-2

お-51-7
あとは切手を、一枚貼るだけ　小川洋子／堀江敏幸
交わす言葉、愛し合った記憶、離ればなれの二人の哀しい秘密――互いの声に耳を澄まして編み上げたのは、純水のように豊かな小説世界。著者特別対談収録。
207215-2

お-51-8
完璧な病室　小川洋子
病に冒された弟と姉との時間を描く表題作他、デビュー短篇を含む最初期の四作収録。みずみずしい輝きを放ち、作家小川洋子の出現を告げる作品集。新装改版。
207319-7

お-64-2
雪の階《きざはし》（上）　奥泉光
昭和十年。華族の娘、笹宮惟佐子は、富士の樹海で陸軍士官と共に遺体で発見された親友の心中事件に疑問を抱く。二人の足どりを追う惟佐子の前に新たな死が。
206999-2

お-64-3
雪の階（下）　奥泉光
親友の死は本当に心中だったのか。謎と疑惑と陰謀が、陸軍士官らの叛乱事件と絡み合い、スリリングに幻惑的に展開するミステリー。〈解説〉加藤陽子
207000-4

お-91-1
天　盆
王城　夕紀
万民が熱狂する伝統の盤戯「天盆」。家族の想いを背負い、歴史に挑む十歳の少年の神手が、国の運命を大きく変える。圧倒的疾走感で描く放熱ファンタジー！
206429-4

か-57-1
物語が、始まる
川上　弘美
砂場で拾った〈雛型〉との不思議なラブ・ストーリーを描く表題作ほか、奇妙で、ユーモラスで、どこか哀しい四つの幻想譚。芥川賞作家の処女短篇集。
203495-2

か-57-6
これでよろしくて？
川上　弘美
主婦の菜月は女たちの奇妙な会合に誘われて……夫婦、嫁姑、同僚。人との関わりに戸惑いを覚える貴女に好適。コミカルで奥深いガールズトーク小説。
205703-6

か-61-3
八日目の蟬《せみ》
角田　光代
逃げて、逃げて、逃げのびたら、私はあなたの母になれるだろうか……。心ゆさぶるラストまで息もつがせぬ傑作長編。第二回中央公論文芸賞受賞作。〈解説〉池澤夏樹
205425-7

か-61-5
世界は終わりそうにない
角田　光代
恋なんて、世間で言われているほど、いいものではない。それでも……愛おしい人生の凸凹を味わうエッセイ集。三浦しをん、吉本ばなな他との爆笑対談も収録。
206512-3

か-86-1
老後の資金がありません
垣谷　美雨
老後は安泰のはずだったのに！　家族の結婚、葬儀、失職……ふりかかる金難に篤子の奮闘は報われるのか？〝フツーの主婦〟が頑張る家計応援小説。
206557-4

か-86-2
夫の墓には入りません
垣谷　美雨
ある晩、夫が急死。これで〝嫁卒業〟と思いきや、介護・墓問題・夫の愛人に悩まされる日々が始まった。救世主は姻族関係終了届⁉　心励ます人生逆転小説。
206687-8

く-28-1
随筆　本が崩れる
草森　紳一
数万冊の蔵書が雪崩となってくずれてきた。風呂場に閉じこめられ、本との格闘が始まる。共感必至の随筆集。単行本未収録原稿を増補。〈解説〉平山周吉
206657-1

各書目の下段の数字はISBNコードです。978－4－12が省略してあります。

さ-44-2
嘘ばっか　新釈・世界おとぎ話
佐野洋子
野心的なシンデレラ、不美人な白雪姫……ユーモアと毒のきいた、二十六篇のおとぎ話パロディ。全話に挿絵つき。〈巻末エッセイ〉岸田今日子・村田沙耶香
206974-9

さ-61-1
わたしの献立日記
沢村貞子
女優業がどんなに忙しいときも台所に立ちつづけた著者が、日々の食卓の参考にとつけはじめた献立日記。工夫と知恵、こだわりにあふれた料理用虎の巻。〈解説〉平松洋子
205690-9

さ-73-1
名作うしろ読み
斎藤美奈子
名作は〝お尻〟を知っても面白い！　世界の名作一三二冊を最後の一文から読み解く、斬新な文学案内。文豪たちの意外なエンディングセンスをご覧あれ。
206217-7

さ-73-2
吾輩はライ麦畑の青い鳥　名作うしろ読み
斎藤美奈子
名著の〝急所〟はラストにあり。意外と知らない唐突、納得、爆笑⁉　な終わりの一文。世界の文学137冊をうしろから味わう型破りなブックガイド第2弾。
206695-3

さ-81-1
屋根裏博物館《アチック・ミューゼアム》の事件簿
澤見彰
渋沢栄一の孫・敬三に拾われた女学生のあづみが、相棒の林常彦と古い因習にとらわれた人間の闇を追う「民俗学」ミステリ開幕！　文庫書き下ろし。
206989-3

さ-84-1
雨上がり月霞む夜
西條奈加
幼馴染の秋成と雨月は、人間の言葉を話す兎との出会いから、様々な変事に巻き込まれ――『雨月物語』をモチーフに描く、人の情念と怪異をめぐる九つの物語。
207138-4

し-46-1
アンダスタンド・メイビー（上）
島本理生
中三の春、少女は切ない初恋と大いなる夢に出会う。それは同時に、愛と破壊の世界へ踏み込むことでもあった――。直木賞候補作となった傑作、ついに文庫化！
205895-8

し-46-2
アンダスタンド・メイビー（下）
島本理生
憧れのカメラマンのアシスタントとなり、少女から大人への階段を歩み始めた黒江。ある事件を発端に、母親の秘密、隠され続けた自身の過去が明らかになる。
205896-5

す-24-1
本に読まれて
須賀敦子
バロウズ、タブッキ、ブローデル、ヴェイユ、池澤夏樹……。こよなく本を愛した著者の、読む歓びが波のようにおしよせる情感豊かな読書日記。
203926-1

た-15-9
新版 犬が星見た ロシア旅行
武田百合子
夫・武田泰淳とその友人、竹内好との旅を、天真爛漫な目で綴った旅行記。読売文学賞受賞作。竹内好の随筆「交友四十年」を収録した新版。〈解説〉阿部公彦
206651-9

た-15-14
日日雑記 新装版
武田百合子
深沢七郎、大岡昇平ら友人たちを送った昭和最後の三年間。日々の出来事や気持の照り降りを心に響く文章で綴る最後のエッセイ集。〈巻末エッセイ〉武田 花
207394-4

つ-31-1
ポースケ
津村記久子
奈良のカフェ「ハタナカ」でゆるやかに交差する七人の女性の日常。それぞれの人生に小さな僥倖が訪れて……。芥川賞「ポトスライムの舟」五年後の物語。
206516-1

つ-32-1
僕と彼女の左手
辻堂ゆめ
医師になる夢が断たれた僕の前に現れたのは、天真爛漫な少女・さやこ。《欠陥》をもつ二人が奏でる、謎きつつも爽やかな青春ミステリ！〈解説〉逸木 裕
207047-9

つ-33-1
青空と逃げる
辻村深月
大丈夫、あなたを絶対悲しませたりしない——。突然、日常を奪われてしまった母と息子。壊れてしまった家族がたどりつく場所は……。〈解説〉早見和真
207089-9

て-11-1
架空の犬と嘘をつく猫
寺地はるな
羽猫家は、みんな「嘘つき」である——。これは、破綻した嘘をつき続けたある家族の素敵な物語。寺地はるなの人気作、遂に文庫化！〈解説〉彩瀬まる
207006-6

な-64-1
花桃実桃
中島京子
会社員からアパート管理人に転身した茜。昭和の香り漂う「花桃館」の住人は揃いも揃ってへんてこで……。40代シングル女子の転機をユーモラスに描く長編小説。
205973-3

各書目の下段の数字はISBNコードです。978-4-12が省略してあります。

な-64-2
彼女に関する十二章
中島京子
五十歳になっても、人生はいちいち、驚くことばっかり――パート勤務の宇藤聖子に思わぬ出会いが次々と。ミドルエイジを元気にする上質の長編小説。
206714-1

な-74-1
三の隣は五号室
長嶋有
今はもういない者たちの日々がこんなにもいとしい。小さな空間の半世紀を驚きの手法で活写する、アパート小説の金字塔。谷崎潤一郎賞受賞。〈解説〉村田沙耶香
206813-1

な-77-1
長野まゆみの偏愛耽美作品集
長野まゆみ編
三島由紀夫、横溝正史、塚本邦雄……編者が10代で出会った耽美作品から、小説、随筆、詩歌を精選。美と幻想の世界へ誘う26作。全作に編者コメント付き。
207182-7

な-78-1
中央線小説傑作選
南陀楼綾繁編
井伏、太宰をはじめ多くの文士が居を構えた「中央線」沿線。私小説からミステリまで、鉄道が織りなす時間と風景を味わう傑作アンソロジー。文庫オリジナル。
207193-3

は-74-1
三千円の使いかた
原田ひ香
「人は三千円の使いかたで、人生が決まるよ」突然の入院、離婚、介護費用……。一生懸命生きるあなたのための「節約」家族小説！〈解説〉垣谷美雨
207100-1

は-75-1
大人になったら、
畑野智美
三十五歳の誕生日を迎えたメイ。カフェで働く日々はそれなりに充実しているが……。久しぶりの恋に戸惑う、大人になりきれない私たちの恋愛小説。〈解説〉渡辺雄介
207171-1

は-76-1
会社員、夢を追う
はらだみずき
仕入部に配属された銀栄紙商事の新入社員・神井航樹。仲間たちと品薄な用紙の確保に奔走しつつ、航樹はある夢をとりもどそうとしていた。〈解説〉狩野大樹
207220-6

ひ-26-1
買物71番勝負
平松洋子
この買物、はたしてアタリかハズレか。一つ一つの買物は一期一会の真剣勝負だ。キャミソールから浄水ポットまで、買物名人のバッグの中身は？〈解説〉有吉玉青
204839-3

ひ-28-1
千年ごはん
東　直子
山手線の中でクリームパンに思いを馳せ、徳島ではすだちを大人買い。今日の糧に短歌を添えて、日常を鋭い感性で切り取る食物エッセイ。〈解説〉高山なおみ
205541-4

ふ-2-8
言わなければよかったのに日記
深沢　七郎
小説「楢山節考」でデビューした著者が、武田泰淳、正宗白鳥ら畏敬する作家との交流を綴る文壇日記。巻末に武田百合子との対談を付す。〈解説〉尾辻克彦
206443-0

ふ-2-9
書かなければよかったのに日記
深沢　七郎
ロングセラー『言わなければよかったのに日記』の姉妹編（『流浪の手記』改題）。飄々とした独特の味わいとユーモアがにじむエッセイ集。〈解説〉戌井昭人
206674-8

ふ-48-1
十六夜荘《いざよいそう》ノート
古内　一絵
面識の無い大伯母・玉青から、高級住宅街にある「十六夜荘」を遺された雄哉。大伯母の真意を探るうち、遺産の真の姿が見えてきて――。〈解説〉田口幹人
206452-2

ふ-48-2
銀色のマーメイド
古内　一絵
大人気「マカン・マラン」シリーズの原点！　中学水泳部を舞台に、ジェンダーの垣根を超えた熱血×感動の青春物語が登場です。
206640-3

ま-51-1
おばちゃんたちのいるところ　Where The Wild Ladies Are
松田　青子
追いつめられた現代人のもとへ、八百屋お七や皿屋敷のお菊が一肌ぬぎにやってくる。お化けの妖気が心のしこりを解きほぐす、ワイルドで愉快な連作短篇集。
206769-1

ま-51-2
女が死ぬ
松田　青子
「女らしさ」が、全部だるい。天使、小悪魔、お人形……〝あなたの好きな少女〟を演じる暇はない。シャーリイ・ジャクスン賞候補作を含む五十三の掌篇集。
207070-7

ま-55-1
52ヘルツのクジラたち
町田そのこ
二〇二一年本屋大賞第一位。自分の人生を家族に搾取されてきた女性・貴瑚と、母に虐待され「ムシ」と呼ばれていた少年の新たな魂の物語――。〈解説〉内田　剛
207370-8

各書目の下段の数字はISBNコードです。978－4－12が省略してあります。

や-65-1
賢者の愛 山田詠美
想い人の諒一を奪った百合。復讐に燃える真由子は、二人の息子・直巳を手に入れると決意する――。『痴人の愛』に真っ向から挑む恋愛長篇。〈解説〉柚木麻子
206507-9

や-65-3
つみびと 山田詠美
灼熱の夏、彼女はなぜ幼な子二人を置き去りにしたのか。追い詰められた母親、痛ましいネグレクト死。圧巻の筆致で事件の深層を探る、迫真の長編小説。
207117-9

よ-36-1
真夜中の太陽 米原万里
リストラ、医療ミス、警察の不祥事……日本の行詰った状況を、ウイット溢れる語り口で浮き彫りにし今後のあり方を問いかける時事エッセイ集。〈解説〉佐高 信
204407-4

よ-36-2
真昼の星空 米原万里
外国人に吉永小百合はブスに見える？ 日本人没個性説に異議あり！「現実」のもう一つの姿を見据えた激辛エッセイ、またもや爆裂。〈解説〉小森陽一ほか
204470-8

よ-39-1
それからはスープのことばかり考えて暮らした 吉田篤弘
路面電車が走る町に越して来た青年が出会う、愛すべき人々。いくつもの人生がとけあった「名前のないスープ」をめぐる、ささやかであたたかい物語。
205198-0

よ-39-8
ソラシド 吉田篤弘
幻のレコード、行方不明のダブルベース。「冬の音楽」を奏でるデュオ〈ソラシド〉。失われた音楽を探し、もつれあう記憶と心をときほぐす、兄と妹の物語。
207119-3

よ-43-2
怒り（上） 吉田修一
逃亡する殺人犯・山神はどこに？ 房総の港町で暮らす愛子、東京で広告の仕事をする優馬、沖縄の離島へ引越した泉の前に、それぞれ前歴不詳の男が現れる。
206213-9

よ-43-3
怒り（下） 吉田修一
田代が偽名を使っていると知った愛子、知らない女とカフェにいる直人を見た優馬、田中が残したものを発見した泉。三つの愛の運命は？ 衝撃のラスト。
206214-6